Christiane Schlötzer

Istanbul – ein Tag und eine Nacht

Ein Porträt der Stadt in 24 Begegnungen

BERENBERG

Für Egon Scotland,
der mich nach Istanbul entführte

Dank

Ich danke dem Istanbuler Buchautor und Kolumnisten Selçuk Caydı für seine zahllosen Anregungen, Ideen und Gespräche in mehr als zehn Jahren Zusammenarbeit als Korrespondentin für die *Süddeutsche Zeitung* und den Zürcher *Tages-Anzeiger* in der Türkei. Das gilt auch für dieses Buch.

Der Kulturakademie Tarabya in Istanbul und ihrem kreativen Team danke ich für finanzielle und ideelle Unterstützung bei den Recherchen für dieses Buch im Winter 2020/21.

Meinen Freundinnen und Freunden in Istanbul danke ich dafür, dass sie meinen Wunsch, immer wieder in ihre Stadt zurückzukehren, lebendig halten.

Der Morgen – Sabah

Im Kopf den Rausch vergangener Feste.
Eine Strandvilla mit halbdunklen Bootshäusern,
Das Sausen der Südwinde legt sich.
Ich höre Istanbul, meine Augen geschlossen ...

Orhan Veli (1914–1950)

Mittags – Öğleyin

Lasst uns die Erde den Kindern übergeben,
wie einen riesigen Apfel, wie ein Brot, frisch aus
dem Ofen,
damit sie wenigstens einen Tag lang satt werden.
Nazım Hikmet (1902–1963)

Der Abend – Akşam

Irgendwann aufwachen in der Nacht
Und der Dunkelheit lauschen!
Das geschieht aus Liebe
Eintauchen ins Flimmern der Sterne
Wenn die Lieder das Herz brechen?
Das geschieht aus Liebe ...

Sennur Sezer (1943–2015)

Mitternacht – Gece yarısı

Der Teufel sagt: »Mach das Fenster auf,
Schrei, schrei, schrei bis zum Morgen.«
Orhan Veli (1914–1950)

Vorwort

Dies ist ein Stundenbuch. Es erzählt von einem fiktiven Tag in Istanbul, in Begegnungen mit Menschen, die mir ihre Lebensgeschichten anvertraut haben. Sie sind Teil einer großen zeitgenössischen Geschichtserzählung – ohne Anspruch auf Vollständigkeit. Die Vielfalt erinnert an die Farben eines türkischen Kelims, in den viele Muster eingewebt sind. Einige Geschichten verlangen nach dem Schutz der Nacht, andere nach der Helligkeit eines sonnendurchfluteten Morgens am Bosporus.

Istanbul ist die Mitte der Türkei und liegt doch an ihrem Rand. Die Stadt ist so alt, dass sie ihr eigenes Alter vergessen hat, und sie wird jeden Tag neu erfunden. Sie betört den Neuankommenden mit ihrer Grandezza, von »betäubenden Eindrücken« schwärmte der italienische Reisende Edmondo De Amicis im 19. Jahrhundert. Die Hymnen auf die Stadt mit den vielen Namen – Byzanz, Neues Rom, Konstantiniyye, Stambul, Konstantinopel, Istanbul – sind bis heute nicht verstummt. Wer aber länger bleibt, der ahnt bald, welchen Preis ihre Bürgerinnen und Bürger im 21. Jahrhundert dafür zu zahlen haben, in einer modernen Megalopolis zu leben. In Trabantenstädten, von denen es bis zur Hagia Sophia und zur Galatabrücke eine Halbtagsreise ist. Die türkische

Gesellschaft ist von scharfkantigen Gegensätzen geprägt, und dies nicht erst, seit Recep Tayyip Erdoğan Anfang der 2000er Jahre eine »neue Türkei« erfand. Eine meiner Erzählerinnen kann dies bezeugen, sie ist älter als die Türkische Republik, die am 29. Oktober 1923 gegründet wurde.

Bevor sie und all die anderen das Wort haben, möchte ich von meiner ersten Begegnung mit Istanbul erzählen. Sie liegt einige Zeit zurück. Ich wusste damals wenig über die Stadt, und ich ahnte nicht, dass ich nach dieser Reise immer wiederkommen würde.

Ich nahm ein Schiff. Es fuhr zu den Prinzeninseln. In den Klöstern dort, hatte ich gehört, waren einst byzantinische Prinzessinnen und Prinzen eingekerkert, viel mehr wusste ich nicht. Es war November, Nebel lag auf dem Wasser. Der Nebel ist in Istanbul ein mächtiger Zauberer. Mein Begleiter sprach Türkisch, er hatte mich zu dieser Reise überredet. Er hatte in der Türkei studiert und fand, wenn ich ihn besser kennenlernen wolle, müsste ich nach Istanbul fahren. Trotz der Kälte wollte er auf dem Schiffsdeck bleiben. Das war ein Glück.

Noch vor dem Ablegen in Eminönü sprach uns ein fremder Mann an. Anfang der 1980er Jahre, kurz nach einem Militärputsch, waren Ausländer ein ungewöhnlicher Anblick auf einem der alten Linienschiffe, die den Bosporus und das Marmarameer befahren. Der Mann, der uns nach dem Woher und Wohin fragte, trug eine blaue Uniform, es war der Kapitän. Er lud uns auf seine Kommandobrücke ein. So standen wir bei der Ausfahrt aus dem Bosporus neben dem großen

Steuerrad des Schiffs und schwebten auf Augenhöhe vorbei an der filigranen Silhouette des Serails, an spitzen Minaretten und der bleigrauen Kuppel der Hagia Sophia, über die der Nebel seinen Gazeschleier zog. Eine magische Kulisse, wie gebaut für den Anblick vom Wasser.

Nun wäre dies schon zauberhaft genug gewesen, um sich in diese Stadt auf ewig zu verlieben. Aber dann entschuldigte sich der Kapitän, sagte, er wolle sich für einen Moment zurückziehen. Er übergab das Steuer dem Ersten Offizier und holte aus einer Aktentasche einen Gebetsteppich heraus, schmal wie ein halbes Handtuch. Er trat zur Seite und kniete nieder für sein Mittagsgebet. Nach ein paar Minuten stand er wieder neben uns, setzte die Kapitänsmütze auf und übernahm mit einem Kopfnicken zum Ersten Offizier die Führung des Schiffs. Es war die Selbstverständlichkeit, mit der dieser Mann agierte, ohne Scheu vor zwei Fremden, die mir unvergesslich blieb. Er ließ uns an seinem Alltag teilhaben und kam nicht auf die Idee, dass wir daran Anstoß nehmen könnten. Er war nun mal ein religiöser Mann.

Der Kapitän war in der zweiten Hälfte seines Lebens, und ich nehme einmal an, sollte er das Jahr 2002 erlebt haben, hat er wahrscheinlich Recep Tayyip Erdoğans konservativislamische AK-Partei gewählt. Diese kandidierte damals zum ersten Mal für das Parlament. Erdoğan hatte versprochen, sich um die kleinen Leute zu kümmern, zu denen auch ein städtischer Angestellter auf einem Bosporus-Schiff gehörte. Er sagte zudem, er wolle den religiösen Türken die gleichen Rechte verschaffen, wie sie die säkularen schon lange hätten, von denen viele auf ihre frommen Landsleute eher herabblickten. Unser Kapitän hatte schon drei Militärputsche erlebt: 1960, 1971 und 1980. Das hätte ihn gewiss ebenfalls motiviert, für die AKP zu stimmen, setzte die sich doch zum Ziel, die politischen Einmischungen der Generäle in die türkische Politik ein für alle Mal zu beenden.

Unvergessen ist mir, wie trist die Stadt in der Nach-Putsch-Zeit der 1980er Jahre bei meiner ersten Begegnung war. Es gab kaum Tische vor den Lokalen. Alles wirkte grau, und in der Luft lag der beißende Geruch billiger, einfacher Braunkohle. Die Angst vor einem falschen Wort, vor Militär und Polizei, war allgegenwärtig. Jeder wusste von Verhaftungen, von Folter.

Wie schon häufiger in der türkischen Geschichte folgte auf eine bleierne Zeit ein neuer Aufbruch. Die Generäle gaben die Macht wieder ab, wirtschaftlich öffnete sich das Land. Vorher aber verhalf ausgerechnet das Militär dem politischen Islam noch zu einem soliden Fundament. Die Generäle schrieben eine neue Verfassung, und sie machten Religion zum Pflichtfach an den Schulen. Eine denkwürdige Intervention.

Republikgründer Kemal Atatürk hatte der Türkei 1923 ein strenges säkulares Korsett verpasst. Es war lange so streng, dass Frauen mit Kopftuch kein staatliches Krankenhaus, kein Gericht und keine Universität betreten durften. Offiziere wurden unehrenhaft entlassen, wenn herauskam, dass ihre Gattin Tuch trug. Die Generäle wollten das alles gar nicht ändern, als sie der Religion neues Gewicht gaben. Nur erschien ihnen ein gläubiges Volk einfach weniger gefährlich als eines, das für linke Ideen anfällig ist. Die Kommunistenangst übernahmen sie vom Westen, es herrschte Kalter Krieg, das Land war ein Frontstaat gegen die Sowjetunion. Die Türkei war selten frei von äußeren Einflüssen, auch wenn sie gern ihre Souveränität betont.

Ich habe Istanbul nach meiner ersten Reise immer wieder besucht. 2001 zog ich als Korrespondentin der *Süddeutschen Zeitung* und des Zürcher *Tages-Anzeigers* an den Bosporus. Mein Begleiter von einst war nicht mehr an meiner Seite. Er hatte schon 1991 als Journalist in Jugoslawien sein Leben verloren. Seine Freunde in Istanbul aber nahmen mich so auf, als spielten die Jahre dazwischen in dieser ewigen Stadt keine Rolle.

2001 machte ich auch mein erstes Interview mit Erdoğan. Er hatte kein Amt und war wegen einer Gefängnisstrafe nicht wählbar. Das Interview hatte einer seiner Berater arrangiert. Dieser Mann war im Hauptberuf ein erfolgreicher Istanbuler Unternehmer und stolz darauf, mindestens ein halber Kurde zu sein. Für dieses Buch habe ich ihn wiedergetroffen. Ich fragte Erdoğan damals auch nach seinem Verhältnis zur Religion. Er sagte, Religion sei »Privatsache«, nichts, in das der Staat sich einmischen sollte. So dürfte es auch mein Kapitän gesehen haben.

Als Erdoğan in einer tiefen Wirtschaftskrise 2003 Premier wurde, überraschte er erst seine Kritiker mit einem stürmischen Reformkurs. Er öffnete das Land für fremdes Kapital und Ideen. Es war eine Zeit des Aufschwungs und des Aufbruchs. Im Oktober 2005 durfte die Türkei zur Belohnung Beitrittsverhandlungen mit der EU beginnen. Die Euphorie war dann bald verflogen. In Ankara merkten sie, wie mühselig das europäische Kleinklein ist, und in Berlin und Paris wuchs die Skepsis gegenüber diesem Kandidaten. Bis beide Seiten voneinander enttäuscht waren und man sich gegenseitig immer weniger verstand.

Inzwischen ist die Türkei wieder ein Land, in dem die Angst vor einem falschen Wort umgeht. Erdoğan hat die Verfassung so verändert, dass fast alle Macht beim Staatspräsidenten liegt, und man kann sich vorstellen, dass er dieses Amt am liebsten auf Lebenszeit behalten würde. Aber die Opposition ist zuletzt stärker geworden, sie hat die großen Städte zurückerobert. Die Türkei ist keine Diktatur, sie hat keine Einheitspartei. Die Wahlbeteiligung ist geradezu musterschülerhaft hoch, und viele Wähler bewachen neuerdings die Urnen, damit ihre Stimmen nicht verlorengehen. Die türkische Gesellschaft aber ist nach wie vor tief gespalten. Erdoğans glühende Anhänger halten ihm zugute, dass er das Land in die Moderne katapultiert hat, mit Tunneln unter dem Meer und Satelliten im All. Aber die Türkei sperrt einige ihrer klügsten Köpfe ein, sie treibt kritische Akademiker aus dem Land, drangsaliert Journalisten. Es ist, als läge ein Schleier über der schönen Stadt, dichter und unauflöslicher als der Novembernebel.

Eine »religiöse Generation« wolle er erziehen, sagte Erdoğan irgendwann, als Religion dann doch keine Privatsache mehr war in der Türkei. Dies ist wohl nicht gelungen. Umfragen zeigen, dass junge Türken sich eher von einer politisierten Religion abwenden. In vielen Istanbuler Stadtvierteln (nicht in allen) können Frauen heute alleine eine Wohnung mieten oder mit einem Partner unverheiratet zusammenleben. Vor zwanzig Jahren war dies undenkbar. Ich halte es übrigens nicht für falsch, dass Frauen mit Kopftuch inzwischen bei Turkish Airlines arbeiten dürfen. Menschen, weil sie fromm sind, die Grundrechte zu entziehen, ist nicht akzeptabel. So hätte es gewiss auch mein Kapitän gesehen. Wenn die Türkei sich von Europa entfernt, dann nicht, weil sie konservativer oder »religiöser« geworden wäre, sondern weil Erdoğans »neue Türkei« den alten Fehlern verfallen ist. Diese heißen: autoritärer Staat, Zentralismus, Nationalismus.

Damit verbunden ist das Auslöschen der Erinnerung. In den Geschichtsbüchern kommen die zu Hunderttausenden vertriebenen und ermordeten osmanischen Armenier nicht vor, geschweige denn ihr enteigneter Besitz. Unter den 36 Sprachen, die ein automatisches Übersetzungssystem am futuristischen Istanbuler Airport beherrscht, fehlt das Kurdische. Aber es gibt die Unermüdlichen, die nicht aufhören, an die offizielle Vergesslichkeit zu erinnern. Die türkische Zivilgesellschaft überrascht trotz aller Drangsalierungen immer wieder durch kreativen Widerspruch und Mut.

Seit dem Militärputsch von 1980 sind vier Jahrzehnte vergangen. Bis Juli 2016 glaubten wohl die meisten Türken – ich auch –, es werde nie wieder einen Putsch geben. Und dann stoppten an einem Hochsommerabend Militärschüler den Feierabendverkehr auf einer Bosporus-Brücke. Die jungen Soldaten glaubten, es ginge zu einer Übung. So hatten es ihnen ihre Befehlshaber gesagt. Die wiederum erwarteten wohl, der unzufriedene Teil des Volkes werde ihnen nachlaufen, wenn sie nur den Präsidenten wegputschen. Womit sie nicht rechneten: Dass sich Menschen den Panzern entgegenstellen, dass die Älteren, für die 1980 ein Trauma geblieben ist, sich nie mehr von Generälen regieren lassen wollen. Und dass ein Militärregime im 21. Jahrhundert in der Türkei keinen Twitter-Sturm überleben würde.

Die Sommernacht 2016 spielt auch in diesem Buch eine Rolle, weil viele Menschen sie nicht vergessen haben, und egal welcher politischen Richtung sie angehören, sie machen Kader der Gülen-Sekte für dieses einschneidende Ereignis verantwortlich, aber nicht unbedingt allein. Es gibt noch immer Rätsel um diese Nacht. Erdoğan nannte den Putschversuch ein »Gottesgeschenk«, eine Verhaftungswelle rollte durchs Land. Andere bekamen danach die Posten in Polizei, Justiz und Militär. Auch unter ihnen soll es wieder Leute geben, für die religiöse Gruppen Karrierenetzwerke sind. Mein frommer Kapitän hätte mit solchen Männern und Frauen sicher nichts zu tun haben wollen. Der versuchte Coup war ein Unglück für die Türkei. Er hat sie um Jahre zurückgeworfen. Die Wirtschaft leidet, die Inflation ist zweistellig. Das gab es davor lange nicht mehr.

In den mehr als zehn Jahren, die ich in der Türkei gelebt habe, habe ich verstanden, was es heißt, »Ausländerin« zu sein. Auch davon ist in diesem Buch die Rede, denn fast jede türkische Familie hat deutsche Verwandte. Die Ersten, die mit dem Gastarbeiteranwerbeabkommen von 1961 kamen, kämpften mit vielem, was sie nicht kannten. Auch mich haben in der Türkei gelegentlich bürokratische Tollheiten ratlos gemacht. Aber das, was wir Ausländerfeindlichkeit nennen, habe ich in meinem Alltag so gut wie nie gespürt.

Istanbul ist eine Megacity, aber wer dort lebt, ist in der *mahalle*, der fußläufigen Nachbarschaft, zu Hause. Wo es noch an jeder dritten Ecke einen *bakkal* gibt, einen fast immer geöffneten kleinen Lebensmittelladen. Wo die Menschen den Straßenhunden Namen geben und den Katzen Häuser bauen, vor denen stets Futter liegt. Und wo sie auch mit ihren Geschichten so freigebig sind.

Was aus dem Kapitän geworden ist? Ich weiß es nicht. Aber wenn ich auf eines der alten Bosporus-Schiffe steige, schaue ich gelegentlich, wer auf der Kommandobrücke steht.

Der Morgen – Sabah

Im Kopf den Rausch vergangener Feste.
Eine Strandvilla mit halbdunklen Bootshäusern,
Das Sausen der Südwinde legt sich.
Ich höre Istanbul, meine Augen geschlossen …

Orhan Veli (1914–1950)

Erwachen

6 Uhr

Satu Önder – Die Frau des Imams

Die Moschee macht sich so klein, als würde sie sich zwischen den umstehenden Häusern ducken. Der lindgrüne Anstrich der alten Mauern ist verblasst. Über dem Eingang steht: Makrizade Hüseyin Çelebi Camii und das Baujahr 1709. Jeden Morgen, noch vor Sonnenaufgang, wenn in der Dämmerung der neue Tag erst zu ahnen ist, macht die kleine Moschee sich bemerkbar. Dann ertönt der *ezan*, der islamische Gebetsruf, schwingt sich durch die Hinterhöfe auf dem Galata-Hügel. *Allāhu akbar*, Gott ist groß. So weckt der Imam die Gottesfürchtigen, die Zweifler und die Atheisten, erinnert die Gläubigen an ihre Pflichten und die Ungläubigen unsanft daran, dass die Nacht zu Ende ist.

Ein paar Jahre habe ich auf dem Galata-Hügel gewohnt. Viele Häuser hier haben sieben oder acht Etagen und in den obersten Stockwerken abenteuerlich zwischen Himmel und Erde aufgehängte Terrassen. Die sind oft illegal gebaut, weil Wohnungen, von denen man aufs Ballett der großen und kleinen Schiffe auf dem Bosporus schauen kann, viel mehr wert sind als solche ohne diesen betörenden Blick. Von meiner Terrasse in Flughöhe der Möwen konnte ich tief unten auch einen schmalen ummauerten Garten erspähen. Und aus dieser Tiefe ertönte jeden Morgen ein Hahnenschrei, und zwar stets unmittelbar vor dem Gebetsruf, so laut, als dulde das Tier keine akustische Konkurrenz. Es gab nur eine Erklärung: Der Hahn lebt im Garten des Imams. Nach ein paar Wochen war der vorlaute Kräher auf einmal wieder weg, und ich habe mich gefragt, wo ist der Hahn geblieben?

Satu Önder, die Frau des Imams, hat es mir erzählt, bei Tee, Teigtaschen und *sohbet*, wie das schöne türkische Wort für eine unterhaltsame Plauderei lautet. Satu Önder trägt ein Kopftuch in Pastelllila mit großem Blumenaufdruck, einen langen Rock und eine schwarze Wolljacke. »Der Hahn«, sagt sie und lacht, »ja, schade eigentlich.« Ein paar Nachbarn hätten sich beschwert. Und wenn die Nachbarn sich gestört fühlen, »dann bin ich auch unruhig, deshalb haben wir ihn weggebracht, ins Dorf«. War einfach zu laut, der Hahn. »Eine Ente hatten wir auch, und Hühner im Garten, mein Mann mochte die sehr«, sagt Satu über Mustafa, ihren Mann, den Imam.

Satu Önder sitzt auf einem Sofa in ihrem Wohnzimmer über der Moschee. Für den heißen Tee in Tulpengläsern hat sie kleine Tischchen herangerückt. Sie zupft an ihrer Jacke: »Ich friere immer, ich fürchte die Kälte.« Sie will die Heizung hochdrehen, aber die Tochter neben ihr auf dem Sofa sagt, ihr sei warm. Elif, achtzehn Jahre alt, in Jeans und weißem Pulli, trägt kein Kopftuch. Was Mutter und Tochter erzählen werden, ist eine typische Istanbuler Geschichte, sie handelt von verlassenen anatolischen Dörfern, zehn, zwölf Autostunden von der Metropole entfernt. Und von den Verlockungen der großen Stadt. Von verpassten Chancen und dem Wunsch, dass es den Kindern besser gehen möge als ihren Eltern. »Meine Kinder sind klug«, sagt Satu Önder, »ich bin es nicht.« Elif kennt das: »Das höre ich immer.«

Wo Satu Önder aufgewachsen ist, gab es kein wärmendes Stadtgas, das heute in Istanbul zu den selbstverständlichen Annehmlichkeiten gehört, geheizt wurde im Dorf mit Holz aus dem Wald. Aber allein wegen der bitteren Kälte im Winter wären Satu Önder und ihr Mann wohl nie aus einer fernen Schwarzmeerprovinz nach Istanbul aufgebrochen. »Ich wollte, dass meine Töchter studieren«, sagt die Frau des Imams, »weil ich das nie konnte.«

So erzählt diese Geschichte auch von gewaltigen sozialen Veränderungen in der Türkei, in nur einer Generation. Geboren wurde Satu 1972 in der Schwarzmeerprovinz Sinop. In welchem Monat sie Geburtstag hat, weiß sie nicht. »Meine Mutter hat gesagt, die Kirschen waren reif, also könnte es im Mai gewesen sein.« Die Mutter konnte wie der Vater weder lesen noch schreiben. Als der Vater krank wird, ist Satu drei Jahre alt, er kann lange nicht arbeiten. Daher ziehen sie in das Dorf der Mutter, ein Stück weiter im Landesinneren, in der Provinz Çorum. Dort geht Satu zur Volkschule, danach will sie in die Mittelschule, dazu rät auch ihr Lehrer, sie ist eine gute Schülerin. »Der Lehrer sagte meinem Vater, ich werde deine Tochter in der Mittelschule anmelden.« Da aber müsste sie jeden Tag in die nächste Stadt fahren. Das will der Vater nicht. »Was sollte ich tun?«, fragt Satu. »Mit sechzehn Jahren habe ich dann geheiratet.« Das kam ihr selbst zu früh vor. »Ich war jünger als meine Tochter jetzt.« Mutter und Tochter drehen die Köpfe zueinander. »So waren die Bedingungen damals eben«, sagt Satu Önder, *kismet*, Schicksal.

Und hat sie sich ihren Bräutigam selbst ausgesucht? »Mein Mann hat mich gewählt«, sagt sie und lacht wieder. »Er kam als Gast zu uns und hat ein Auge auf mich geworfen.« Die Familien kannten sich. Mit Mustafa habe sie sich dann zum Glück gut verstanden. Ihr Mann ist vier Jahre älter als sie. Nach seiner Ausbildung erhält er seine erste Stelle als Imam, in einer anderen Schwarzmeerprovinz, in Samsun, in einem Dorf. Imame arbeiten im Auftrag der staatlichen Religionsbehörde, sie sind Beamte.

Erst 2001, nach vielen kalten Wintern auf dem Dorf, bewirbt sich ihr Mann um eine Stelle in Istanbul und bekommt sie. In der kleinen, historischen Moschee zwischen den Hafenkais von Karaköy und dem Galataturm, auf den die Touristen so gerne steigen. Damals war das keine gute Gegend, inzwischen gibt es hier fast in jeder Gasse eine Bar oder ein Restaurant. Zur Moschee gehört ein *lojman*, eine Dienstwohnung. Als sie ankommen, ist das nur ein Zimmer und ein kleiner Salon. »Da standen ein Doppelbett und ein Kühlschrank. Sonst nichts.« Und sie hatten doch schon zwei Töchter, Fadime war zehn, Esra zwölf. Die dritte Tochter, Elif, war noch nicht geboren.

Sie haben dann ein Stockwerk auf die winzige Wohnung draufgebaut, in Eigenarbeit, wie man das in Istanbul oft macht. Mit einer steilen Innentreppe, auf der man den Kopf einziehen muss. Die großen Töchter haben studiert. Fadime ist Computeringenieurin, Esra Lehrerin. Elif will nach dem Gymnasium auch Ingenieurin werden. Dafür muss sie in der nationalen Zulassungsprüfung eine hohe Punktzahl erreichen, nur dann kann sie sich Studienfach und Universität aussuchen. »Ich finde das nicht gerecht«, sagt Elif, »wer viel Geld hat, nimmt vor der Prüfung Privatunterricht, die anderen sind benachteiligt.« Sie holt frischen Tee aus der kleinen Küche neben der steilen Treppe. Türkischer Tee wird gekocht, dann wird der Sud mit heißem Wasser aufgegossen und je nach Geschmack verdünnt.

Wenn ihr Mann frühmorgens aufsteht, ist auch Satu wach. Tee kocht sie erst später. »Er geht runter in die Moschee.« Nur wegen des Gebetsrufs müsste Mustafa Önder seinen Dienst nicht so früh antreten, denn inzwischen gibt es in mehreren Stadtvierteln Istanbuls ein zentrales System für den *ezan*. Doch der Imam ist auch Vorbeter, und wenn die Frühaufsteher in die Moschee kommen, »dann muss er da sein«. Sie bleibe morgens im Haus, sagt Satu Önder, und wenn ihr Mann vom ersten Gebet zurückkommt, lege er sich erst einmal wieder hin. Schließlich kann der Tag lang sein bis zum Nachtgebet, dem *yatsı*, das sich wie alle fünf islamischen Gebetszeiten nach dem Sonnenstand richtet. Elif sagt: »Wenn wir als Kinder auf der Straße gespielt haben und den *ezan* am Abend hörten, dann wussten wir, jetzt müssen wir nach Hause.«

Satu Önders Routine ist auch festgelegt, wie die ihres Mannes. Das Haus in Ordnung halten, Einkaufen, Kochen, Putzen und, wenn Zeit bleibt, die zwei Töchter besuchen, die schon außer Haus sind. Eine wohnt auf der europäischen, die andere auf der asiatischen Seite der Stadt. Die vier Enkelkinder betreut sie mit. »Meine größte Freude, bei den eigenen Kindern war ich so jung, da habe ich das nicht so genossen.« Sie putzt auch fremde Wohnungen. Satu Önder sagt, »meine Familie war arm, wie die meines Mannes«. Als sie nach Istanbul kamen, wurde es besser, weil sie arbeiten konnte, das wäre auf dem Dorf nicht gegangen, da gab es ja nichts. Viele Jahre hat sie nebenbei mittags in einem Café gekocht. »Da habe ich Kochbücher gelesen, jetzt finde ich die Rezepte auf dem Handy im Internet, die Kochbücher habe ich weggeworfen.« Einige Gerichte kannte sie schon von der Großmutter, »die einschläfernden Feigen« zum Beispiel, aus Milch, Feigen und Nüssen, »ein umwerfendes Dessert«, sagt sie. Die Gäste im Café mochten es gern.

Über Istanbul sagt die Frau des Imams: »Wenn man reich ist, ist die Stadt sehr schön.« Als Imam werde man aber nicht reich. Polizisten, Lehrer, viele Beamte verdienten besser. Elif rutscht ein wenig auf dem Sofa herum. »Manchmal«, sagt die Tochter, »hasse ich Istanbul, aber wenn ich im Dorf bin, vermisse ich die Stadt.« Und was macht sie in ihrer freien Zeit in der Stadt der unendlichen Möglichkeiten und Verführungen? »Ich laufe durch die Shoppingmalls, auch wenn ich nichts kaufe, oder hier durch die Nachbarschaft. Wenn ich die alten Häuser sehe, macht mich das schon wieder glücklich.«

Satu Önder mahnt, das Essen nicht zu vergessen, die Blätterteigtaschen mit Käse habe sie frisch gemacht. Fragt man die Frau des Imams, ob sie findet, dass die Arbeit ihres

Mannes schwer sei, dann sagt sie, mit einem Zögern, als wolle sie nicht missverstanden werden: Nein, schwer würde sie das nicht nennen, aber er sei eben den ganzen Tag angebunden, könne nicht weit weg von zu Hause, sechs Tage die Woche. Am Wochenende gebe es einen freien Tag. Und wenn der Vorbeter krank wird? Dann komme Ersatz, vorausgesetzt, es finde sich einer, was nicht einfach sei, zum Beispiel als Mustafa Önder Covid-19 bekam.

»Die guten Jahre gehen vorbei, so ist das Leben«, sagt sie. »In der Türkei machen immer diejenigen die schwersten Arbeiten, die nicht lange zur Schule gegangen sind.« Wieder ein Seitenblick zur Tochter. Wenn Elif mit dem Studium fertig sei, könnte ihr Mann vielleicht vorzeitig in Rente gehen. Dann müssen sie das Häuschen über der Moschee verlassen. »Es ist ja nicht unser Eigentum.« Sie würden wieder ins Dorf ziehen, wo das Leben billiger ist, wo nur noch ein paar alte Menschen leben und viele Häuser leer stehen, weil die Jungen alle in die Städte gegangen sind. »Aber da ist es kalt im Winter«, sagt Satu Önder und schüttelt sich ein bisschen. Oder sie könnten pendeln, zwischen Stadt und Land. Auch das hat sie schon erwogen. Elif sagt, sie möge das Dorf, »aber nur im Sommer, wenn meine alten Freunde da sind, dann sind wir den ganzen Tag in der Natur, wir laufen durch den Wald, machen Musik, Feuer, haben Spaß«.

Sie schenkt noch einmal Tee nach. Stört es ihre Mutter, dass sie kein Kopftuch trägt? Elif sagt, »meine Eltern haben mich nie dazu gezwungen, es zu tragen, das rechne ich ihnen hoch an«. Satu Önder legt ihre rechte Hand aufs Herz:

»Ich schaue nicht auf Äußerlichkeiten, sondern auf das Innere.« Nur eine ihrer drei Töchter trägt die islamische Kopfbedeckung.

Bevor Recep Tayyip Erdoğans Partei 2002 an die Macht kam, durften Frauen mit Kopftuch nicht studieren. Manche zogen sich deshalb Perücken über das Tuch. Erdoğan schickte seine Töchter zum Studium in die USA – mit Kopftuch. Es war paradox: Gerade weil die islamische Kopfbedeckung in staatlichen Gebäuden verboten war, wurde sie zum Symbol der Spaltung des Landes. Erdoğan versprach, das Verbot zu kippen, und wurde auch dafür von Konservativen gewählt.

Die Türken sind unter Erdoğan aber nicht generell frömmer geworden. Das renommierte Istanbuler Meinungsforschungsinstitut Konda untersucht alle zehn Jahre das Lebensgefühl junger Menschen. Bei der bislang letzten repräsentativen Befragung von 5793 Türken über fünfzehn Jahre in Metropolen und auf dem Land fand Konda 2019 heraus: Fünfzehn- bis 29-Jährige sind im Alltag sogar weniger konservativ als zehn Jahre zuvor. Es halten sich weniger junge Leute an die islamischen Gebetsregeln, und im Ramadan wird weniger gefastet. Mädchen und junge Frauen tragen seltener Kopftuch. 58 Prozent verhüllen ihr Haupt nie, zehn Jahre zuvor waren es nur fünfzig Prozent. Die strenge Form des Kopftuchs, *türban* genannt, die keine Haarsträhne sehen lässt, tragen nur sechs Prozent der Fünfzehn- bis 29-Jährigen, zehn Jahre zuvor waren es noch sechzehn Prozent. Und die allermeisten wollen ihren Lebenspartner selbst aussuchen. Konda-Chef Bekir Ağırdır nennt die Türkei »ein soziales Labor für die Folgen von Urbanisierung und Globalisierung«. Dazu gehört auch: 93 Prozent der jungen Türken nutzen soziale Medien, vor allem Facebook und Twitter.

An der Stirnwand des Wohnzimmers von Familie Önder hängt der Flachbildschirm, der in keinem türkischen Haushalt fehlen darf. Verrät die Frau des Imams, welche Partei sie wählt? Sie zögert, sagt dann: »Mein Mann und ich haben da unterschiedliche Ansichten.« Er sei ein AKP-Anhänger, das war sie früher auch. Aber bei der Kommunalwahl 2019 habe sie in Istanbul ihre Stimme dem jetzigen Oberbürgermeister Ekrem İmamoğlu gegeben. Der ist ein Mann der säkularen CHP, auch wenn er in die Moschee geht. Sein Wahlbündnis aus Sozialdemokraten, Rechtsliberalen und Kurden hat 25 Jahre Vorherrschaft der Konservativen in der Sechzehn-Millionenstadt beendet. Satu Önder findet nun allerdings, dass der Neue noch nicht so vieles besser mache: »Er arbeitet zu wenig.« Elif sagt: »Für mich sind alle Politiker gleich.«

Und was wünscht sich Satu Önder für die Zukunft? Da antwortet sie ohne Zögern: »Dass Gott uns Gesundheit schenkt und Glück für meine Kinder. Mehr ist nicht nötig, denn wie viel Geld du auch hast, wie viele Häuser, was nützt das, wenn du krank und unglücklich bist.« Sie will noch den Garten zeigen. Es geht die steile Treppe wieder hinunter und dann noch ein paar Stufen in den ummauerten Garten. Zwei Kinderschaukeln, Bohnenstauden, Paprikapflanzen, Riesenkürbisse, ein langer Holztisch. In einer Ecke steht ein Hühnerstall, das Türgitter hängt schräg in den Angeln. Satu Önder deutet auf den leeren Käfig. »Da war der Hahn drin.«

7 Uhr Treffpunkt Taksim

Unterwegs zu Osman Kavala, dem Mäzen hinter Gittern

Es ist ein gemächliches Erwachen, die Straßenkehrer fegen die Reste der Nacht auf dem Taksim zusammen. Vor dem Marmara-Hotel steht eine Schlange gelber Taxis, ein Fahrer der Morgenschicht lehnt an seinem Wagen, ein Teeglas in der Hand. Seitdem der Verkehr von Istanbuls zentralem Platz in einen unterirdischen Busbahnhof verbannt wurde, ist der Taksim, auf dem man früher den Herzschlag der Stadt spürte, eine ruhiggestellte betonierte Bucht. Zum Verweilen lädt hier nichts mehr ein. Mit Absicht, denn auf dem Platz und im angrenzenden Gezi-Park sammelten sich im Sommer 2013 Hunderttausende Demonstranten. Der Taksim war aber schon vorher der zentrale Protestplatz der Türkei. Das ist Geschichte.

Nur an einer Seite können noch Busse halten, dort steht an diesem Morgen ein Mann mit einem Klemmbrett in der Hand. Er hakt die Namen der Passagiere ab, die sich einer nach dem anderen einfinden und rasch einen großen Reisebus füllen. Sie nicken einander stumm zu, wie Menschen, die sich nicht zum ersten Mal begegnen. Alle kennen das Ziel der Reise: Silivri, das größte Gefängnis der Türkei, etwa siebzig Kilometer entfernt vom Zentrum Istanbuls, Richtung Westen. Zu der Reisegesellschaft gehören Schauspieler, Dramatiker, Schriftsteller, Künstler, Stadtplaner, Journalisten. Sie wollen dabei sein, wenn dem Kulturmäzen Osman Kavala im Gerichtssaal von Silivri der Prozess gemacht wird, einem Mann, der sein Vermögen hergibt für die Kunst und die Künstler.

Kavala wird beschuldigt, ein Staatsfeind zu sein, die Anklageschrift ist fast 700 Seiten lang und voller Absurditäten. Darin finden sich Facebook-Posts, Flugdaten, Handyfotos, darunter eine Landkarte. Der Staatsanwalt wertet sie als Beweis dafür, dass der Angeklagte »die Einheit der Türkischen Republik« zerstören wollte. Die Karte zeigt die geografische Verbreitung von Bienenrassen im Nahen Osten, keine neuen Grenzen der Türkei.

Im Bus sammeln sie das Fahrgeld ein. Die Stadt ist erwacht, der Verkehr ein zähflüssiger Strom. Zwei Stunden, manchmal mehr, dauert es bis Silivri. Das Gefängnis hat auf der Schnellstraße eine eigene Ausfahrt, es ist eine Kleinstadt und die größte Haftanstalt Europas. Zuerst sieht man die Wachtürme, dann den Zaun. Das Gerichtsgebäude liegt gleich hinter der ersten Absperrung.

Vor Betreten des Gerichtssaals müssen Besucher ihre Handys abgeben, ausgenommen davon sind Parlamentsabgeordnete. Oppositionspolitiker sind regelmäßige Prozessbeobachter in Silivri. Der Saal hat etwa tausend Quadratmeter, er wurde für Massenprozesse gebaut. An der Stirnwand über dem erhöhten Richtertisch steht in Großbuchstaben: »Die Gerechtigkeit ist das Fundament des Landes.« Ein Satz von Republikgründer Kemal Atatürk. Das kann man auch von der rückwärtigen Saalseite aus noch gut lesen, wo die Zuschauer Platz nehmen. Was man von dort nicht sieht, sind die Gesichter der Richter und des Staatsanwalts, weil sie nicht auf den zwei Großleinwänden erscheinen, die den Richtertisch flankieren. Dort werden nur die Köpfe der Anwälte gezeigt und die der Angeklagten, wenn sie das Wort haben.

Es gibt in diesem Prozess sechzehn Angeklagte. Nicht alle sind anwesend, einige sind schon vor einiger Zeit ins Ausland geflüchtet, darunter der bekannte Journalist Can Dündar, der nun in Deutschland im Exil lebt. Nur einer der sechzehn ist in Untersuchungshaft: Osman Kavala. Um zehn Uhr soll die Verhandlung beginnen, aber es tut sich nichts. Viel Zeit, die Polizisten zu studieren, die in Panzerwesten die vielen leeren Sitzreihen in der Saalmitte bewachen, einige spielen mit ihren Handys. Auf den Zuschauerbänken ganz hinten sind alle 300 Plätze besetzt. Für Anwälte, Diplomaten, Abgeordnete und Medienvertreter gibt es extra Stühle an den Seiten. Auch hier ist kein Platz frei, ein paar Journalisten sitzen daher am Boden. Gewöhnlich ist das nicht erlaubt, aber manchmal, so wie heute, drücken die Wachleute ein Auge zu.

Endlich erscheinen der Richter und seine zwei Beisitzer. Kurz darauf wird der Angeklagte hereingeführt, über eine Rampe aus dem Untergrund direkt in die Saalmitte, was dem Auftritt etwas Theatralisches verleiht. Auf der Rampe taucht zuerst Kavalas grauer Lockenkopf auf, da erheben sich die Zuschauer schon von ihren Plätzen zum Gruß, viele klatschen, winken. Kavalas grauer Anzug hängt an den Schultern über, als sei er ihm in der Haft zu weit geworden. Die Polizisten, die ihn begleiten, überragt er um Haupteslänge. Die Zuschauer klatschen immer noch, da dreht er den Kopf, winkt zurück. Kavalas Augen schweifen durch den Saal, auf der Suche nach bekannten Gesichtern. Das alles dauert weniger als eine Minute, da mahnt der Richter zur Ruhe. Später wird er bei Beifallsbekundungen mit der Räumung des Saales drohen.

Alle sechzehn Angeklagten – Architekten, Professoren, Schauspieler – werden beschuldigt, sie hätten die Proteste 2013 im Gezi-Park organisiert, um die Regierung zu stürzen. Kavala sei ihr Finanzier gewesen. Alle haben die Vorwürfe bestritten. Mehreren Angeklagten droht wie Kavala lebenslange, erschwerte Haft. Die wurde einst als Ersatz für die Todesstrafe in der Türkei eingeführt, es bedeutet mindestens dreißig Jahre Einzelhaft.

Kavalas Stiftung *Anadolu Kültür* ist seit 2002 aktiv, sie ist Partner des Goethe-Instituts in der Türkei und vieler anderer internationaler Kulturinstitutionen. Die Stiftung hat ein armenisch-türkisches Jugendorchester finanziert, kurdische Künstler, Filmfestivals, Ausstellungen und vieles mehr. Kavalas Familie stammt ursprünglich aus dem heutigen Griechenland, sie wurde im Tabakhandel und mit Bergwerken reich. 1982, nach dem Tod des Vaters, übernahm der Sohn den Konzern, der früher auch für das Militär produzierte. Der Pazifist hat sich längst aus dem aktiven Geschäft zurückgezogen, er ist hauptberuflich Philanthrop. Zum Ärger der Regierenden. Erdoğan nannte ihn– es sollte abschätzig klingen – den »Soros der Türkei«, weil Kavala ähnlich wie der US-Milliardär auch Bürgerrechtsorganisationen fördert.

Am 18. Oktober 2017 wurde Kavala festgenommen, nach einem Inlandsflug. Er wollte in Istanbul gerade aus der Maschine steigen, als er – noch im Flugzeug – von Sicherheitskräften abgeführt wurde. Der Prozess begann erst knapp zwei Jahre später, im Juni 2019, dazwischen blieb er in Untersuchungshaft. Verhandelt wurde stets in großen Abständen von Wochen und Monaten, und nach jedem Prozesstag entschied das Gericht, dass Kavala »wegen Fluchtgefahr« im Gefängnis bleiben müsse.

Nun, es ist der 18. Februar 2020, wird erneut verhandelt, und diesmal ist einiges anders: Der Richter hat den Anwälten zuvor die Botschaft zukommen lassen, sie sollten ihre letzten Verteidigungsworte vorbereiten. Und der Europäische Gerichtshof hat schon im Dezember 2019 die sofortige Freilassung Kavalas verlangt. Die Straßburger Richter fanden in der Anklageschrift keinerlei Beweise für den Umsturzvorwurf. Immer wieder drängt der Richter an diesem Tag zur Eile, die Anwälte aber beklagen, dass alle von ihnen benannten Zeugen abgelehnt wurden. Als ein Anwalt sich das Wort nicht nehmen lassen will, weist der Richter ihn aus dem Saal. Polizisten versuchen, den Juristen mit körperlicher Gewalt hinauszueskortieren. Dagegen protestieren viele Zuschauer lautstark. Polizisten bauen sich vor dem Publikum auf, der Richter will die Besucherbänke räumen lassen. Einige Zuschauer stehen auf, bereit, den Saal zu verlassen, viele aber bleiben sitzen. Bevor die Situation eskaliert, verzichtet der Richter auf die Räumung.

Einer der Angeklagten – er ist selbst Anwalt – nennt in seinem »letzten Wort« die ganze Anklage ein »schmutziges Lügenbündel«. Er erinnert daran, dass die Vorwürfe von Ermittlern zusammengetragen wurden, die inzwischen selbst verurteilt sind, wegen Aktivitäten für die Gemeinde des Predigers Fethullah Gülen, der von Erdoğan für den Putschversuch vom Juli 2016 verantwortlich gemacht wird und nun Staatsfeind Nummer eins ist. So absurd ist das alles. Eine Angeklagte sagt: »Ich habe überhaupt nichts verstanden«, sie fühle sich in diesem Prozess »wie in einem Raumschiff«. Das Gericht zieht sich dann zurück, davor hat der Staatsanwalt noch einmal lebenslange Haft für Kavala und zwei weitere Angeklagte verlangt sowie mehrjährige Haftstrafen für viele der übrigen Beschuldigten.

Was dann passiert, ist eine Sensation. Die Pause ist kurz, die Angeklagten sind aufgestanden, um das Urteil entgegenzunehmen, und der Richter murmelt seine Entscheidung herunter, so hastig, als würde er auf das Luftholen verzichten. Es dauert einige Sekunden, bis die Botschaft auf den Zuschauerbänken angekommen ist, weil sie fast niemand erwartet hat, nicht an diesem Tag, nicht von diesem Gericht: Freispruch für alle! Aus Mangel an Beweisen. Im Saal bricht Jubel aus. Minutenlanger Applaus, Tränen, Umarmungen. In der Mitte der ersten Zuschauerreihe steht Ayşe Buğra, Kavalas Frau. Sie ist klein, schmal, dunkelhaarig. Sie hat an keinem Prozesstag gefehlt und musste diesen Saal bislang stets ohne Hoffnung verlassen. Nun strahlt sie, wird von Freunden umringt, umarmt, beglückwünscht. Osman Kavala hat sich da schon wieder zum Publikum umgedreht, auch er winkt, im Gesicht ein Leuchten. Dann führen ihn die Beamten erneut ab, über die Rampe in den Untergrund. Vor der Entlassung werden Häftlinge noch einmal ins Gefängnis gebracht, sie müssen ihre Zelle räumen, zusammenpacken.

Die Zuschauer strömen ins Freie, viele fallen sich erst draußen vor dem Saal in die Arme. Reporter sprechen in Kameras, ausländische Diplomaten geben Kommentare der Erleichterung ab. Kavala wird da schon zu einem Arzt außerhalb des Gefängnisses gebracht, der bescheinigen soll, dass er in der U-Haft keinen Schaden genommen hat. Auch das ist Routine. Dann müsste er eigentlich für die formelle Entlassung zurück nach Silivri. Doch der Minibus nimmt einen anderen Kurs – zur Anti-Terror-Polizei in Istanbul. Dort eröffnet ihm ein Staatsanwalt, dass ein neuer Haftbefehl gegen ihn vorliege und er erneut festgenommen sei. Diesmal wegen angeblicher Beteiligung am Putschversuch von 2016. Von Sympathien des Mäzens für den Prediger Gülen, der hinter dem Putschversuch stecken soll, ist nichts bekannt, im Gegenteil: Kavala hatte frühzeitig vor dessen Einfluss gewarnt. Die neuen Vorwürfe sind ebenso aus der Luft gegriffen wie die aus der Anklage, die sechs Stunden zuvor mit einem Freispruch vom Tisch gewischt worden ist. Kavalas Frau und seine Freunde erfahren das noch am selben Abend, nach ihrer Rückkehr nach Istanbul, von den Anwälten. Zwölf Stunden nachdem sie am Morgen nach Silivri aufgebrochen sind.

Ob Freispruch oder Haftbefehl, nichts mehr ist berechenbar, die türkische Justiz ein Scherbengericht. So sagen es die regierungskritischen Kommentatoren. Kavalas Anwälte sprechen von einer »Form der Folter« durch die fortgesetzte Untersuchungshaft.

Von Regierungsleuten wird zur Rechtfertigung erzählt, die Türkei sei von Feinden umzingelt und ihre Gegner stünden im Westen. Ein Unternehmer und Mäzen, der mit westlichen Kulturinstitutionen kooperiert, gerät in diesem Gespinst aus Konspiration und Misstrauen unter Generalverdacht. Diejenigen aber, die da nicht mitmachen wollen und immer noch für eine pluralistische Türkei eintreten, sollen eingeschüchtert werden. Der Prozess gegen Kavala soll jene mundtot machen, die partout nicht den Mund halten wollen. In diesem Sinn war der Freispruch ein Unfall, ein nicht vorgesehenes Ereignis. Später erfährt man, dass dem Richter, der ihn fällte, beamtenrechtliche Untersuchungen drohen.

Im Dezember 2020 beginnt der zweite Prozess gegen Kavala. Dann wird im Januar 2021 auch der Freispruch von einem Berufungsgericht aufgehoben, über die erste Anklage soll erneut verhandelt werden. Schließlich werden beide Prozesse zusammengelegt. Da wird es sogar einem aus der Gründergeneration von Erdoğans Partei zu viel. »Nicht mal ein Kind« hätte die neue Anklage verfassen können, so lächerlich sei sie, schimpft Bülent Arınç, Ex-Parlamentspräsident und Präsidentenberater. Erdoğan distanziert sich sofort von seinem alten Mitstreiter, und Arınç tritt als Berater zurück. Mit einer Begründung für die Geschichtsbücher: »Unser Land muss sich entspannen und eine Lösung für die Probleme unserer Nation finden.«

In der Türkei gibt es viele Mäzene, meist Besitzer großer Industrie- und Handelskonglomerate. Sie stiften prachtvolle Museen, finanzieren Festivals und schmücken sich damit auch selbst. Kavala ist in diesem Kreis mit seiner Stiftung ein auffallend bescheidener Helfer. Statt Aufmerksamkeit fordernde Prestigeprojekte fördert er kleinteiliges zivilgesellschaftliches und kulturelles Engagement. Sein Interesse gilt den marginalisierten Kulturen, der kurdischen, der armenischen, den vertriebenen Griechen. Viele Kulturschaffende standen bei ihm Schlange, um ihn für ihre Projekte zu gewinnen. Sein Kunstraum »Depo« im einstigen väterlichen Tabaklager liegt in der Nähe der Hafenkais von Galata, ein Stück entfernt von der Vorzeigemeile İstiklal. Mütterlicherseits stammt die Familie aus osmanischem Adel. Wenn sein grauer Lockenschopf bei einer Vernissage oder einer Demo aus der Menge ragt, umgibt den Mann etwas Aristokratisches und gleichzeitig Studentisches. Kavala wurde 1957 in Paris geboren, in Istanbul besuchte er das renommierte Robert College, in Manchester studierte er Wirtschaftswissenschaften. Seine Frau ist eine angesehene Wirtschaftsprofessorin.

Anfang der 2000er Jahre traf ich beide zum ersten Mal, bei einem Frühstück von Freunden in Berlin. Die meinten, ich sollte Kavala kennenlernen, bevor ich nach Istanbul ginge. Was sie nicht sagten: Dass Kavala einer der wohlhabendsten und großzügigsten Mäzene der Türkei ist, und die beiden machten auch kein Aufhebens davon. Viele suchten später das Gespräch mit Kavala, europäische Regierungschefs, Kulturminister. Nicht lange vor seiner Festnahme hatten wir uns in Istanbul wieder einmal getroffen, zu einem Abendessen. Kavala sprach von einer Hetzkampagne, von Drohungen auch aus einer regierungsnahen Gruppe. Ob er nicht die Türkei verlassen wolle, fragte ich. Für einige Zeit? Er hätte in jedes europäische Land ausreisen können. Er sagte, er wolle in Istanbul bleiben, wo er gebraucht werde, von seiner Stiftung, von seinen Freunden.

Über seine Anwälte ließ Kavala im Januar 2020 der *Süddeutschen Zeitung* aus der Haft einen persönlichen Text zukommen. Darin schreibt er über eine globale Atmosphäre des »Postfaktischen«. Die Türkei sei nicht das einzige Land, in dem man damit leben müsse, dass Tatsachen nichts mehr gelten.

Saubermachen

8 Uhr

Wer macht den Dreck weg? –
İlker Aslan, der Bosporus-Reiniger

Sie kommen früh, denn wenn die Menschen den Dreck sehen, dann heißt es gleich wieder: Ihr arbeitet nicht! Dann sind sie schuld und nicht die, die den Dreck machen. Ein Stück Papier, eine Plastiktüte, achtlos auf einer Parkbank hinterlassen, und der Wind weht alles ins Meer. »Die Wellen nehmen es mit, es schwimmt überall.« İlker Aslan streicht seine feuerrote Krawatte auf der blütenweißen Hemdbrust glatt.

»Director of Marine Services« steht auf seiner Visitenkarte, links oben eingedruckt das Wappen der Stadtverwaltung, in Blau und Weiß, den Farben von Himmel und Wasser. Die Karte ist in Türkisch und Englisch. Auch das ist eine Botschaft. Wer für die Sauberkeit von 550 Kilometern Küste in Istanbul zuständig ist, der kann sich nicht den Luxus leisten, nur auf die Stadt zu schauen. Denn der Dreck und die, die ihn verbreiten, haben viele Nationalitäten. Tausende Tanker mit schwarzem Öl in ihren Riesenbäuchen und Containerfrachter mit haushohen Aufbauten fahren jedes Jahr durch den Bosporus. Sie sollten dies möglichst spurlos tun. Aber so ist es nicht immer. »Wenn sie hier illegal Abfälle oder Öl entsorgen, dauert es höchstens eine halbe Stunde, dann sind wir da«, sagt Aslan.

Sie haben schnelle Patrouillenboote, »wie ein Ferrari«. Mit denen können sie die Umweltsünder verfolgen. »Dann gibt es hohe Strafen, bis zu zwei Millionen Lira.« Um die 200 000 Euro. »Viele rufen uns dann an, sagen, dass wir nicht so viel Geld verlangen sollen, aber sie bekommen ihre Strafe.« Vor Aslans Bürofenster breitet sich das Istanbuler Häusermeer aus, das Verwaltungsgebäude aus Glas und Beton ist von Schnellstraßen umgeben, nicht von Schifffahrtsrouten. Dennoch hat Aslans Büro etwas von der Kommandozentrale eines Kapitäns. Eine Landkarte bedeckt fast eine ganze Wand, mit viel hellem Blau im Norden und im Süden, dort, wo sich Schwarzes Meer und Marmarameer befinden.

Dazwischen liegt wie ein breiter Gürtel die Istanbuler Landmasse, getrennt durch einen schmalen Riss. Das ist der Bosporus. Gut dreißig Kilometer lang. Nimmt man ein wenig Abstand von der Karte, sehen die beiden Landmassen entlang der Wasserstraße aus wie zwei Riesenfischköpfe, die sich gegenseitig belauern. Man erkennt aber auch, dass die zwei Küstenlinien perfekt ineinanderpassen würden, so als seien Europa und Asien vor Tausenden von Jahren an dieser Stelle sauber auseinandergebrochen. Weit entfernt voneinander haben sie sich nicht: Der Bosporus ist zwischen 700 und 2500 Metern breit, und voll gezackter Kurven. Zwölfmal müssen die Schiffe bei der Passage durch die Meerenge ihren Kurs ändern, einmal um 45 Grad.

Aslan zeigt mit einer Handspanne auf der Karte Entfernungen an und folgt mit den Fingern den Küstenlinien. Von der östlichen Stadtgrenze bei Tuzla auf der asiatischen Seite des Marmarameeres bis hinein in die Stadt, zum historischen Bahnhof Haydarpaşa, einst Ausgangspunkt der Anatolischen Eisenbahn und heute stillgelegt, weil die Hochgeschwindigkeitszüge nach Ankara neue Gleise haben. Dann springt Aslan auf die europäische Seite des Meeres, setzt die Hand in Silivri an, dort, wo das zu trauriger Berühmtheit gelangte Gefängnis liegt, und lässt seine Finger schließlich auf dem Topkapı-Palast ruhen. »Wir sind rund um die Uhr beschäftigt, wenn wir uns zurücklehnen, schaffen wir unsere Arbeit nicht.«

Noch ein schneller Sprung auf der Karte ans Schwarze Meer, und zurück geht es mit dem Zeigefinger durch den

Bosporus bis zum Goldenen Horn, um die 550 Kilometer Küste einmal ganz zu bewältigen. Das Goldene Horn hängt wie ein gebogener Wurmfortsatz am Südende des Bosporus. Die Istanbuler nennen den Wasserarm *Haliç*, also Bucht oder Mündung, weil hier zwei Flüsse in einem gemeinsamen Delta in den Bosporus münden. In den goldenen Zeiten des Byzantinischen und des Osmanischen Reichs hatte das sieben Kilometer lange Wasserhorn als natürlicher Hafen große Bedeutung. Im 20. Jahrhundert war es lange Zeit nur eine Kloake, das Wasser stank bestialisch. Inzwischen sind die Industriebetriebe am Ufer verschwunden, es gibt Grünanlagen, Picknick- und Kinderspielplätze. In der 1455 auf Befehl von Sultan Mehmed II. errichteten Haliç-Werft werden keine Kriegsschiffe mehr gebaut, sondern nur noch die alten Bosporus-Fähren aufgebockt und gewartet.

Nicht weit von der Werft entfernt machen jene Schiffe fest, über die İlker Aslan das Kommando führt. Sie scheinen auf dem Meer zu schweben, wie große Insekten. Statt eines Bugs haben sie blaue Schaufeln. Aslan tippt auf seinem Computer ein Video an, es zeigt, wie so ein Müllsammelschiff den auf dem Wasser schwimmenden Dreck abfischt. Ein Dutzend Saubermannschiffe hat seine Behörde, sie werden in der Türkei gebaut. Aslan hätte gern noch mehr. »Wir haben auch Drohnen und über neunzig Kameras, mit denen wir die Küsten beobachten.« Für das Drohnen-Projekt habe die Stadt 2020 eine europäische Auszeichnung bekommen. Aslan ist stolz darauf. Und was holen sie nicht alles aus dem Wasser! Plastikflaschen, Verpackungen, Riesenhaufen, wenn man alles zusammenschiebt. »Die Leute haben immer noch nicht gelernt, das Meer sauber zu halten. Sie werfen etwas auf die Straße und vergessen, dass der Wind es ins Wasser fegt.« Auch der Kunstdünger aus Gärten und Parks ist ein Problem. Der Regen trägt ihn ins Meer. »Organischer Dünger sinkt auf den Boden, Kunstdünger schwimmt.« Auf den Straßen, sagt Aslan, sei das mit dem Müllsammeln einfacher als im Meer. »Bei hohem Wellengang können wir nicht rausfahren.«

Also was tun?

Aslan sitzt jetzt kerzengerade hinter seinem Schreibtisch. »Es ist keine Lösung, wenn wir noch mehr arbeiten, die Menschen sollen weniger Schmutz hinterlassen.« Klingt schlicht, scheint aber schwer. »Umweltbewusstsein soll zu einer Kultur werden«, wünscht sich İlker Aslan. »In der Zeit der Pandemie mit all den Ausgangssperren war das Wasser auf einmal ganz klar, und wir haben wieder viel öfter Delfine im Bosporus gesehen.« Taucher fanden allerdings am Meeresgrund dann auch Maskenmüll und Plastikhandschuhe.

Bevor İlker Aslan im April 2020 Chef der Marine Services wurde, war er im Stadtteil Beylikdüzü für den Umweltschutz zuständig. Beylikdüzü liegt fast am Stadtrand, ist aber ziemlich bekannt geworden, weil hier die Karriere des Istanbuler Oberbürgermeisters Ekrem İmamoğlu begonnen hat. İmamoğlu von der säkularen Republikanischen Volkspartei, der CHP, war dort Stadtviertelbürgermeister. Er setzte sich 2019 in einer spektakulären Doppelwahl als OB der Sechzehn-Millionenmetropole durch. Ein Vierteljahrhundert hatten Recep Tayyip Erdoğan und die Konservativen die Macht in der Stadt. Im Rathaus von Istanbul hatte 1994 die Karriere des heutigen Präsidenten begonnen. Seine Partei sorgte dafür, dass die Kommunalwahl 2019 in Istanbul innerhalb von drei Monaten gleich zweimal stattfinden musste. Das erste Ergebnis ließ Erdoğan anzweifeln. Da war der Vorsprung von İmamoğlu noch seidenfadendünn. Erdoğan gab erst klein bei, als İmamoğlu beim zweiten Mal mit einem Abstand von 800 000 Stimmen uneinholbar vorne lag. Ein Erfolg ohne Beispiel, an dem auch eine rechtsliberale Partei und die linke prokurdische HDP mitwirkten. İlker Aslan nennt İmamoğlu »Ekrem Bey«, Herr Ekrem. Im Türkischen klingt das sowohl vertraut wie ehrerbietig. »Ekrem Bey hat mir gesagt, ich brauche dich.« Der OB suchte einen Saubermann, auf den er sich verlassen konnte, und je länger man Aslan zuhört, desto besser versteht man, dass es hier um mehr geht als um das Wegräumen von Plastikflaschen. Eher um ein Großreinemachen.

Ist ja eigentlich auch klar. 25 Jahre Vorherrschaft einer einzigen Partei gehen an keiner Verwaltung spurlos vorüber. Da gibt es Seilschaften und politische Gefälligkeiten, zumal wenn der mächtigste Mann im ganzen Land auch in der Stadtverwaltung Hinz und Kunz kennt. Gewöhnlich sitzt die Regierung in Ankara ohnehin am längeren Hebel, sie kontrolliert die großen Geldströme. So musste İmamoğlu gleich nach der Wahl feststellen, dass die Staatsbanken der Stadt selbst für »tägliche Routinebedürfnisse« keine Kredite mehr gewähren wollten. Der OB fand zur Fertigstellung bereits begonnener U-Bahn-Strecken dann Unterstützung bei europäischen Banken.

Zwei Monate nach seinem Einzug ins Istanbuler Rathaus traf ich den neuen OB zu einem Interview. Da erzählte er von »Bankautomatenangestellten«, die nichts weiter taten, als regelmäßig ihr Gehalt abzuholen. Von religiösen Stiftungen, die Millionenzuwendungen erhielten, von üppigen Dienstwagenverträgen. Hunderte überflüssige Dienstwägen stellte die Stadt dann zur Schau. Geparkt in langen Reihen am Marmarameer, auf einem Riesengelände, das Erdoğan für seine Großauftritte hatte aufschütten lassen. Hier schwebte der Präsident im Wahlkampf mit dem Hubschrauber ein, wenn der Platz voll war. Eine ganze Flotte städtischer Busse brachte Beamte und Angestellte zu diesen Kundgebungen. Diese Busflotte kann Erdoğans Partei nun nicht mehr kommandieren.

»Istanbul, das bedeutet die Hälfte der Türkei«, sagt İlker Aslan. Ganz stimmt das nicht, denn die Türkei hat 83 Millionen Einwohner und Istanbul offiziell sechzehn, womöglich auch siebzehn Millionen oder mehr. So genau weiß man das nicht. Die Stadt ist das geschäftliche Zentrum des Landes. Und so ist Aslans Behauptung eine Abwandlung des Erdoğan zugeschriebenen Leitsatzes: »Wer Istanbul regiert, der regiert die Türkei.« İlker Aslan sagt, er wünsche sich, dass der 1970 geborene İmamoğlu auch einmal Präsident werde, wie der 1954 geborene Erdoğan, dessen Karriere ja auch in Istanbul begonnen hat. »Wir haben eine große Verantwortung«, sagt Aslan. Das heißt wohl auch: Es muss klappen mit dem Großreinemachen. Gar nicht so einfach.

Aslans Behörde ist auch für die Instandhaltung der Atatürk-Brücke zuständig, eine 477 Meter lange sechsspurige, viel befahrene Auto- und Fußgängerbrücke über das Goldene Horn. »Da waren Risse, verrostete Teile, als ich übernommen habe. Ich habe die Leute hier gefragt, warum habt ihr nichts gemacht, habt ihr geschlafen?« Tagelang habe man gearbeitet, um das Nötigste zu erledigen. Eine Generalsanierung der Brücke würde viele Millionen kosten, sagt Aslan, »und in der Stadtverwaltung bräuchten wir überall Geld«. Deshalb hat er einen Brief geschrieben, er zieht das Papier aus einer Schublade seines Schreibtischs.

Der Brief ist adressiert an Thyssenkrupp in Deutschland, das Istanbuler Wappen wieder oben links. In dem Schreiben heißt es, die Atatürk-Brücke sei 1937 in einer Partnerschaft der Stadt mit dem M.A.N. Werk Gustavsburg und Krupp entstanden, seither sei sie in Benutzung. Man hoffe auf eine erneute »Zusammenarbeit«, um die »Lebenszeit« des wichtigen Bauwerks zu verlängern. Es ist eine höflich formulierte Anfrage, man könnte sie auch als Hilferuf lesen. Beigelegt sind historische und aktuelle Fotos, eine handgeschriebene Konstruktionsanweisung von 1937, auf Deutsch und Französisch. Es geht um »Stützdrücke« und »Einsenktiefen der Pontons«. Aslan sagt, »ich denke, sie werden uns helfen, die Brücke ist ja von ihren Großvätern gebaut worden«.

İlker Aslans Familie stammt aus Sivas, das liegt etwa in der Mitte der Türkei. »Wir sind Anatolier.« Der Vater ging nach Istanbul, um ein besseres Leben zu finden, hier wurde İlker Aslan 1984 geboren. Der Vater hatte einen Lebensmittelladen. »Er öffnete um acht Uhr morgens und arbeitete bis abends, ohne Urlaub.« Als Kind half der Sohn im Laden mit. »Mein Vater hat mir gesagt, wenn du nicht studierst, wirst du ein Mann wie ich.« İlker Aslan studierte in Istanbul erst Ingenieurwissenschaften, nach seinem Militärdienst noch Betriebswirtschaft und erwarb einen Doktorgrad. »Ich bin sehr diszipliniert, manche Leute sagen, ich sei hart.« Auf einem stummen Diener in einer Ecke des Büros hängt Aslans blaues Jackett, darunter das Fantrikot eines Istanbuler Fußballclubs. Er ist Kickboxer, Schwimmer, keiner, der sich auf einem Bürostuhl ausruht. Das schwarze Haar trägt er straff zurückgekämmt. Er wäre gern zur Marine gegangen, aber er wurde Offizier bei einem Bergkommando. Es wäre ihm damals nicht in den Sinn gekommen, dass er noch auf dem Meer landen würde. »Man weiß ja nie, was das Leben bringt.«

Etwa 900 Leute hat er in seiner Behörde. Er hätte gern mehr. Manchmal, sagt er, wünsche er sich einen einfacheren Job, »denn hier kann ständig etwas passieren«. Zum Beispiel die Sache mit den Schmugglern. Da gibt es eine bekannte Stelle am Marmarameer, auf der europäischen Seite. »Dort passiert viel Illegales.« Menschenschmuggel, Drogenschmuggel auf Schiffen. »Da ist es einfach zu flüchten.« Er war noch nicht lange im Amt, da wollte er auch dort groß aufräumen. »Vier Tage bin ich nicht nach Hause gefahren.« Dann tauchten im Küçükçekmece-See am Rand von Istanbul plötzlich tonnenweise tote Fische auf. »Das war Sabotage, sie wollten mich loswerden.« Die toten Fische wurden im Fernsehen gezeigt, riesige Mengen. Gruselig. »Da fragten alle, wo ist der zuständige Mann?« Es ging um Korruption, sagt Aslan, »das ist wie ein innerer Krieg«. In der Verwaltung. »Aber wir machen weiter, ohne Angst.«

Fragt man İlker Aslan, was ihn motiviert, dreht er sich auf seinem Stuhl Richtung Fenster. Davor, auf einer Ablage, liegen wie Ausstellungsstücke Dinge, die ihn an sein früheres Leben erinnern, die Offizierskappe und ein dickes Buch: die auf 900 Seiten gedruckte Vermächtnisrede des Republikgründers Kemal Atatürk vor den Delegierten des zweiten Parteitags seiner *Cumhuriyet Halk Partisi*, der CHP, im Oktober 1927. »Das motiviert mich«, sagt Aslan, »ich will der nächsten Generation eine schönere Türkei hinterlassen.« Er nimmt sein Handy, zeigt ein Foto seiner kleinen Tochter. »Meine Frau ist in London geboren und aufgewachsen, sie ist auch Türkin und hat dort die Polizeiakademie absolviert. Sie ist also eine ehemalige Polizistin und ich bin ein ehemaliger Soldat.« Seine Frau arbeitet in Istanbul nun als Englischlehrerin. »Ich fahre meine Tochter zum Kindergarten, und wenn ich abends nach Hause komme, sind alle schon eingeschlafen.«

Im öffentlichen Dienst werde man nicht reich, sagt Aslan. Er nimmt wieder sein Handy, tippt auf dem Taschenrechner sein Monatsgehalt ein und rechnet es um: 1600 Euro. »In Deutschland würde ich wahrscheinlich dreimal so viel verdienen, also wegen des Geldes kann man diese Arbeit nicht machen.« Er lacht, sagt: »Ein Held zu sein hat seinen Preis.« Dann, wieder ernst: »Wir haben hier wirklich eine Ruine übernommen, wir tun das für unser Land, für die Fahne.« Manche Leute würden ihm nachsagen, er habe eine große

Klappe. »Aber sie können nicht sagen, dass ich korrupt bin. Ich weiß, der Stuhl, auf dem ich sitze, gehört nicht mir. Es gibt viele Leute wie mich, die man gewöhnlich nicht kennt, wir sind jung, wir werden Stufe um Stufe aufsteigen.«

Wo in Istanbul ist er aufgewachsen? »In Küçükçekmece.« Dort, wo sie ihm die toten Fische ins Wasser gekippt haben. Ein Kleineleuteviertel. »Es ist eigentlich Provinz, mit der Bourgeoisie hat man dort nichts zu tun.« Den Bosporus hat er in seiner Jugend selten gesehen. »Der war weit weg und wir hatten nicht so viel Geld.« Im See von Küçükçekmece soll der »Zweite Bosporus« enden, den Erdoğan parallel zur natürlichen Wasserstraße bauen will. »Ein verrücktes Projekt«, hat Erdoğan diesen »Kanal Istanbul« einst selbst genannt, was ihn nicht davon abhält, die Idee seit Jahren zu verfolgen. Schon osmanische Sultane träumten vom kontinentalen Umbau, von Kanälen, die das Land durchstechen. Umweltexperten warnen, das Megaprojekt gefährde die ohnehin prekäre Wasserversorgung der Metropole, die Speicherseen in der Nähe der Kanalstrecke würden entweder vernichtet oder versalzen.

An den Schiffsanlegern in Istanbul liegt eine Broschüre der Stadtverwaltung aus, mit dem Bild des Bürgermeisters und Argumenten gegen den Kanal. Auch Aslan sagt: »Der Kanal ist falsch.« Erdoğan verweist auf die Gefahren durch den stetig wachsenden Schiffsverkehr. Seine Gegner dagegen sagen, der Regierung gehe es vor allem um neue Satellitenstädte entlang der künstlichen Wasserstraße. Viele Grundstücke seien längst an reiche Investoren aus den Golfstaaten verkauft. Ob der Kanal noch zu verhindern ist? Aslan sagt: »Wir tun unser Bestes.«

Hat er noch einen Zukunftswunsch? »Ein Istanbul mit weniger Verkehr.« Und für das Meer? Dass der Bosporus so sauber wird, dass man darin schwimmen mag? So wie es alte Istanbuler erzählen, die an Wochenenden mit Picknickkörben ans Ufer zogen und in die Fluten sprangen. »Ich glaube, das werden wir schaffen, für das Meer, für unsere Kinder. Dass sie sagen können: Schau mal, da sind Delfine!« Auf Türkisch heißt der Delfin *Yunus*, also Jonas oder Jona – ein Prophet für Muslime wie für Christen. Der Legende nach wurde Jonas von einem Wal verschluckt und wieder ausgespuckt. Auch auf osmanischen Darstellungen sieht man die eleganten Tiere. Aslan strahlt jetzt, als hätte er gerade einen Delfin vor Augen: »Ich möchte ein Istanbul, in dem die Menschen Ruhe finden und lächeln.«

9 Uhr **Treppensteigen**

Siebter Stock ohne Aufzug – Der Architekt Erdoğan Altındiş spricht über Aufgänge und Abstürze

Diese Treppen sind wie Schneckenhäuser, sie winden sich spiralförmig nach oben, himmelwärts. Erdoğan Altındiş setzt eine Krücke auf eine Steinstufe, dann die andere, zieht sich hoch. Stufe für Stufe. Der Architekt braucht zum Treppensteigen die Kraft seiner Arme, seine Beine gehorchen ihm nicht.

Dies ist die Geschichte eines Mannes, der sagt: »Ich habe viel Glück in meinem Leben gehabt.« Sie erzählt von Selbstüberwindung, Angst und Ehrgeiz, vom Aufstieg und vom Fallen, wie könnte es auch anders sein in den Schwindel erregenden Höhen, in denen sich Altındiş bewegt.

Siebter Stock ohne Aufzug. Oben angekommen steckt der Architekt einen Schlüssel in das Schloss einer Stahltür. Es empfängt einen taghelle Wärme. Das Licht fällt durch Fenster von allen Seiten und durch ein Stück Glas im Fußboden. Altındiş eilt voraus, vorbei an Kanapees mit Kissen in Rot und Orange, er öffnet die Terrassentür mit einem Ruck. Ein Schritt nach draußen und sofort stellt sich ein Gefühl von Schwindel ein. Es wird abgelöst von Ergriffenheit. Der freie, weite Blick auf den Bosporus und das Marmarameer nimmt einem für einen Moment fast den Atem. Am Horizont ragen unter leichtem Dunst die Prinzeninseln auf. Richtet man den Blick in die Tiefe, auf abenteuerlich in der Luft schwebende Balkone und Terrassen, voll mit Plastikstühlen und Blumentöpfen, dann weiß man, hier strebt alles zum Licht.

Altındiş atmet tief ein. »Schön«, sagt er. So oft kommt er nicht mehr hier herauf, aber er kann immer noch staunen, wenn ihm Istanbul zu Füßen liegt. Als er Mitte der 1990er Jahre diese Wohnung kaufte, weinte seine Mutter und sein Vater sagte: »Oh Sohn, warum schmeißt du dein Geld auf die Straße?« Wohnungen in den oberen Stockwerken galten als uninteressant, wegen der vielen Treppen, und die Gassen um den Galataturm hatten einen schlechten Ruf. »Es war schmutzig, eine No-go-Area.« Für die neunzig Quadratmeter in schlechtem Zustand bezahlte er 27 000 Mark. Ein Vierteljahrhundert später ist die Dachwohnung ein Vielfaches wert. Galata ist inzwischen touristische Kernzone. Wenn die alten liftlosen Häuser heute den Besitzer wechseln, wird nicht in türkischer Lira, sondern in US-Dollar gerechnet. Altındiş hat den Aufschwung miterlebt, »und ich muss sagen, wir haben ihn mitgeprägt«.

Wenn er »wir« sagt, meint er sich und seine Frau Gabi, mit der er ein Unternehmen gegründet hat, das den Ausblick, türkisch *manzara*, zum Markennamen machte. Sie haben Wohnungen in den obersten Stockwerken, die lange keiner haben wollte, langfristig gemietet, sie in bewohnbare Schmuckstücke verwandelt und an Touristen vergeben, die für den freien Blick das Treppensteigen in Kauf nahmen. Airbnb war noch keine Konkurrenz. Sie waren Pioniere, hatten bald Gäste aus New York, Berlin, Paris und Rom, viele Künstler, Architekten, Galeristen. Istanbul war da gerade zur Partyzone Europas geworden. Es war die Ära des Aufbruchs und die Stadt eine unbekannte, aufregende Schönheit, die es zu erobern galt. Altındiş war der Fremdenführer für seine Gäste durch das Abenteuer Istanbul. Es ist, als wäre das eine Ewigkeit her.

Er sperrt die Stahltür wieder ab und hangelt sich die steile Treppe hinunter. Auf der Straße sagt er: »Im Nachhinein muss ich sagen, ich bin glücklich, dass wir das erlebt haben, es war ein Geschenk.« Die Veränderungen waren schmerzhaft, und der Schmerz kam in Wellen. Erst die Niederschlagung der Gezi-Proteste 2013, da blieben schon die ersten

Gäste weg. Dann Anschläge, der Putschversuch im Juli 2016. Verhaftungen, der Syrienkrieg – und dann noch die Pandemie. Da wollte oder konnte kaum noch jemand reisen. »Das hat mich traurig gemacht, wir wollten doch Brückenbauer sein, wir hatten so eine Art Mission im Kopf.« Um zu verstehen, was diesen Mann antreibt, muss man seine Geschichte kennen. Er eilt wieder voraus, setzt die Krücken auf das buckelige Straßenpflaster. Es ist nicht weit bis zu der Wohnung, in der er jetzt mit seiner Frau lebt. Wieder in einem alten Haus und ziemlich weit oben, aber hier wird gerade ein Lift gebaut.

Aus der Wohnung dringt Bratenduft. Erdoğan Altındiş sagt: »Wenn Gabi Heimweh hat, gibt es Spätzle.« Erst einmal aber gießt Gabi Kern-Altındiş Kräutertee in große Tassen und erzählt, wie sie aus dem Schwarzwald nach Istanbul kam. »Meine Eltern waren sehr konservativ, aber meine Mutter hat mir immer gezeigt, dass alle Menschen gleich sind.« Gabi und Erdoğan sind beide 1963 geboren. Auch in seiner Heimat, der zentralanatolischen Provinz Kayseri, sind die Menschen konservativ. Im Alter von einem Jahr erkrankte er an Kinderlähmung. Seine Mutter sagte ihm später, als Baby konnte er nur etwa einen Monat laufen. Damals wurde bereits gegen Polio geimpft, aber nicht überall. »Ich weiß nicht, warum ich nicht geimpft wurde, vielleicht lag es an den Umständen. Mein Vater war immer auf Baustellen unterwegs, meine Mutter war ein Mädchen vom Lande, abhängig von ihrem Bruder, der sie oft drangsaliert hat.« In der Türkei gab es damals noch viele Polio-Fälle.

Erdoğan ist in der Türkei ein Vor- und ein Nachname. Wörtlich übersetzt ist das der »tapfer Geborene« oder der »als Kämpfer Geborene«. Hört man Altındiş eine Weile zu, wirkt die Namenswahl seiner Eltern hellseherisch. »Meine Mutter hat mich auf ihrem Rücken in die Schule getragen, und sie hat den Schuldirektor überredet, dass mein Bruder ein Jahr früher eingeschult wird, damit er mich begleitet.« Aber der Bruder wollte nicht. »Irgendwann hat sich das dann so entwickelt, dass ich mit einer Krücke laufen konnte.«

Vier Jahre besucht er die türkische Volksschule und wird dann in die Sommerferien zum Vater nach München geschickt. Der ist nun Gastarbeiter in Deutschland und lebt mit anderen Bauarbeitern in einer Barackensiedlung am Stadtrand. Dort landet der Zehnjährige zwischen Stockbetten und Metallspinden. Die Arbeitskollegen des Vaters verwöhnen ihn mit Schokolade und Fernsehen, *Lassie* und *Bonanza*. »Ich hatte eine tolle Zeit.« Der Vater hat ihn nach München geholt, weil er hofft, Ärzte könnten ihm hier besser helfen als in der Türkei. Er wird in einer Münchner Kinderklinik dann zweimal operiert, erfolgreich, sagt er. Türkische Putzfrauen im Krankenhaus trösten ihn über das Heimweh hinweg. Mit einer Gipsschale für die Nächte wird er entlassen, ins Barackenlager. Dort erscheint eines Tages eine Mitarbeiterin des Jugendamts und sagt etwas wie: »Nix gut du hier sein.« Sie bringt ihn in die Landesschule für Körperbehinderte. »Ich hatte wieder Glück.«

Er lernt schnell Deutsch, und wenn ihn die Sehnsucht überwältigt, wählt er sich im Wohnheim die Finger wund, bis er die Stimme der Mutter hört. In der Münchner Stiftung Pfennigparade, die in den 1950er Jahren als Bürgerbewegung zur Polio-Bekämpfung entstand, besucht er eine Fachoberschule. Der »Mutige« gewöhnt sich bald an das Hin und Her zwischen der Schule in München und den Sommerferien in Kayseri. Weihnachten erlebt er im tief verschneiten Bayerischen Wald bei der Familie eines schwer körperbehinderten Wohnheimfreundes.

In München studiert er später Architektur. »Ich bin ziemlich bayerisch geprägt.« Dem Vater ist er bis heute dankbar, dass er ihn nach Deutschland geholt hat. Daraus ist dann seine »Mission« geworden, Deutsche und Türken anzustecken mit seiner Neugier auf den jeweils anderen. »Nun hat sich leider die Welt komplett verändert«, sagt Gabi Kern, »es gibt ja keine Zwischentöne mehr, es gibt nur noch Schwarz und Weiß.« Sie hätten weggehen können, als kaum noch Gäste kamen, »aber wir haben ja eine Verantwortung übernommen, auch für unsere Mitarbeiter, und wir sehen immer noch das Potenzial, das es hier gibt«, sagt Gabi. Und ihr Mann fragt sich, »woher haben wir damals eigentlich die Energie genommen? Wir haben ja immer weitergemacht.« Sie sagt: »Wir haben uns gegenseitig Kraft gegeben.«

Gabi war Gast in einer *Manzara*-Wohnung, bevor sie sich kennenlernten. Sie fand, dass sie einen ähnlichen kreativen Stil haben, wenn sie alte Bausubstanz mit aufregender neuer Architektur verbinden. Auch Gabi Kern ist Architektin. Sie war jahrelang Bauleiterin in München. Man kann sich das so vorstellen: eine kleine Frau mit hellbraunen Haaren, die Männern auf Baustellen Befehle gibt. »Das kennt man ja, man muss als Frau oft das Doppelte bringen, um die halbe Anerkennung zu bekommen.« Auch das Kämpferische verbindet die beiden. 2008 haben sie geheiratet. Er sagt: »Ich habe als Kind in Kayseri immer diese mitleidigen Blicke gespürt. Ich wollte immer selbstbestimmt sein und es zu etwas bringen.«

Es gibt ein Kinderfoto, es zeigt sechs Jungs in Kayseri, auf dem Schutt alter armenischer Häuser. Ein Kind trägt ein T-Shirt mit türkischer Flagge. »Trümmer zu verkaufen« steht auf einer Mauer. Altındiş hat das Foto aus seiner Kinderzeit 2019 in einer Ausstellung in Istanbul gezeigt. Es ist für ihn »eine Mahnung für den Umgang mit Minderheiten«. Die Ausstellung war so etwas wie der Versuch, sich selbst aus einer Depression zu befreien. Er hat auch Papierdrachen gebaut und sie über einer Istanbuler Passage aufgehängt. Drachen steigen zu lassen im trockenen Wind Anatoliens ist ein beliebtes Kinderspiel. Ausstellungsbesuchern hat er einen Pinsel in die Hand gedrückt, sie zum Malen aufgefordert. Er malt auch, großformatige Bilder, in denen man bisweilen etwas von der Silhouette Istanbuls ahnt. Fantasie, sagt er, »kann mehr bewegen als direkte Konfrontation«.

Ihre Firma haben sie verkleinert. Gabi Kern gestaltet jetzt Sitzmöbel, lässt alte Sessel mit farbigem Samt überziehen, Türkis und Orange. Nur auf bessere Zeiten warten, das kann sie so wenig wie er. »Ich komme aus einer Handwerkerfamilie, ich bin mit Holz groß geworden.« In Istanbul hat sie sich vom rechten Winkel verabschiedet, sie lernte, »dass Wände rund sein dürfen und die Farbpalette schier unerschöpflich ist«. Anfangs, sagt sie, »musste ich auch schlucken und habe manchen Kulturschock erlebt«. Aber lebendig habe sie sich in diesen Kämpfen gefühlt. Die Blicke der beiden treffen sich. Sie hatten auch ihre Kämpfe miteinander.

Die Ausstellung hat er damals in einem Prachtbau an der Einkaufsmeile İstiklal gezeigt, der *Suriye Pasajı*. Das Gebäude heißt so, weil es 1908 ein gewisser Hasan Halbuni Paşa aus Syrien erbauen ließ. Eines der ersten Kinos der Türkei befand sich darin. Die beiden haben in dem Haus in einem der oberen Stockwerke schöne Räume gemietet, in denen sie früher Feste gefeiert und Gäste bewirtet haben. »Um 12 Uhr mittags halte ich dort immer einen Moment inne, dann höre ich den Glockenschlag der benachbarten Kirche. Wenn die Glocken einmal nicht mehr läuten sollten, würde ich mich fragen, ob ich hier noch richtig bin«, sagt Erdoğan Altındiş. Er macht eine Pause. »Aber sie läuten noch.«

2023 wird es hundert Jahre her sein, dass mehr als eine Million griechisch-orthodoxe Christen die gerade gegründete Türkei verlassen mussten. Im Gegenzug wurden fast eine halbe Million Muslime aus Griechenland in die Türkei umgesiedelt. Dieser »Bevölkerungsaustausch« wurde von den Großmächten besiegelt. Sie hofften, beide Nationen, die sich zuvor erbittert bekriegt hatten, zu befrieden. Gabi und Erdoğan Altındiş beschäftigt diese leidvolle Geschichte, von der sie vorher nicht viel wussten, seit sie beschlossen haben, sich außerhalb von Istanbul eine Rückzugsmöglichkeit zu schaffen. So ist das in der Türkei: Man geht auf die Suche nach einem ruhigen Ort und stößt auf ein unbewältigtes Stück Geschichte. Ayvalık, wo sie ein Haus suchten, liegt an der Ägäisküste. Die Stadt mit etwa 70 000 Einwohnern ist bei Istanbuler Künstlern und Kreativen beliebt. Wegen des milden mediterranen Klimas und auch, weil das politische Klima nicht so rau, liberaler ist. Die griechische Insel Lesbos liegt in Sichtweite vor der Küste. Diese Küste hat schon viele Flüchtlingsdramen gesehen.

In Ayvalık lebten bis 1923 fast nur griechisch-orthodoxe Christen. Als sie das Land verlassen mussten, zogen in ihre Häuser aus Griechenland vertriebene Muslime. Aber einige Häuser blieben ungenutzt, verfielen. »Als wir das erste Mal in Ayvalık waren, haben wir gespürt, da gibt es viel Unausgesprochenes«, sagt Gabi, »ich hatte das Gefühl, da klebt Blut an der Erde.« Ihr Mann sagt: »Wenn ich davon erzähle, merke ich, wie mich das mitnimmt.« Sie restaurieren jetzt mehrere alte griechische Häuser, ergänzen sie modern. Zusammen mit Erdoğans über achtzigjährigem Vater und einem nicht viel jüngeren Onkel haben sie in einem Haus einen Terrazzoboden gelegt. Seit der Antike ist diese Technik bekannt. Aus kleinen Steinchen werden schöne Fußböden erschaffen. »Wir haben die ganze Insellandschaft vor der Küste als Mosaik auf den Boden gelegt«, sagt Erdoğan. Er hat an dieser Küste erlebt, wie nah sich Türken und Griechen nicht nur geografisch sind, sondern auch in der Alltagskultur, beim Essen, in der Musik.

Sie haben auch den türkischen Vorbesitzer ihres Hauses kennengelernt. »Er wurde in diesem Haus geboren, aber seine Großeltern kamen aus der Nähe der griechischen Stadt

Thessaloniki.« Sie waren Opfer des Bevölkerungsaustauschs. Als sie in Ayvalık ankamen, war der Tisch des Hauses noch gedeckt, die Menschen, die vor ihnen dort lebten, hatten keine Zeit zum Packen gehabt. »Dieses Bild des gedeckten Tisches geht mir nicht mehr aus dem Kopf«, sagt Erdoğan. Er hat den Vorbesitzer eingeladen, den ersten Stein für den Terrazzoboden zu legen.

Die beiden Architekten sagen, sie wollten immer noch »Brückenbauer« sein. »Vielleicht gründen wir eine Stiftung, wir haben ja keine Kinder«, sagt Erdoğan. Er will »Optimist« bleiben, er hat erlebt, wie schnell sich die Dinge ändern können. Er weiß noch, wie niemand eine Lira auf das alte Galata-Viertel in Istanbul setzte, als er seine Wohnung dort kaufte und seine Mutter deshalb weinte. Damals ging er zum Bezirksbürgermeister, zuvor hatte er 150 Unterschriften gesammelt. Er wollte die Stadt bitten, die Umgebung des Galataturms nicht so verkommen zu lassen. »Der Bürgermeister hat mich gefragt, wer bist du überhaupt? Der hat überhaupt nichts verstanden.«

Und nun gehört die Gegend um den fast 700 Jahre alten Befestigungsturm mit dem spitzen Dach zu den teuersten der Stadt. Vor dem Turmaufstieg bildet sich fast täglich eine Menschenschlange. Arabische Touristen haben zuletzt die europäischen ersetzt. Aber die arabischen Besucher wollen in Luxushotels übernachten und nicht in restaurierten Stadtwohnungen im siebten Stock ohne Aufzug.

Erdoğan Altındiş seufzt. Seine Frau schüttelt den Kopf, was wohl heißen soll: Unser Traum ist noch nicht geplatzt.

»Dieser Teil Istanbuls ist mit einer großen Geschichte geerdet«, sagt sie, »er wird seine Seele behalten.«

10 Uhr **Der Macht so nah**

Cuneyd Zapsu – Der Türöffner, nicht nur für Recep Tayyip Erdoğan

Es gibt Vormittage, da ist der Nebel über dem Bosporus wie Zuckerwatte, dann bleiben die Passagierfähren am Kai, nur die Fischer fahren raus. Irgendwann aber löst sich der schwere Dunst auf, weil ihm die Sonne keine Wahl lässt. Steht Cuneyd Zapsu dann gerade an seinem Fenster mit Blick auf das dunkle Wasser, den stahlblauen Himmel und die Fangkutter in der Bucht von Beykoz, ist er jedes Mal wieder überwältigt. »Wo sonst gibt es eine Großstadt, in der du frischen Fisch essen kannst, der vor deinen Augen gefangen wurde? Das hast du nicht in New York, nicht in San Francisco, nicht in Hamburg.« Zapsu hat sie alle gesehen, die wichtigen Hafenstädte der Welt. Er ist ein Händler, im ganz großen Stil, seine Ware: Haselnüsse, Gas, Solarenergie, ein exquisites Telefonverzeichnis, Welterfahrung.

Zapsu ist schmal, nicht groß, sein Haar wird grau, der Bart auch, und er wirkt mit Mitte sechzig nicht wie einer, der sagt, das ist es jetzt gewesen, es kommt nichts mehr. Eher wie jemand, der noch auf dem Sprung ist. Einst gehörten ihm türkische Discounter, für die Aldi aus Deutschland als Vorbild diente. Heute investiert er in Medizin-Start-ups in den USA. Er ist einer, dem vieles leicht von der Hand zu gehen scheint, der stets nach oben strebte. Und auf diesem Weg spielte er dann manchmal den Türöffner für andere, auch für den heute mächtigsten Mann der Türkei, für Recep Tayyip Erdoğan.

In seinem Büro mit der großen Glasfront serviert Zapsu Tee, Mandarinen und Haselnüsse. »Das ist die neue Ernte«, sagt er. Die Nüsse waren schon immer sein Geschäft, und sie haben ihn reich gemacht, bevor er für ein paar Jahre alles aufgab, um dem Mann nicht mehr von der Seite zu weichen, von dem er überzeugt war, er würde aus der Türkei ein besseres Land machen. Cuneyd Zapsu hat mit Erdoğan im August 2001 die AKP gegründet.

Noch bevor die Partei im November 2002 erstmals eine Parlamentswahl gewinnt, ist er einer von Erdoğans engsten Vertrauten, er wird außenpolitischer Berater und einer der Ideengeber. Beim Händeschütteln mit Präsidenten und Regierungschefs, ob in Washington oder Berlin, steht er immer direkt hinter Erdoğan, er darf auch noch dabei sein, wenn fast alle anderen Begleiter den Raum verlassen haben, weil er für Erdoğan, der keine Fremdsprachen kann, übersetzt. Aus dem Deutschen und dem Englischen. Bisweilen frei, also nicht ganz wortwörtlich, wie er zugibt. »Ich wusste ja, wenn Erdoğan etwas so oder so sagt, dann meint er eigentlich jenes.« In gerahmten Fotos auf einer Anrichte in seinem Büro ist die Geschichte eingefroren, die Begegnungen mit Kohl, Schröder, Merkel, Steinmeier. Auch das deutsche Bundesverdienstkreuz bewahrt er in diesem Schrein auf. Erinnerungen an ein Leben im Blitzlicht. 2008 ist damit plötzlich Schluss. Doch dazu später.

Erst einmal: Ist er noch in der AKP? Zapsu zögert, dann sagt er: »Ich bin Gründungsmitglied, das ist so etwas wie lebenslänglich.« Cuneyd Zapsu habe ich 2001 kennengelernt, im Jahr der Gründung der AK-Partei, der *Adalet ve Kalkınma Partisi,* der Partei für Gerechtigkeit und Entwicklung. Damals hatte er die dunklen Locken zu einem Zopf gebunden, trug einen schwarzen Anzug mit offenem Hemdkragen und entstieg einem BMW mit getönten Scheiben. Er hätte in diesem Outfit auch Roadmanager einer Rockband sein können. Sein Englisch floss mit amerikanischem Akzent, sein Deutsch hatte eine Münchner Färbung. Er erzählte von seinem Vater und dem Exil der Familie in Deutschland nach dem Militärputsch von 1960. Der Vater war ein Politiker der *Demokrat Parti.* Deren Vorsitzender, Adnan Menderes, war Ministerpräsident. Die Putschisten haben ihn gehängt.

Cuneyd, geboren 1956 in Istanbul, geht wie sein zwei Jahre älterer Bruder Aziz die ersten Jahre in München zur Schule. 1967 kehrt die Familie nach Istanbul zurück, die Söhne besuchen das deutsche Gymnasium in Istanbul. Danach studiert er Betriebswirtschaft in Istanbul und Volkswirtschaft in München. Später, als die AKP ihr Parteiprogramm schreibt, findet er, sie könne von der bayerischen CSU lernen, wie Volkspartei auch à la turca geht, mit einem Mix aus Frömmigkeit, Familiensinn und Kapitalismus. Einen religiösen Bezug trägt die AKP dann zwar nicht im Namen, aber von Anfang an ist klar, dass sie mehrheitlich eine Partei sunnitischer Muslime sein wird.

Zapsu fragte mich 2001, ob ich Erdoğan kennenlernen wolle. »Der wird Premier«, sagte er. Eine solche Vorhersage schien verwegen. Erdoğan hatte zu dieser Zeit kein politisches Amt. Seine Zeit als Oberbürgermeister von Istanbul hatte 1994 begonnen und war 1998 zu Ende. In den vier Jahren erwarb er sich den Ruf eines zupackenden Machers, in einer als unregierbar geltenden Stadt. Ende 1997 aber rezitierte er bei einer Rede in Ostanatolien die Gedichtzeilen: »Minarette sind Bajonette, Kuppeln Helme ... Gläubige Soldaten.« Dafür wurde er 1998 zu zehn Monaten Gefängnis verurteilt, von denen er 1999 nur vier Monate absitzen musste. 2001 hatte er immer noch Politikverbot, er durfte keine Partei gründen und nicht Abgeordneter werden. Er hatte jedoch schon eine persönliche Kommandozentrale errichtet, in einem unauffälligen Haus auf der asiatischen Seite der Stadt.

Bevor mich Zapsu dorthin mitnahm, erzählte er mir noch, wie er auf Erdoğan kam, als dieser noch nicht einmal Bürgermeister war. Erdoğan galt zu dieser Zeit bereits als aufstrebendes politisches Talent, konservativ und ehrgeizig, doch wegen seiner Herkunft aus einem Istanbuler Hafenviertel haftete ihm der Geruch eines Emporkömmlings an. Seine Anhänger verehren ihn gerade deshalb, weil er ihre Sprache spricht und wie sie in der Moschee betet. Aber die säkulare Istanbuler Business-Elite fremdelte mit diesem Mann. »Die redeten nicht mit ihm«, erinnert sich Zapsu immer noch. »Und er hatte keinerlei Beziehungen zu dieser Welt.«

Zapsu aber hatte sie. Er war schon 1985 als jüngstes Mitglied in den wichtigsten türkischen Industriellenverband, *Tüsiad*, aufgenommen worden. Er fiel auch in diesem Kreis der reichsten und einflussreichsten, meist säkularen Unternehmer auf, als er sagte, er finde es unsinnig, Studentinnen mit Kopftüchern den Zugang zu den türkischen Universitäten zu verwehren oder den Kurden ihre Sprache zu verbieten. Kurz vor der Oberbürgermeisterwahl 1994 bat Erdoğan also Zapsu darum, sein Türöffner zu werden. Zapsu lud fünfzig prominente Istanbuler Geschäftsleute in sein Privathaus ein und Erdoğan dazu. Bei diesem Abendessen brach das Eis. Erdoğan beeindruckte die Unternehmer mit einem selbstbewussten Auftritt.

Zurück in den November 2001: Die AKP war gerade drei Monate alt, und Erdoğan durfte wegen seines Politikverbots nicht ihr Vorsitzender sein. Doch dort, wo er sich gerade einrichtete, in dem schlichten Haus in einem asiatischen Stadtteil, in das mich Zapsu führte, herrschte bereits höfischer Schwarmbetrieb. Helfer wuselten durch die Gänge, öffneten, schlossen Türen und trugen das Gefühl durchs Haus: Hier gibt es nur einen Chef. Der empfing im Obergeschoss, reichte die ausgestreckte Hand, wirkte zugewandt, aber auch lauernd, als würde er jeden Moment einen Angriff erwarten. Er zögerte selten länger mit einer Antwort. »Wir sind keine Partei auf religiöser Grundlage, sondern eine konservativ-demokratische Partei«, sagte er. Das hörte sich an, als habe er seine Lektion gelernt nach mehreren Verboten islamischer Parteien in der Türkei. Sein Land solle »Vorbild« sein, sagte er, »das Modell einer laizistisch-demokratischen Gesellschaft«. Und es solle »unbedingt EU-Mitglied« werden. Immer wieder sagte er »wir«, so sicher war er, dass sein Politikverbot fallen würde: »Wir wollen Menschen von links und rechts gewinnen, die nicht korrumpiert sind.«

Erdoğan ist 1,85 Meter groß und wie Menschen, die sich daran gewöhnt haben, dass andere kleiner sind, zieht er öfter die Schultern leicht nach vorne. Aber das Hölzerne, Steife der späteren Jahre hatte er in jener Zeit noch nicht. Er werde regieren und keinen Koalitionspartner brauchen, sagte er in dem Interview voraus. Und er versprach noch, denn er hat seine eigenen Erfahrungen mit der Justiz gemacht, er werde den Rechtsstaat verbessern. Die Zehnprozenthürde im Parlament, die nach dem Militärputsch von 1980 eingeführt wurde, um die Kurdenparteien fernzuhalten, nannte er »undemokratisch«, er werde sie abschaffen. Zwanzig Jahre nach diesem Versprechen gab es die Barriere immer noch – und die Kurden hatten sie übersprungen.

Was Erdoğan bei dieser Begegnung über die EU sagte, verriet eher geringe Kenntnisse über das Wesen der Union. Zapsu wusste das und versprach hinterher sinngemäß: »Das kriegen wir schon hin.« Sollte heißen: Erdoğan werde dazulernen. Viele Jahre lang blieb Zapsu Erdoğans loyaler Lobbyist. Er übersetzte ihn nicht nur, er interpretierte ihn für westliche Ohren. »Am Anfang waren sie beim Protokoll in Berlin immer entsetzt, wenn ich bei den Staatsbesuchen dabei war, als Dritter im Raum, und Erdoğan das so wollte. Ich hatte ja keine offizielle Funktion im Staat, und ich hätte ja Gott und die Welt erzählen können.«

In den ersten Regierungsjahren faszinierte das türkische Paradox: Da machte ausgerechnet ein konservativer Muslim das Land weltoffener, trimmte es mit radikalen Reformen auf Europakurs, kippte scheinbar unverrückbare Tabus. Erdoğan ging als Premier auf die Kurden zu, nannte das Massaker an den kurdischen Aleviten von Dersim von 1937 ein Verbrechen. Und Zapsu, der einen kurdischen Großvater hat, freute sich, dass erstmals ein türkischer Regierungschef sagte, »dass der türkische Staat große Sünden auf sich geladen hat«. Erdoğan erlaubte Armeniern und griechisch-orthodoxen Christen, ihre Kirchen zu renovieren. Er schränkte, wie es sich die EU wünschte, die politische Macht der türkischen Generäle ein, die schon so oft geputscht hatten.

Als er für Türkinnen mit Kopftuch den Staatsdienst, das Parlament und die Universitäten öffnete, wurde er dafür auch von Feministinnen gelobt. »Bis heute werden wir von der Furcht regiert, wenn wir das Kopftuch erlauben, kommt die Scharia«, sagte Zapsu damals. Seine Frau und die drei Töchter tragen kein Kopftuch, und von der Wiedereinführung der Scharia träumt in der Türkei bis heute allenfalls eine verschwindend kleine Minderheit.

Im Oktober 2005 wurde der Reformeifer der AKP belohnt, die Türkei durfte EU-Beitrittsgespräche aufnehmen. Zweimal habe ich Erdoğan davor noch interviewt. Jedes Mal war Zapsu dabei, so auch im Dezember 2002, im Flugzeug auf dem Weg zum EU-Gipfel in Kopenhagen. Erdoğans Partei hatte fünf Wochen davor erstmals eine Parlamentswahl gewonnen. In einem Wettlauf gegen die Zeit hatte er danach vierzehn von damals fünfzehn EU-Staaten und die USA besucht, um vor dem Gipfel am 12. Dezember Ängste vor seiner neuen Partei abzubauen. In der abgedunkelten Flugzeugkabine fielen ihm während des Gesprächs ein paarmal die Augen zu. Zu seinen Füßen in der ersten Sitzreihe lag eine türkische Boulevardzeitung. Auf dem Titel ein schulterfreies Foto der neuen Miss World, der Türkin Azra Akın. Ich fragte ihn, wie ihm die neue Miss World gefalle. Da zeigte er, sofort hellwach, auf die Schlagzeile des Blattes. »Die ist noch viel hübscher«, sagte er. Die Zeile lautete: »Von Kasımpaşa ins Weiße Haus.« Kasımpaşa ist das Istanbuler Arbeiter- und Armeleuteviertel, in dem Erdoğan aufgewachsen ist.

In Kopenhagen sollte die Osterweiterung der EU zum 1. Mai 2004 beschlossen werden sowie der Beitritt des geteilten Zypern. Erdoğan sagte in dem Interview, er werde »bis zur letzten Sekunde dafür kämpfen«, dass die Türkei vor 2004 Beitrittsgespräche beginnen könne. »Wir wollen nicht noch einmal vierzig Jahre warten.« Die Türkei sollte das ersehnte Datum in Kopenhagen noch nicht bekommen, sie musste bis Oktober 2005 warten. Drei Jahre später, 2008, legte Zapsu alle Parteiämter nieder, er schied aus allen Führungsgremien der AKP aus, beendete seine Tätigkeit in Ankara. Abgeordneter war er nie, wollte er nie sein, auch wenn Erdoğan ihn unbedingt im Parlament haben wollte. Das schmälerte seinen Einfluss aber nicht. Ein namhafter türkischer Journalist nannte Zapsu vor dessen Rückzug »die eine Hälfte von Erdoğans Gehirn«.

Das war zu jener Zeit noch einer der freundlichsten Kommentare. Der Rest war eine Hasskampagne, und für jeden Teil der türkischen Gesellschaft war etwas dabei: Da wurden antiwestliche Reflexe bedient und Zapsu wurde zum »Agenten der CIA« erklärt, weil er direkten Zugang zum Weißen Haus hatte. Den Kurdenverächtern wurde sein kurdischer Großvater, der bekannte kurdische Intellektuelle Abdurrahim Zapsu, in Erinnerung gerufen. Zapsu verkaufe Zypern, ließ man die Nationalisten wissen. Auch als »Al-Kaida-Finanzier« musste er sich bezeichnen lassen, wegen eines Geschäftspartners aus den 1990er Jahren, gegen den ein Terrorverdacht nie erhärtet wurde. Den Gegnern der wirtschaftlichen Liberalisierungspolitik der AKP wurde die Wut der Haselnussbauern vorgeführt, denn die Regierung wollte den Landwirten staatliche Subventionen streichen, die immer wieder zu Überproduktion führten.

Die großen türkischen Medien waren in jener Zeit, im Gegensatz zu heute, eindeutig noch nicht in Regierungshand. Nicht zu übersehen aber war: Es gab Leute, die wollten Zapsu weghaben, und sie zielten damit auch auf Erdoğan. Besonders einigen beinharten Nationalisten passten die radikalen Reformen der Regierung nicht. Wie die Erlaubnis, in der Öffentlichkeit Kurdisch zu sprechen. Oder die 2004 erstmals erteilte Zustimmung Ankaras zu einer Wiedervereinigung der seit 1974 geteilten Insel Zypern.

Irgendwann wurde es Zapsu zu viel, oder war er zum Risiko für Erdoğan geworden?

Zapsu nimmt ein paar Haselnüsse, macht eine Faust, schweigt. Vor dem Fenster sieht man Möwenschwärme, die in der Luft über den Fischernetzen auf Beute lauern. Nicht lange nachdem Zapsu sich 2008 zurückgezogen hatte, wieder vom Politikberater zum Geschäftsmann mutiert war, da verflüchtigte sich auch die Reformlust der Regierung – wie die morgendliche Wolkenzuckerwatte über dem Bosporus.

Vom Parteichef der türkischen Ultranationalisten, Devlet Bahçeli, ist aus jener Zeit ein Satz mit langem Nachhall überliefert: Erdoğan, drohte Bahçeli, werde immer den Atem des Grauen Wolfes in seinem Nacken spüren. Die türkischen Rechtsextremsten, bekannt in Europa als die »Grauen Wölfe«, nennen sich selbst »Idealisten« (*Ülkücüler*), sie werden für zahlreiche Gewalttaten besonders in den 1970er Jahren verantwortlich gemacht. Übergänge zur türkischen Gangsterwelt sind fließend. Bahçelis Partei, die MHP, ist mittlerweile Erdoğans unverzichtbarer Koalitionspartner. Denn 2017 halfen die Ultranationalisten Erdoğan bei der Erfüllung seines Traums: die Türkei in eine Präsidialrepublik zu verwandeln, in der fast alle Macht beim ersten Mann im Staat liegt. Die Volksabstimmung zu dieser Verfassungsänderung ging knapp aus, die Manipulationsvorwürfe waren zahlreich.

Zapsu und die MHP, das jedenfalls käme nicht in Frage, da gibt es keinen Zweifel. »Ich bin ein Globalist. Meiner Meinung nach gibt es keinen Türkismus.« Und er sagt: »Ich bin in einer guten Zeit zurückgetreten.« Das Bündnis mit der MHP hält er eindeutig für einen Fehler.

Zapsu telefoniert noch immer viel mit einflussreichen Leuten in Ankara. Manchmal schreibt er auch Notizen für sie. Darin steht dann zum Beispiel: Während es in Europa sogar Negativzinsen gibt, müsse die Türkei sehr hohe Zinsen zahlen und verschwende damit Volksvermögen, weil ihr »Image« in der Welt so schlecht sei. Oder: Weil das Vertrauen in den türkischen Rechtsstaat verlorengegangen sei, blieben Investoren aus dem Ausland weg. Die Türkei brauche nichts so dringend wie Rechtsstaatlichkeit und Pressefreiheit. So etwas schreibt er dann. Irgendwie glaubt er immer noch, die AKP könne das Ruder noch einmal herumreißen, wieder auf Europakurs einschwenken, wie am Anfang. Mit den Kurden reden, statt mit den Ultranationalisten. Auch wenn es für eine solche Wende derzeit keine Anzeichen gibt. »Wir müssen wieder eine glaubhafte Geschichte erzählen«, sagt Zapsu. »Und sie nicht nur erzählen, auch umsetzen.«

Will er noch mal in die Politik einsteigen? Er schaut wieder aus dem Fenster, aufs Wasser. Eine Weile hat er wohl gewartet, dass man ihn fragt. Aber wirklich das noch mal alles? Nein, eher nicht. »Ich könnte einen Roman schreiben.« Es ist nicht zu erwarten, dass er das tut.

Er hat sogar eine Weile überlegt, ob er Bürgermeister von Istanbul werden sollte, wie einst Erdoğan. Da hatte die AKP gerade ihre erste Parlamentswahl gewonnen, er hätte gute Chancen gehabt. »Versuch dein Glück«, hat Erdoğan ihn ermuntert. »Ich habe mit vielen Leuten geredet und dabei verstanden, was Istanbuls größtes Problem ist: ein Erdbeben.« Er hat britische und japanische Experten befragt, weil er gern gründlich vorgeht, einen Plan zur Erdbebensanierung der Riesenstadt entworfen, die Finanzierung mit einem Weltbankexperten besprochen. »Dann bin ich eines Nachts aufgewacht und wusste, wenn ich das umsetze, wird ganz Istanbul eine Baustelle sein, und alle werden über mich herfallen, die Tourismusmanager, die Verkehrsexperten, die Geschäftsleute, die Mafia und vor allem die Bürger von Istanbul. Ich könnte das nie zu Ende bringen und alle würden mich hassen.« Er hat die Idee der Kandidatur aufgegeben. Der Norden von Istanbul gilt im Fall eines schweren Erdbebens, das von vielen Experten schon länger erwartet wird, als eine der sichersten Zonen der Metropole. Zapsus Büro liegt im Norden.

Er sagt jetzt, »ich muss«, soll heißen, der nächste Termin wartet. »Ich hatte ja nie zu viel Zeit in meinem Leben, nie den Luxus der Langeweile, schon als Kind hatte ich immer etwas im Kopf.« Auch Erdoğan ließ er einst ausrichten, dass er keine Zeit für ihn habe, bevor er ihn das erste Mal traf, wie Zapsu jetzt doch noch erzählt.

»Ich glaube, es war 1988, gleich nachdem mein Vater gestorben war. Unser Fabrikdirektor, der ein guter Freund meines Vaters war, kannte Erdoğan und sagte mir eines Tages: Du, der Tayyip Erdoğan möchte dich kennenlernen. Und ich habe gefragt: Wer ist das?« Erdoğan war damals eine Art junger Wilder in der islamistischen Wohlfahrtspartei, der *Refah Partisi* von Necmettin Erbakan. »Diese Partei mochte ich nicht. Ich war ein Özal-Mann. Korkut Özal war wie mein zweiter Vater, der mir alles beigebracht hat.« Korkut Özal, Ingenieur und Politiker, war der Bruder des damaligen Ministerpräsidenten und späteren Staatspräsidenten Turgut Özal, der das Land in der zweiten Hälfte der 1980er Jahren bereits zum Westen hin öffnete.

»Es hat also ein paar Monate gedauert, bis ich ihn sehen konnte«, sagt Zapsu und lacht, als würde ihn das immer noch amüsieren. »Geplant waren fünfzehn, zwanzig Minuten Hallo sagen, und dann hat es zweieinhalb Stunden lang gedauert. Ich habe ihn spontan gemocht und er mich auch.« Erdoğan sagte, er wolle den Enkel des Gelehrten Abdurrahim Zapsu kennenlernen, »der ja nicht nur Kurde war, sondern auch ein bekannter islamischer Schriftsteller und auch im Gefängnis saß«.

Ist er selbst religiös erzogen worden? »Ich bin ein sehr gläubiger Muslim, aber auch ein sündiger.« Zapsu will das erklären, er rückt seine runde blaue Metallbrille zurecht. »Mein Vater hat fünfmal am Tag gebetet, er war fünfmal auf der Hadsch. Aber wenn ich meine Freundinnen nach Hause mitgebracht habe, hat er mich nicht gescholten, sondern gebeten, mit ihnen woandershin zu gehen.« Zapsu sagt, »ich bleibe dabei, ich liebe meine Religion. Doch wenn man die Leute auf der Straße fragt, dann bin ich für einige vielleicht ein *gavur*, ein Ungläubiger, weil meine Töchter kein Kopftuch tragen. Dabei sind meine Töchter wahrscheinlich als Musliminnen viel strenger, als ich es bin.«

Dann steht Zapsu auf, legt die Hände auf die Stuhllehne und sagt: »Ich muss.« Und noch mal: »Ich muss jetzt wirklich.«

Dazugehören

11 Uhr

Ethel Rizo: Jüdin, Griechin, Türkin – eine frühe Mahnung, die Geschichte der Stadt nicht zu vergessen

Auf der kleinen Terrasse von Ethel Rizo ist der Wind vom Marmarameer ein ständiger Begleiter, manchmal schmeichelnd sanft, oft kräftig, dann lässt er das Sonnensegel knattern. Der Strand ist nur einen Steinwurf entfernt. Es ist nicht lange her, da war auch der ohrenbetäubende Donner von Düsenflugzeugen steter Gast auf der Terrasse. Der Istanbuler Vorort Yeşilköy, wörtlich »Grünes Dorf«, war 75 Jahre lang die Einflugschneise der Türkei. Fast siebzig Millionen Passagiere wurden auf dem Atatürk-Airport zuletzt gezählt, bevor der Großflughafen, der jetzt nur noch »Istanbul« heißt, 2019 in den Norden zog, ans Schwarze Meer. »Wir hören wieder die Vögel«, sagt Ethel Rizo.

Die kleine Terrasse ist ihr Lieblingsplatz. War es auch, als noch Kerosin in der Luft lag. Weggehen kam nicht in Frage, aber das ist schon Teil ihrer Geschichte. Es ist eine Geschichte, in der es oft ums Bleiben oder Gehen ging, und um eine, wie sie es nennt, »verrückte« Liebe zu Istanbul, über Generationen hinweg. »Das ist bei uns schon genetisch.« Über ihre Istanbuler Familie sagt sie: »Ich hatte eine Mutter, die Deutsch sprach, einen Vater, der mit meiner Mutter Französisch sprach, eine Großmutter, die Italienisch, und einen Großvater, der mit mir Griechisch sprach. Wir haben alle zusammengelebt.« Und Türkisch? »Türkisch habe ich auf der Straße gelernt.«

Rizos Geschichte ist mit der Geschichte der Türkischen Republik eng verwoben – und auch mit der deutschen. Sie kennt Vertreibung und Verlust, ihre Geschichte führt über viele Umwege immer wieder zurück ans Marmarameer. Es ist die Geschichte der Minderheiten in Istanbul. Schon das Osmanische Reich machte Unterschiede zwischen seinen Bürgern. Die drei großen Minderheiten, Juden, Armenier und Griechen, zahlten spezielle Steuern, aber sie hatten über Jahrhunderte auch einen festen Status. Juden lebten damit sicherer als in vielen christlichen Ländern.

Mit dem Aufkommen des Nationalismus ändert sich vieles, und schon in den Jahren des Zerfalls des Reichs betreibt die jungtürkische Herrschaft im Schatten des Ersten Weltkriegs eine unnachgiebige Politik der »Türkisierung«. Armenier und Griechen werden vertrieben. Mit der Gründung der Republik 1923 müssen noch einmal mehr als eine Million Griechen ihre Heimat in Kleinasien verlassen. Fast eine halbe Million Muslime wiederum landen als Vertriebene aus Griechenland in der Türkei, wie zuvor schon ungezählte muslimische Flüchtlinge aus den Balkanländern. Die Istanbuler Griechen sind von diesem von den Großmächten gebilligten »Bevölkerungsaustausch« ausgenommen. Auf sie warten andere Schrecknisse.

Ethel wird 1955 geboren, es ist ein schlechtes Jahr. Denn in der Nacht vom 6. auf den 7. September 1955 zieht ein nationalistisch enthemmter Mob durch das Zentrum von Istanbul, durch die Prachtstraße İstiklal. Die Schläger zerstören alle griechischen Geschäfte. Auch in der übrigen Stadt werden viele griechische Läden geplündert oder angezündet, insgesamt mehr als 4000. Es gibt Fotos aus jener Nacht, sie zeigen auch Türkinnen in eleganter Abendgarderobe, die auf Stöckelschuhen durch das Chaos staksen, manch eine bedient sich noch an den Waren aus einem zersplitterten Schaufenster.

Die Fotos bewahrte ein türkischer Militärrichter auf, bis zu seinem Tod. Er wollte den Tätern den Prozess machen und wagte es dann doch nicht. Fünfzig Jahre später werden die Bilder veröffentlicht. Sie werden in einer Ausstellung gezeigt, auf der İstiklal, dem Ort der einstigen Zerstörung. Es ist das Jahr 2005 und Erdoğan, damals noch ein Tabubrecher, ist Premierminister.

Ethel kommt drei Monate nach der Horrornacht auf die Welt, im Dezember 1955. »Ich denke, dass ich schon etwas mitbekommen habe, heute weiß man ja, Kinder spüren so etwas. Meine Eltern haben sich andauernd gestritten, ob sie gehen oder bleiben sollen. Das wurde zum kontinuierlichen Gespräch in meiner Familie.« Es ist eine schwierige Entscheidung, und viele aus der großen Familie gehen weg aus der Türkei. Aber Ethels Eltern bleiben. »Gott sei Dank«, sagt sie heute. »Mein Vater Umberto hatte auch dieses genetische Problem, er wollte auf keinen Fall weg aus Istanbul.«

Den italienischen Vornamen verdankt Umberto seiner italienischen Mutter Teresa, sein Vater ist Grieche. Die italienischen Wurzeln werden später überlebenswichtig sein. Umberto hat noch einen italienischen Vorfahren. Der strandete als Schiffskoch in Istanbul und verliebte sich hier, bevor sein havariertes Schiff repariert war, in eine Malteserin. Er eröffnete eines der ersten italienischen Restaurants der Stadt. Umbertos griechische Familie stammt von der ionischen Insel Kefalonia. Geschäfte brachten sie nach Istanbul, wo Umberto Kupas zur Welt kam, mit einem griechischen Pass.

1964 wird ihm dieser griechische Pass zum Verhängnis. Da ist die Stimmung wieder einmal nationalistisch aufgeheizt. Die türkische Regierung nimmt den Konflikt zwischen der türkischen und der griechischen Volksgruppe auf der Insel Zypern zum Anlass, alle Bürger mit griechischer Staatsangehörigkeit auszuweisen, auch wenn ihre Familien seit Generationen in Istanbul leben. Innerhalb von 48 Stunden sollen sie das Land verlassen. In den Zeitungen stehen die Namen der Betroffenen. »Wir waren die siebte oder achte Familie auf der Liste«, sagt Ethel. »Ich war neun Jahre alt, ich hatte eine schöne Kindheit.« Die ist mit einem Schlag zu Ende.

»Wir hatten damals eine kleine Wohnung am Taksim-Platz. Noch heute fühle ich mich schlecht, wenn ich an die Gespräche meiner Eltern aus jener Zeit denke, dann kommt die Angst hoch.« Die Ausgewiesenen dürfen nur einen Koffer mit zwanzig Kilo Gepäck und türkisches Geld im Wert von zwanzig US-Dollar mitnehmen. »Am Istanbuler Bahnhof Sirkeci hatten sie lange Tische aufgestellt. Da musste man den Koffer aufmachen, da wurde kontrolliert. Erlaubt waren von allem nur je zwei Stück, also zwei Paar Strümpfe, zwei Unterhosen, zwei Unterhemden.« Ethels Vater Umberto begleitet seine Frau und die zwei Töchter zum Bahnhof. »Er hat uns in den Zug gesetzt.« Sie fahren in die Nähe von Hamburg, dort lebt Ethels Großmutter, von der man später noch erzählen muss. Umberto selbst steigt nicht in den Zug. »Er hat in Istanbul wie verrückt dafür gekämpft, bleiben zu dürfen.«

Dem Vater gelingt, was keiner für möglich gehalten hat. »Weil er katholisch war. Sein griechisch-orthodoxer Vater Giorgos war, um die Italienerin Teresa heiraten zu können, konvertiert. So war auch Umberto katholisch, und er hatte einen italienischen Vornamen, wie auch sein Bruder Aldo. Er hat den türkischen Behörden klargemacht, er sei eigentlich gar kein Grieche, und sie haben ihm geglaubt, ohne irgendwelche Papiere. Sie haben seine Aufenthaltserlaubnis verlängert.« Der Vater holt dann seine Frau und die beiden Töchter nach kurzer Zeit wieder aus Deutschland zurück. »Er wollte sich von Istanbul nicht trennen, das war seine Stadt.«

Aber vieles ist jetzt anders in Istanbul für die Familie. »Ich war neun, meine Schwester fünf, und unser Vater hat uns gesagt, wenn euch jemand fragt, wer ihr seid, dann sagt ihr, wir sind Italienerinnen. Es wurde zu Hause keine griechische Musik mehr gespielt, wir durften auch kein Griechisch sprechen. So hat uns Papa beschützt.«

Nun muss man auch von Ethels Großmutter erzählen: Berta Abramović. Auch für sie spielt Istanbul eine entscheidende Rolle. Sie ist ein Kind, fünf oder sechs Jahre alt, als ihre Familie in der Zeit der Balkankriege 1912/13 aus Serbien nach Istanbul kommt. Ihre Vorfahren waren spanische Juden, die 1492 von der iberischen Halbinsel vertrieben wurden und einst im Osmanischen Reich auf dem Balkan Zuflucht fanden. In Istanbul zieht die Familie dann nach Galata, wo schon viele Juden leben. Berta Abramović geht auf die Österreichische Schule.

Auf einer Party lernt sie den deutschen Maurergesellen Eduard Bischoff kennen. Eduard ist wie viele Gesellen damals auf Wanderschaft. Berta und Eduard verlieben sich, sie heiraten im Deutschen Konsulat. Gefeiert wird 1927 dann in Harburg bei Hamburg, der Heimat von Eduard. Es gibt ein Foto davon. Die Braut aus Istanbul trägt Weiß und steht inmitten der großen Familie Bischoff. Das Paar bekommt zwei Kinder, sie werden in Deutschland geboren: 1928 Cornelius, 1930 Edith – Ethels Mutter.

Die frühen 1930er Jahre in Deutschland sind keine gute Zeit für die junge Familie Bischoff. Berta ist Jüdin, Eduard Sozialist. Er weiß, er muss weg. Nur wohin? Nach Istanbul! Berta hat dort einen Bruder, er vertritt Nivea in der Türkei, es geht ihm finanziell gut. Zuerst verlässt Eduard Deutschland, dann macht sich Berta auf den Weg. Ethel erinnert sich, was ihre Großmutter erzählte: »Sie hat ihre zwei Kinder und ihre Handtasche genommen und ist in einen Zug gestiegen, einen Tag bevor das J in die Pässe der Juden gestempelt wurde.«

Berta Bischoff schafft es nach Paris, da lebt ihre Mutter Donna Gatenyo. »Berta hat gehofft, in Paris bleiben zu können.« Sie schickt ihren Sohn Cornelius in eine französische Schule. Aber dann sieht Berta Bischoff, wie in Paris jeden Tag

Menschen deportiert werden. Es bleibt als Zufluchtsort wieder nur Istanbul. Doch die Türkei will Ende der 1930er Jahre keine weiteren Juden mehr einreisen lassen. »Berta war nur 1,55 groß, aber sie war eine außerordentliche Frau. Sie hatte pechschwarze Haare und dunkle Augen. Sie nahm ihre zwei strohblonden Kinder an die Hand und ging zum Deutschen Konsulat in Paris. Am Eingang grüßte sie mit ›Heil Hitler‹ und sie wurde zum Konsul vorgelassen.«

Als Berta Bischoff das Konsulat wieder verlässt, hat sie ein Ausreisevisum, ein lebensrettendes Papier. »Ich weiß nicht, was da mit dem Konsul gelaufen ist, aber sie hat es geschafft.« In Marseille steigt sie mit ihren Kindern auf das Passagierschiff *Theophile Gautier*. Später wird dieses Schiff als Truppentransporter dienen und im Oktober 1941 von den Briten versenkt werden. Als Berta Bischoff sich mit diesem Schiff Istanbul nähert, sagt ihr der Kapitän, dem klar ist, dass sie Jüdin ist: »Gnädige Frau, bleiben Sie in Ihrer Kabine und lassen Sie ihre blonden Kinder vor der Tür.« Sie schafft es nach Istanbul. Ein Foto von 1939 zeigt die wiedervereinigte Familie Bischoff am Bosporus.

Die Kinder Edith und Cornelius besuchen in Istanbul die Österreichische Schule, wie einst ihre Mutter Berta. Die Türkei ist im Zweiten Weltkrieg neutral. Sie wird in der Nazizeit auch zum Zufluchtsort für etwa tausend Deutsche, darunter auch viele Juden, meist Professoren und ihre Familien. Sie sollen helfen, die neuen Universitäten der säkularen Republik aufzubauen. Unter diesen Akademikern ist beispielsweise der Botaniker Alfred Heilbronn, der Istanbuls Botanischen

Garten schuf. Architekten und Künstler, wie der Bildhauer Rudolf Belling, der Istanbuls Kunstakademie prägt. Der Romanist Erich Auerbach, der an der Istanbuler Universität lehrt und im Exil am Bosporus sein Hauptwerk *Mimesis* schreibt. Die Bischoffs lernen viele der Emigrantenfamilien kennen. 1944 erklärt die Türkei auf Drängen der Alliierten Deutschland doch noch den Krieg. Da werden die deutschen Familien vor die Wahl gestellt, entweder zurückzukehren oder ins anatolische Çorum umzuziehen, einen traditionellen türkischen Verbannungsort für Regimegegner.

Das Leben in Çorum ist hart, die Männer dürfen nicht arbeiten. Für die Kinder ist es eher ein Abenteuer. Der fünfzehnjährige Cornelius Bischoff lernt reiten, schließt Freundschaften mit Gleichaltrigen. Sein Türkisch wird so gut werden, dass er später ein berühmter Literaturübersetzer wird. Er wird Yaşar Kemal ins Deutsche übertragen, einen der wichtigsten türkischen Poeten und Chronisten. Und er wird zum Pendler zwischen Deutschland und Istanbul. Seine Schwester Edith bleibt nach dem Krieg in Istanbul und heiratet Umberto Kupas. Berta Bischoff aber, die so beherzt mit ihren Kindern aus Deutschland geflohen ist, wird mit ihrem Mann Eduard nach Deutschland zurückkehren. Als Ethel ihre Großmutter fragte, wie ihr dies als Jüdin möglich gewesen sei, sagte Berta: »Deutschland ist meine Heimat geworden.«

Ethel hat jetzt schon fast ihre ganze Familiengeschichte erzählt, und auf der Terrasse in Yeşilköy ist der Wind stärker geworden, ein paar Wolken sind aufgezogen. Das passt, denn wir springen noch mal ins dunkle Jahr 1964 zurück. Als Ethels Vater Umberto partout Istanbul nicht verlassen wollte, schon gar nicht in den verordneten 48 Stunden. Nachdem er seine Familie damals aus Deutschland wieder zurückgeholt hat, ziehen sie nach Yeşilyurt, das ist der Nachbarort von Yeşilköy, wo Ethel heute lebt. »Das Haus am Taksim war sowieso weg, das haben wir nie wieder zurückbekommen.« Ihr Vater, sagt Ethel, wollte nun in einem Stadtviertel leben, wo die Minderheiten nicht so auffielen. »Yeşilyurt wurde als Wohngebiet gerade erst entwickelt, vor allem für mittlere und kleine türkische Beamte.« Die Entscheidung des Vaters wird nicht von allen in der Familie verstanden. »Sein Bruder fragte ihn, wie kannst du mit zwei Töchtern in einen Stadtteil ziehen, wo nur Türken wohnen? Er nannte meinen Vater deshalb einen Verräter.«

Ethel kann sich auch an diesen Streit unter Brüdern gut erinnern. Sie sagt, die Minderheiten waren lange Zeit »nicht integriert«, sie seien teilweise sogar »fanatisch« gewesen. Sie hätten ihre Kinder nicht in türkische Schulen schicken wollen, Mischehen seien verpönt gewesen. Die Abgrenzung sei bis ins Absurde gegangen. »Zog man in eine neue Wohnung, hat man den *taharet musluğu*, den für türkische Toiletten typischen Wasserhahn, sofort entfernt.«

Und was hat ihr Vater seinem Bruder im Streit geantwortet? »Er hat zu ihm gesagt: Dann geh doch, was willst du noch in der Türkei.« Zu seiner Tochter Ethel, gerade vierzehn, sagte er: Wenn sie einen Muslim heiraten wolle, habe er nichts dagegen, auch ein Buddhist sei ihm recht. »Er wusste nicht, dass ich zu dieser Zeit schon mit Tassy geflirtet habe.« Ethel und Tassy Rizo kannten sich aus dem Stadtbus, der jeden Tag den weiten Weg bis zur Österreichischen Schule St. Georg im Stadtzentrum fuhr. Die Jugendliebe hält über das Ende der Schulzeit hinaus. Aber als die beiden heiraten wollen, stehen sie vor unerwarteten Schwierigkeiten.

Die Familie von Anastas, genannt Tassy, ist weder griechisch noch italienisch, auch nicht katholisch wie Ethel. Sie ist orthodox, bulgarisch-mazedonisch. »Er musste zwei Jahre darum kämpfen, mich heiraten zu dürfen.« Tassy kämpft gegen die eigene Familie, die eine Heirat mit einer Katholikin ablehnt. »Die Orthodoxen und die Katholiken mögen sich hier immer noch nicht«, sagt Ethel. »Wegen der katholischen Kreuzzüge, durch die Byzanz schon vor der Eroberung durch Fatih Sultan Mehmed fast vernichtet wurde.« Als könnten sie die Geschichte nie vergessen.

Und heute? »Wir sind ja nur noch so wenige.« Vielleicht noch 2000 Griechen, etwa 800 Nordmazedonier und Bulgaren, knapp 60 000 Armenier, 15 000 Juden. »Weil wir nur noch eine Handvoll sind, heiraten die Menschen auch untereinander. Juden heiraten Muslime, Muslime armenische Christen. Das ist im Moment en vogue.« Ethel und Tassy Rizo haben ihre beiden Söhne in türkische Volksschulen geschickt. »Sie sollten richtig Türkisch lernen.« Die Söhne sind inzwischen erwachsen. Einer ist mit einer Türkin verheiratet, einer Mitarbeiterin von Ethel Rizos Textilhandelsfirma. Der andere Sohn lebt als Industriedesigner seit langem in Mailand. »Er will nach Istanbul zurück«, sagt Ethel.

Ethel Rizo hat mit ihrem Mann Tassy auch eine Weile in Deutschland gelebt. Er hatte dort einen guten Job, wollte bleiben. Ethel wollte zurück nach Istanbul. Sie gingen zurück. »Ich habe immer das Gefühl gehabt, hier sind meine Wurzeln. Ich bin deutsch, griechisch, italienisch, jüdisch, aber ich fühle mich als Istanbulerin. Ich liebe diese Stadt. Es gibt Plätze am Bosporus, wenn ich die sehe, habe ich immer wieder Tränen in den Augen.« Manchmal fragen ihre Freunde, ob sie die Rückkehr bereut habe? Dann sagt sie: »Ich hoffe, ich werde es nie bereuen.« Hat sie Angst wegen der alten und neuen Spannungen im Mittelmeer? Ethel Rizo schüttelt der Kopf. »Nein, ich habe keine Angst.« Der Nationalismus habe zuletzt zwar wieder spürbar zugenommen. »Aber alles, was in der Vergangenheit passiert, ist, war staatlich organisiert.« Und Ethel Rizo glaubt nicht, dass der türkische Staat noch einmal wie 1955 einen Mob auf die wenigen Griechen hetzen würde.

Und was wurde aus ihrem Vater Umberto? »All seine Freunde in Yeşilyurt waren Türken, sie haben zusammen griechische Musik gehört und getanzt. Bis 1974.« Dann eskalierte erneut der Zypern-Konflikt: Nach einem griechischen Putsch besetzten türkische Truppen den Nordteil der Insel, sie wurde geteilt, ein Zustand, der bis heute andauert. Danach resigniert Umberto Kupas und zieht mit seiner Frau Edith erst nach Deutschland und später nach Athen. Ethels Mutter Edith kommt 1983 zu Besuch nach Istanbul und stirbt bei diesem Aufenthalt überraschend, mit 53 Jahren.

Dann geschieht das vielleicht Bitterste in Umbertos Leben: Die Türkei verweigert ihm die Einreise zur Beerdigung.

Ediths Leichnam wird nach Athen überführt. Sechs Jahre später erfährt Ethel von ihrem Vater am Telefon, dass er Krebs hat, sein Arzt gibt ihm noch vielleicht drei Monate, er ist 59 Jahre alt. Er sagt zu seiner Tochter, er wolle in Istanbul sterben. »Irgendwie hat er es dann geschafft, zu kommen.« Er wohnt bei ihr. Er ist schwach, zum Gehen benutzt er einen Stock. Als Ethel eines Tages nach Hause kommt, ist er nicht da. Sie macht sich große Sorgen.

Am Abend ist ihr Vater dann zurück. Er erzählt, er sei im Stadtzentrum gewesen, am Goldenen Horn, er habe dort die schöne Aussicht genossen und einen türkischen Tee getrunken. »Jetzt kann ich gehen«, sagt Umberto. Kurz danach, im Januar 1990, stirbt er. Umberto ist auf dem Istanbuler Friedhof von Feriköy begraben, im katholischen Teil. Hier gibt es mehrere christliche Friedhöfe nebeneinander. Sie lagen einst vor der Stadt, heute sind sie vom Verkehr umtost, inmitten eines lebendigen Geschäfts- und Wohnviertels. Ethel hat auch die Gebeine ihrer Mutter aus Athen holen lassen und neben dem Vater bestattet. Erst 2001, elf Jahre nach dem Tod des Vaters, gelingt ihr das, nachdem sie viele bürokratische Hürden überwunden hat.

»Man muss doch irgendwohin gehören«, sagt Ethel Rizo. »Deshalb habe ich mich hier auch so festgenagelt.« Sie schaut von ihrer Terrasse aufs Wasser. Der Wind zupft am Sonnensegel. »Ich könnte nie in einer Stadt leben, in der ich das Meer nicht riechen kann.«

Mittags – Öğleyin

Lasst uns die Erde den Kindern übergeben,
wie einen riesigen Apfel, wie ein Brot, frisch aus
dem Ofen,
damit sie wenigstens einen Tag lang satt werden.

Nazım Hikmet (1902–1963)

In der Küche

12 Uhr

Der Koch Cem Ekşi und die Suche nach den Ursprüngen des Geschmacks

Wer Istanbul kennenlernt, kann sich zuerst in das Essen verlieben und in die Art, wie man isst, gemeinsam, im Gespräch, genießerisch. An weißgedeckten Tischen mit Blick auf den Bosporus, mit eisgekühltem Rakı. Oder vom Plastiktablett, in einer einfachen *lokanta*, wo die Hausmannskost mittags in großen Töpfen brodelt. Oder von einem Karren mit Holzkohlefeuer am Straßenrand, Köfte oder gebratenen Fisch, in einem Stück Weißbrot. Suppe gibt es sowieso immer irgendwo, Tag und Nacht. Zum Essen werden gern Geschichten serviert, sie kommen auf den Teller wie ein spezielles Gewürz. Auch die Geschichten handeln oft vom Essen.

Oder von Köchen. Wie die von Ismail Şahin, den die noblen Genießer wie die armen Schlucker verehrt haben. Nun hängt seine weiße Kochschürze unter Glas in seinem Lokal an der Wand, zum Gedenken. Zur Beerdigung des Kochs an einem kalten Dezembertag 2019 strömten Geschäftsleute mit vielen Kreditkarten in den Sakkotaschen, Anwälte und Diplomaten, ebenso wie Habenichtse, Messerschleifer und Schuhputzer. Die hat er oft durchgefüttert. Und alle vergossen Tränen für den freigebigen Koch, der keine Sterne brauchte, um geliebt zu werden. Nun führt sein Sohn das über fünfzig Jahre alte Restaurant. Eine Spezialität des

Hauses sind *hamsi*, Sardellen aus dem Schwarzen Meer, gedämpft mit Zwiebeln und Tomaten. Ismail Şahin, so sagen sie, habe sein Handwerk einst von einem Griechen gelernt.

Das von außen unscheinbare Lokal liegt in einer Nebengasse der İstiklal, der Flaniermeile im europäischen Herz der Stadt. *İstiklal* heißt »Unabhängigkeit«. Hier, an der einstigen Grande Rue de Pera, residierten im Osmanischen Reich die Botschaften. Mit der Gründung der Republik 1923 wurde Ankara Hauptstadt. Das Erbe der Osmanen und ihre – nach Überzeugung der Republikgründer – dekadente Metropole sollten vergessen werden, was natürlich nie gelang. Die İstiklal wird inzwischen von internationalen Warenhausketten dominiert. Vor ein paar Jahren hat man die letzten Bäume von der Straße entfernt, damit der Menschenstrom ungehindert fließen kann. Bars und Restaurants haben sich überwiegend in die schmalen Seitenstraßen zurückgezogen.

In einer solchen Gasse hat der Koch Cem Ekşi 2019 sein erstes Restaurant eröffnet. Im selben Jahr, als der Koch Ismail Şahin so pompös zu Grabe getragen wurde. Beides hat nichts miteinander zu tun, abgesehen davon, dass in Istanbul nichts so ewig ist wie der stete Wandel. Cem Ekşis Restaurant heißt Mabou, es hat nur 21 Plätze, davon sechs auf einem schmalen Balkon, der über der Straße schwebt wie ein Gitterkorb. Die Küche, sechs Quadratmeter groß, liegt auf einer Empore im Inneren dieses Esszimmers.

Von hier aus hat Ekşi seine Gäste alle im Blick. Ekşi hat schwarze Locken, einen dunklen Bartflaum ums Kinn und die Figur eines Genussmenschen. Zwischen Handgriffen am

Herd und Zwiebelhacken erzählt er seine Geschichte. Sie handelt von dem Großvater, der einst aus einem Dorf bei Rize am Schwarzen Meer nach Deutschland aufbrach, in Berlin einsam war und auf Rat von Verwandten nach Pforzheim zog, an den Nordrand des Schwarzwalds, wo er sich eher heimisch fühlte. Pforzheim wurde im Zweiten Weltkrieg fast gänzlich zerstört. Ekşis Großvater half mit, die Stadt wiederaufzubauen. Dann holte er seinen Sohn nach Deutschland, dreizehn Jahre war der damals alt. Als die Eltern fanden, er solle heiraten, suchten sie ihm, wie das in jener Zeit üblich war, eine Braut. Das ging gewöhnlich so: Der junge Mann wurde in den Sommerferien in die Türkei geschickt und dort mit der Entscheidung der Familie konfrontiert. Für die Hochzeit war alles arrangiert. Ekşis Vater wurde mit einer Cousine verheiratet. »Es war eine Zwangsehe für meinen Vater«, sagt Cem Ekşi, »aber meine Mutter liebte meinen Vater. Sie musste sehr lange warten, bis er sie akzeptierte.«

Deshalb wurde Cem Ekşi 1991 in Istanbul geboren, während sein Vater weiterhin in Deutschland lebte. Als er zwei Jahre alt ist, holt der Vater Mutter und Sohn dann doch zu sich nach Pforzheim. »Ich konnte mich später nicht mehr an die Türkei erinnern«, sagt Ekşi. Dass er nun in Istanbul lebt, hat damit zu tun, dass er von dem Land seiner Vorfahren so wenig wusste. Denn irgendwann interessierte ihn, wie die Türkei riecht und schmeckt. Da hatte er schon das Gymnasium hinter sich und eine Ausbildung zum Koch, in einem der besten Hotels in Deutschland, in einem Haus mit Dreisternelokal im Schwarzwald. Dort sitzt er eines Abends mit einem Freund zusammen, einem Sommelier, auch mit türkischen Eltern. Sie hätten schon ein paar Gläser sehr guten Wein getrunken, erinnert sich Ekşi, als sie beschlossen: »Wir nehmen unseren Resturlaub und fahren in die Türkei. Denn wir kennen dieses Land ja gar nicht.«

9000 Kilometer sind sie gereist, mit dem Auto, erst nach Istanbul und danach in die entlegensten Regionen im Südosten des Landes: »Wir haben gegessen und getrunken, wir haben alles probiert.« Die Vielfalt auf den Tellern hat Ekşi überrascht. »Vor dem Essen gibt es oft etwas frische Minze, die aber alle 500 Kilometer anders schmeckt. Niemand weiß, wie viele Sorten es in der Türkei gibt.« Oder *tarhana*, eine Mischung aus Mehl, Gemüsen, Joghurt und Gewürzen, vergoren und getrocknet, ein Grundprodukt für Suppen. »Von Dorf zu Dorf verändert sich dieses Rezept. Im Süden ist Paprika drin, im Norden Wurzelgemüse oder roter Rettich.« Oder *pekmez*, dicker Fruchtsirup aus Maulbeeren oder Johannisbrot. »Das ist ein gesundes Süßungsmittel.« Ekşi sagt: »Für Köche ist die Türkei ein Paradies.«

Boden und Vegetation sorgten für diese schier unerschöpfliche Vielfalt und Üppigkeit. »Es gibt zudem eine starke Verbindung mit der Natur, das lässt sich zurückverfolgen bis in die Zeit des Schamanismus, vor dem Islam.« Auch dazu kennt Ekşi viele Geschichten. Zum Beispiel die von der Zwiebel: »Wenn eine Frau ein Kind zur Welt brachte, hat man in ihrem Zimmer eine Zwiebel aufgehängt, die sollte die bösen Energien aufnehmen. Wenn sie dann mit dem

Neugeborenen erstmals über die Schwelle trat, hat man die Zwiebel vor die Tür gelegt, und sie musste drübersteigen.« Zwiebeln sind ein türkisches Grundnahrungsmittel, kaum ein Gemüse- oder Fleischgericht, das ohne kleingehackte Zwiebeln auskommt, zu Fisch werden sie in großen Stücken roh gegessen.

2018 gab es eine Zwiebelkrise, weil das Gemüse in den Supermärkten auf einmal knapp und wegen der Inflation sehr teuer war. Da wurden Politiker und Händler in den sozialen Medien verspottet: Frauen posteten Halsketten aus roten Zwiebeln und Verlobungsringe mit einem Zwiebel-Solitär. »Mit Brot und Zwiebeln aufwachsen« ist eine Redewendung für eine Kindheit in Armut. Jetzt sind wir abgeschweift. Cem Ekşi wollte doch von seiner Wanderschaft durch das unbekannte Land seiner Vorväter erzählen.

Auch Weingüter haben sie besucht: »Es soll 800 bis 900 autochthone türkische Traubensorten geben, registriert sind 500.« Die beiden Entdecker aßen in einfachen Suppenküchen und in Fine-Dining-Tempeln. In einem der edleren Lokale an der Ägäisküste geschah es dann, eine Begegnung, die Ekşis Leben veränderte. Sie hatten gut gespeist und fragten den Kellner, ob sie den Koch kennenlernen dürften. »Als wir dann in der Küche mit ihm plaudern, geht auf einmal die Hintertür auf, und vier große Männer kommen herein. Sie schauen mich an und einer fragt, wer ist der Typ da?« Wie in einem Mafiafilm. »Aber da war noch ein Fünfter, den habe ich hinter den vier Riesen erst gar nicht gesehen, und der sagte dann: Hey, bist du nicht der Typ aus dem Schwarzwald? Der kannte mich!« Es stellte sich heraus: Alles Freunde des Kochs und Spitzenköche der Türkei. Sie waren es auch, die Cem Ekşi dann rieten: »Komm doch, probiere es bei uns!«

2014 geht er erstmals für längere Zeit nach Istanbul, er arbeitet in einem Restaurant, das die klassische türkische Küche neu interpretiert, zu jener Zeit ein berühmtes Lokal. Aber Ekşi schuftet auch in Küchen »in allen möglichen Kellern und Untergeschossen«. Er macht Catering-Menüs für fünfzig Personen und er kocht 300 Liter Bohneneintopf für 900 Leute. Er erlebt, wie es ist, wenn ein alter Küchenmeister den Jungspund loswerden will, »damit er seinen Cousin vom Land holen kann. Da landet schon mal ein Becher Salz in deinem Topf.«

Warum er in Istanbul bleibt? Auf der Website seines Lokals verrät er es: der Liebe wegen. »Eine türkische Seifenoperngeschichte«, sagt er und lacht. Pınar, inzwischen seine Frau, ist Glaskünstlerin. Sie ist die Cousine des Sommeliers, mit dem er durchs Land gereist ist, und hat ihm Istanbul gezeigt. 2019, da hatte er gerade sein Lokal eröffnet, kam die gemeinsame Tochter Nina in Istanbul zur Welt.

Und wie riecht Istanbul nun für den Koch Cem Ekşi? »Nach Wasser, Staub und den alten Sandsteinmauern hier.« Und nach Abgasen und Schweiß, tagsüber. Und nachts? »Da fließt hier im Stadtviertel Beyoğlu das Bier. Und aus den Garküchen der Straßenhändler entströmt der Dampf von warmgehaltenem Essen, riecht alles zusammen wie ein Topf mit gekochtem Reis, wenn man den Deckel hebt.«

Als Ekşi nach seiner Ausbildung seinem Großvater berichtete, er sei nun fertig ausgebildeter Koch, da war der Großvater enttäuscht. »Du hast doch Abitur gemacht, jetzt bist du *çorbacı*«, sagte der Großvater. *Çorbacı* ist ein türkischer Suppenkoch. Köche hatten in der Türkei kein so gutes Image, bevor Kochshows auch in den türkischen TV-Kanälen auftauchten.

Sorgen seiner Familie, er werde sich finanziell ruinieren, haben sich erst einmal nicht bewahrheitet. Die Kritiker haben Ekşi bald geradezu verwöhnt. Weil er einen Kulturmix auf die Teller zaubert, türkische Zutaten so kombiniert, dass sie den Gaumen überraschen.

Unten im Lokal, Ekşi sieht es von der Empore aus, haben sich die Tische inzwischen gut gefüllt, das Tempo am Herd steigt. Er sagt, »ich habe noch viel vor«. Zutaten ausprobieren, noch Unbekanntes entdecken. Er hat einen Schriftsteller getroffen, der sammelt für ein Buch Auberginen-Rezepte, »er hat schon 600«. So etwas fasziniert den Koch. Was er bedauert: dass die Türkei heute viele Lebensmittel importiert, die Eigenproduktion vernachlässigt. »Bis vor 25, dreißig Jahren war das Land Selbstversorger.« Der Koch hat auch dazu eine alte Geschichte. Im 18. Jahrhundert soll es auf dem Gebiet der heutigen Türkei etwa 80 000 Büffel gegeben haben. Aus Büffelmilch entsteht *kaymak*, eine stichfeste, süße Sahne, die zu fruchtigen Quitten oder eingelegten Kirschen serviert wird, und *kaymak* mit Honig ist eine beliebte Frühstückszutat. Ekşi kennt viele Rezepte. Und die Büffel? »Der Sultan wollte Italien helfen, so ließ er 10 000 Büffel verschiffen. In Italien haben sie dann Mozzarella aus der Büffelmilch gemacht. Heute gibt es in Italien rund 200 000 Büffel, in der Türkei nur noch 8000.«

Inzwischen zieht es auch in der Türkei wieder einige junge Leute zurück aufs Land. »Sie suchen einen alternativen Lebensstil, das Leben in den Großstädten ist so schwierig geworden.« Die Jungen bewirtschaften das Land der Alten, der Großväter und Urgroßväter, ernten Oliven, bauen Wein an. »Sie machen nun auch Bioprodukte und wissen, wie man sie vermarktet. Es ist die Instagram-Generation.«

Ekşi sagt, »ich koche mediterran, aber ich bin ein deutscher Koch«, schließlich hat er in seiner Ausbildung zuerst die deutsche und die französische Küche kennengelernt. In Deutschland hatte er lange das Gefühl, er müsse immer wieder um Anerkennung kämpfen. »In Pforzheim gab es so viele Kulturen, aber irgendwie hat es die Politik nicht geschafft, die Menschen zu integrieren.« So hatte er das Gefühl, »ich muss mich komplett assimilieren. Ich wollte eigentlich nur als Mensch gesehen werden, aber das Nächste zu einem Menschen ist halt leider der assimilierte Türke.«

Als er dreizehn, vierzehn Jahre alt war, erinnert sich Ekşi, wurde er immer wieder von der Polizei auf der Straße angehalten und musste seinen Ausweis zeigen. »Das war für mich komplett normal.« Sagte ihm später jemand, er spreche aber gut Deutsch, blaffte er zurück: »Wissen Sie was, ich habe sogar Abitur.« Solche Erlebnisse hätten ihn eher herausgefordert als verletzt. Er wollte überall gut sein, auch als Koch, sehr gut sogar.

Und wie schmeckt Istanbul nun? »Ah, da gibt es so vieles.« Ekşi streift beide Hände an der dunklen Kochschürze ab und sagt: »Istanbul schmeckt wie Toast mit Käse und *sucuk*, Knoblauchwurst« – der einfachste und billigste türkische Snack, eine schnelle warme Zwischendurch-Mahlzeit.

Pause im Gerichtssaal

13 Uhr

Der Anwalt Murat Deha Boduroğlu im Labyrinth der Justiz

Wenn Murat Deha Boduroğlu sagen soll, warum er Anwalt geworden ist, fällt ihm diese Geschichte über eine Nachbarin ein. »Sie lebte genau gegenüber von uns und hatte einen kleinen Sohn. Ich war noch im Gymnasium, es war die Zeit nach dem Militärputsch von 1980. Da gab es so viele Verhaftungen, auch die Frau kam ins Gefängnis. Sie wurde dann jeden Tag in Ketten und Handschellen von mehreren bewaffneten Gendarmen nach Hause gebracht, um ihr Kind zu stillen. Ich habe diesen Anblick nie vergessen.«

In seiner Istanbuler Kanzlei sieht Boduroğlu vom Schreibtisch aus durch die geöffnete Balkontür den Himmel. Auf der Balkonbrüstung sitzt gerade eine große schwarze Krähe. »Sie kommt jeden Tag«, sagt er, »wir sind gut befreundet.« Das Büro liegt im Zentrum der Stadt, die Anwaltskammer ist ganz in der Nähe. Anwälte sind ein stolzer Berufsstand in der Türkei und gewöhnlich hoch angesehen. »Das geht bis auf die osmanische Zeit zurück, aber es hat natürlich auch mit unserer neueren Geschichte zu tun, mit den nicht endenden und sich vermehrenden Ungerechtigkeiten.«

Er hat Peter Steudtner vertreten, den deutschen Menschenrechtler und Dokumentarfilmer, der im Juli 2017 in Istanbul festgenommen wurde, auf der großen Prinzeninsel. Einige türkische NGO-Vertreter hatten sich dort in idyllischer Abgeschiedenheit zu einem Workshop über Cybersicherheit getroffen. Steudtner war als Referent geladen.

Das Seminar läuft bereits zwei Tage, da tauchen wie in einem schlechten TV-Krimi plötzlich bewaffnete Polizisten im Tagungshotel auf und nehmen acht Teilnehmer fest, darunter die türkische Direktorin von Amnesty International. Steudtner wird wegen Unterstützung gleich mehrerer »bewaffneter Terrororganisationen« angeklagt. Boduroğlu muss seinen Mandanten im Hochsicherheitsgefängnis von Silivri besuchen.

Boduroğlu macht auch eine »Tatort«-Begehung, das tut er immer, wenn möglich. Ein »geheimer Zeuge« will in dem Hotel auf der Insel von der Toilette aus mitgehört haben, dass die Menschenrechtler eine »Verschwörung« planten. »Alles absurd, widersprüchlich und wirr.«

Es dauert fast vier Monate, bis Steudtner nach massivem Druck aus Deutschland Ende Oktober 2017 wieder freigelassen wird und ausreisen darf. Drei Jahre nach seiner Festnahme wird er im Juli 2020 in Abwesenheit in Istanbul von allen Terrorvorwürfen freigesprochen.

Auf Boduroğlus Tisch liegt eine Plastiktüte mit dem Polizeiwappen und der Aufschrift: »Abteilung für Terrorbekämpfung«. Die Tüte haben sie ihm aus dem Gefängnis geschickt. Darin ist ein Heft mit hellbraunem Kartoneinband und Gummiband. Es gehört Steudtner, er durfte es bei der Entlassung nicht mitnehmen. Der Anwalt wird es ihm nach Berlin schicken.

Die Türkei ist ein traumatisiertes Land, sie hat immer wieder Zeiten voller Leid und Gewalt erlebt. Auch schon früher wurden Terrorvorwürfe geradezu inflationär erhoben, nicht selten, um politische Gegner auszuschalten. Leider, sagt Boduroğlu, sei die Justiz in der Türkei immer wieder politisiert und politisch missbraucht worden.

Murat Deha Boduroğlu wurde 1969 in Izmir geboren. Zwei Jahre später putschte zum zweiten Mal seit Gründung der Republik das Militär. Sein Vater war damals Militärarzt in einem Krankenhaus im Zentrum Istanbuls. »Weil er und seine Freunde hohe Offiziere waren, durften sie trotz des Ausnahmezustands in die Gefängnisse gehen und auch in die Polizeistationen, wo viele Leute festgehalten wurden. So haben sie mehreren Menschen durch ihr medizinisches Eingreifen das Leben gerettet, auch linken Studenten, vor allem von der Istanbuler Universität, die das Zentrum der Aufstände war.«

Nicht allen gefällt das, mehrere Ärzte kommen vors Kriegsgericht, angeklagt wegen Landesverrat. »Dieselben Dummheiten wie heute«, sagt Boduroğlu. Die Ärzte verteidigen sich mit ihrem Hippokratischen Eid, der sie zur Hilfe für alle verpflichte. »Dann kommt heraus, dass sie zufällig den Sohn eines hohen Generals gerettet haben, aus irgendeinem Keller einer Polizeiwache oder der Gendarmerie. Der General hat dann mit dafür gesorgt, dass das Militärgerichtsverfahren beendet wurde.« Murat Deha war da noch ein Kind, der Vater hat ihm das alles später erzählt. Viele Freunde des Vaters haben damals die Armee verlassen, sie zerstreuen sich in alle Winde, einige gehen nach Frankreich, der Vater nach Deutschland, »weil man dort dringend Ärzte brauchte«. Der Vater muss »erst Deutsch lernen, aber er ist ein sehr guter Operateur, die Militärärzte galten ja seinerzeit als die Besten«. Zu ihrer guten Ausbildung haben einst auch deutsche Medizinprofessoren beigetragen, die vor den Nazis in die Türkei geflüchtet waren. »Mein Vater ist für diese Lehrer sehr dankbar.«

Nach einer Probe-OP darf der Vater in Deutschland in einem Krankenhaus anfangen. Murat Deha ist vier Jahre alt, als er nach Deutschland kommt. Er kann bald besser Deutsch als Türkisch, geht in Bad Pyrmont auf die Herder-Grundschule und danach auf das Humboldt-Gymnasium. Er hat nur gute Erinnerungen an diese Zeit. »Ich war sehr glücklich als Kind dort, ich habe mich frei gefühlt.«

1980 kommt es wieder zu einem Putsch. Und doch wollen seine Eltern nicht lange danach zurück. »Sie vermissten die Sonne, das Meer, Oliven, Ziegenkäse, türkischen Tee.« In der Familie machen sie eine Abstimmung, »wir waren immer sehr demokratisch«. Murat Deha hat zwei ältere, ihm sehr nahestehende Schwestern, Sevda und Serap. Er kennt die Türkei in jener Zeit nur von den Ferien, die für ihn immer ein Abenteuer sind, und stimmt als Einziger für Deutschland.

Als er zwölf ist, geht er in Izmir, wohin die Familie nun zieht, auf ein staatliches Gymnasium. Er muss Schuluniform tragen, mit Krawatte und Jackett, kann kaum Türkisch, wird gehänselt, ist den steifen Umgang von Mädchen und Jungen nicht gewohnt. »In Deutschland war alles freier, da hatten wir schon erste Flirts.« Auch die Folgen des Putsches von 1980 sind zu spüren. »Linke, sozialdemokratische und liberale Lehrer hat man entfernt, stattdessen haben sie religiöse und ultranationalistische Leute eingesetzt. Religionsunterricht war nun Pflicht.« Die Generäle handeln nach dem Motto: lieber ein religiöses Volk als eines, das linken Ideen anhängt. »Dieser Putsch von 1980 hat vieles in der Türkei verdorben, man merkt das bis heute. Die jetzige Regierung ist meiner Ansicht nach ein Produkt davon.«

Großen Einfluss haben die religiösen Lehrer zumindest auf die älteren Schülerinnen und Schüler nicht mehr. »Wir lasen Dostojewski und Hermann Hesse, unsere Eltern waren gebildet und demokratisch. Aber wir haben gesehen, wie sie versucht haben, die Jüngeren mit Druck zum Beten zu bringen.« Boduroğlu erinnert sich an eine gespannte Atmosphäre: »Wir waren sehr nervös, haben uns außerhalb der Schule viel geprügelt, in der letzten Klasse sind wir dann ausgeflippt.« In einer Mittagspause trinken sie sich in einem Biergarten Mut an, dann marschieren sie in die Klassen der Jüngeren. »Wir waren alle halb verrückt, die Lehrer hatten Angst vor uns und sind weggelaufen. Dann haben wir den anderen Schülern gesagt, dass sie niemals den Säkularismus aufgeben dürften, dass sie den Religiösen nicht die Macht überlassen sollten, dass sie die Jüngeren aufklären und ihnen Bücher und Musik geben müssten. Bis die schwer bewaffnete Gendarmerie kam.«

Die Aufsässigen werden zur Wache eskortiert und sollen von der Schule verwiesen werden. Aber sie haben die Eltern auf ihrer Seite, und deren Skepsis gegenüber der Schulleitung. »Damals gab es noch objektive Leute in allen Behörden.« Die Eltern nutzen ihren Einfluss, nach fünfzehn Tagen dürfen die Aufrührer zurück an die Schule und ihren Abschluss machen. Das ist die Voraussetzung für die staatliche Uniprüfung. Ohne die gibt es keinen Zugang zum Studium. Und Boduroğlu will unbedingt Jura studieren. »Ich hatte gar keine andere Idee.«

Jetzt will er der Krähe Wasser geben. Die ist gerade von einem Rundflug zurück. Er steht auf, füllt eine kleine Schale auf dem Balkon. Boduroğlu trägt Jeans und Pullover, sein Kinnbart ist grau, um die Augen liegt ein Schatten von Müdigkeit. Es gibt noch eine zweite Geschichte, die er erzählt, wenn er erklären soll, warum er Anwalt geworden ist. Er hat einen älteren Cousin, der die Aufnahmeprüfung kurz vor ihm gemacht hat, 1985. Als Häftling. Der Cousin saß seit 1980 nach dem Putsch im berüchtigten Mamak-Militärgefängnis in Ankara. »Er hat nie eine Waffe getragen, aber er wurde gefoltert, die Staatsanwaltschaft forderte die Todesstrafe.« Vor dem Putsch hatten sich linke und rechte Gruppen teils blutig bekriegt, womit die Generäle ihren Coup begründeten. »Mein Cousin war der Einzige in Mamak, der die Uniprüfung machte. Das stand sogar als Schlagzeile in der

Hürriyet.« Boduroğlu erinnert sich an das Foto in der Zeitung. »Seine Haare sind geschoren, er ist nach einem Hungerstreik total abgemagert und sitzt allein an einem Tisch, umringt von zwanzig Gendarmen.«

Der Cousin schafft die Prüfung. 1986 gibt es eine Amnestie, er darf aus der Haft, wird wegen fehlender Beweise freigesprochen und studiert an der staatlichen Technischen Universität in Ankara Ingenieurwissenschaften. Die ist in der Türkei unter dem Kürzel ODTÜ als eine der besten und liberalsten Hochschulen bekannt. Boduroğlu geht zum Studium an die staatliche Istanbuler Universität und merkt dort, wie viel demokratischer sein Gymnasium, das Bornova Anadolu Lisesi, in Izmir war. »Damals gab es nur fünf Jurafakultäten in der Türkei und schon dafür zu wenig Professoren.« Heute bieten über achtzig Hochschulen ein Jurastudium an, und die Gerichte haben einen ziemlichen Verschleiß an Personal.

Es gibt eine schöne Szene aus der türkischen Kultkrimiserie *Behzat Ç.*, gedreht 2010 in Ankara. Da sagt eine Staatsanwältin voller Stolz: Niemand würde es wagen, sie, eine türkische Staatsanwältin, unter Druck zu setzen. Heute fiele das keinem Drehbuchautor mehr ein. Staatsanwälte und Richter, die sich politisch unbeliebt machen, werden versetzt, entlassen, kaltgestellt, nicht befördert. Boduroğlu erinnert sich an eine Richterin »der alten Generation«, die 2015 einer Klage von Umweltverbänden stattgab und den Bau des neuen Istanbuler Großflughafens vorübergehend stoppte. »Danach wurde sie pensioniert, von den zwei Mitgliedern ihrer

Kammer fand sich einer in Ostanatolien wieder, der andere an der griechischen Grenze. Das ging ruckzuck.«

Der Airport ist inzwischen in Betrieb. Boduroğlus Kanzleipartner Alp Tekin Ocak ist auf Umweltrecht spezialisiert, er hat die Kläger gegen den Flughafen damals vertreten. Goldabbau, Atomkraftwerke – am Ende einer langen juristischen Kette setzt sich fast immer der Staat durch. Ist das nicht frustrierend? »Ja, sehr«, sagt Boduroğlu, »es gibt Momente, da denkt man, das ist der Wahnsinn, ich kann nicht mehr. Da will man alles fahren lassen und abhauen.«

Boduroğlu hat politische Prozesse erlebt, in denen die Richter kaum zuhören, wenn die Anwälte sprechen, und ständig zur Eile drängen. »Dann sagen wir, Sie müssen uns schon Zeit geben, denn diese Menschen wurden nach unserer juristischen Überzeugung unschuldig verhaftet. Und dann stellt der Richter überhaupt keine Fragen, und der Staatsanwalt schläft ein. Oder er tut so, manchmal ist es wie im Theater.« Bevor die Anwälte in politischen Fällen Einblick in die Anklageschrift erhalten, steht sie häufig schon in einer regierungsnahen Zeitung. »Wenn wir das kritisieren und dagegen juristisch vorgehen, heißt es, das sei Pressefreiheit.«

Wenn ihm alles zu viel wird, versucht er sich zu schützen. »Musik hilft mir immer, Jazz, Rock, Groove, Punk, auch Vivaldi und Bach.« Oder er liest, Stefan Zweig zum Beispiel. Geht schwimmen. Er ist auch schon mit einer Schafherde gewandert, als Hirte durch eine einsame Bergregion. »Und ich denke daran, wie wir als Anwälte trotz allem behilflich sein können. Wir können zum Beispiel die Kommunikation zwischen einem Häftling und seiner Familie aufrechterhalten.« Anwälte dürfen öfter in die Gefängnisse als die engsten Angehörigen.

Die Politisierung der Justiz wird inzwischen selbst von manchen Mitgliedern der Regierungspartei als Problem erkannt, aber gewöhnlich nur hinter verschlossenen Türen beklagt. Die Opposition und der größte säkulare Industrieverband, *Tüsiad*, fordern regelmäßig eine Rückkehr zur Rechtsstaatlichkeit.

Seit dem Putschversuch vom Juli 2016 sind bis Ende 2020 nach offiziellen Angaben mindestens 4500 Richter und Staatsanwälte wegen angeblicher Verbindung zur Gemeinde des türkischen Predigers Fethullah Gülen entlassen worden. Gülen, seit 1999 in den USA im Exil und von Erdoğan für den versuchten Coup verantwortlich gemacht, war einst dessen Verbündeter. So haben viele Anhänger des Predigers in Polizei, Justiz und Militär Karriere gemacht. Das Zerwürfnis wird offensichtlich, als im Dezember 2013 mehrere Söhne von Ministern, zahlreiche AKP-Politiker und AKP-nahe Unternehmer wegen Korruptionsvorwürfen vorübergehend festgenommen werden. Erdoğan spricht von einem »zivilen Coup«.

Ein Jahr danach, im Dezember 2014, habe ich Gülen in Pennsylvania zusammen mit einem Kollegen für die *Süddeutsche Zeitung* interviewt, auf der Farm, die er zu seinem Wohnsitz gemacht hat. Getroffen haben wir einen körperlich geschwächten 73-Jährigen, der mehr politischen als religiösen Eifer zeigte. Er sagte, die AKP habe »das Joch einer Partei« errichtet, »nachdem das Land vom Joch des Militärs befreit war«. Merkwürdig dabei: Gülen schien Sympathien für das Militär zu hegen. In seinen persönlichen Räumen, die er bereitwillig zeigte, standen kleine Modelle türkischer Kampfflugzeuge auf einem Regal, und ein Glas mit türkischer Erde.

Die Gülen-Gemeinde hat ein weltumspannendes Netz von Schulen, Krankenhäusern und Universitäten geschaffen. Diese Einrichtungen und Spenden haben sie reich gemacht. Ihre Organisationsstruktur ist intransparent. Erdoğan nennt das Netzwerk inzwischen »eine Bande«, die versucht habe, einen »Parallelstaat« zu errichten. Gülen bestritt im Dezember 2014 gar nicht, dass seine Leute viele Positionen im türkischen Staat besetzten, er rechtfertigte dies sogar in dem Interview: »Ein Bürger eines Landes kann nicht die Institutionen seines Landes unterwandern, er dient ihnen.« Das konnte man auch so verstehen: Wir können den Staat nicht unterwandern, wir sind der Staat.

Boduroğlu sagt, er sei »kein Experte«, was die Gülen-Gemeinde betrifft. Aber er habe sie immer für kriminell gehalten. Er nimmt an, dass es einen Machtkampf zwischen Gülen und der AKP gab, »es ging um die Wirtschaft, um viel Geld«. Was Boduroğlu weiß: In jedem Konflikt trifft es die Zivilgesellschaft. Nach dem Putschversuch 2016 wurden auch viele Oppositionelle, die nichts mit den Machtkämpfen im religiösen Lager zu tun hatten, zu Staatsfeinden erklärt. »Es geht um Einschüchterung.«

War Boduroğlu selbst einmal angeklagt? »Nein, aber es hätte passieren können.« Er twittert nicht, ist nicht in den sozialen Medien präsent. Sein Kanzleipartner stand schon wegen eines Social-Media-Posts vor Gericht, der Vorwurf: Beleidigung des Staatspräsidenten. Ihm drohten bis zu vier Jahre Haft. Mit einer solchen Strafe verliert ein Anwalt seine Lizenz. »Glücklicherweise hatten wir einen ordentlichen Richter der alten Generation, der kurz vor der Rente stand, und wir haben unseren Kollegen sehr gut verteidigt.« Der Prozess endete mit einem Freispruch.

Die Wände von Boduroğlus Büro schmücken Bilder zeitgenössischer türkischer Künstler, er hat viele Mandanten aus der Kulturszene. An einem zentralen Platz hängt das Porträt eines osmanischen Offiziers. »Mein Großvater«, stellt Boduroğlu vor. Großvater Nazım war ein Held des Türkischen Befreiungskrieges. Boduroğlu hat seine Tagebücher aus dem Osmanischen übersetzen lassen. Eigentlich wollte schon dieser Großvater Jura studieren, aber dann begann der Erste Weltkrieg, und er kam zur Kavallerie. Als der Staatsanwalt im Steudtner-Prozess auf einmal über den Türkischen Befreiungskrieg sprach und die Anklage damit begründete, dass sich das Land wie vor rund hundert Jahren vor Ausländern schützen müsse, da fragte Boduroğlu dazwischen: »Wovon reden Sie?« Und ob er von seinem Großvater Nazım erzählen solle? »Der Staatsanwalt hat sich dann aus Respekt zurückgehalten.«

Erdoğan vergleicht den Widerstand gegen den Putschversuch von 2016 immer wieder mit dem Befreiungskrieg von 1919 bis 1923. Geschichte ist biegsam, sie lässt sich drehen und wenden. Irgendwann wird womöglich auch über die jetzige Zeit in der Türkei vor Gericht geurteilt werden. Boduroğlu zeigt auf eine lange Reihe von Aktenschränken, sein Archiv. »All die Akten, mit denen wir arbeiten, auch die Prozesse von Kolleginnen und Kollegen, denen wir folgen, machen uns Hoffnung, dass eines Tages die Richter, Staatsanwälte und Polizeidirektoren, die so viele unschuldige Menschen ohne Beweise angeklagt und so lange inhaftiert haben, zur Rechenschaft gezogen und verurteilt werden können.« Und die Politiker? »Leider ist es in der Geschichte ja meist so, dass die Politiker reingewaschen werden. Aber unsere Hoffnung können wir nicht verlieren.«

Wollte er die Türkei irgendwann nicht doch wieder verlassen, so wie als Kind? »Irgendetwas hat mich immer hier festgehalten, die Freunde, Beziehungen, die Familie. Ich mag auch mein Land sehr, ich liebe es. Auch seine lange Geschichte, von der Antike an, die Mythologie, all das fasziniert mich. Ich habe mir immer wieder gedacht, diese Kultur darf ich nicht verlassen.«

Was ist eigentlich aus der Nachbarin geworden, die in Handschellen zum Stillen geführt wurde? Boduroğlu lacht: »Sie ist jetzt Computerexpertin bei einer großen türkischen Bank.«

Die Krähe ist davongeflogen. Boduroğlu steht auf, er sagt, er müsse noch zum Gericht. Er schließt die Balkontür, es ist kühl geworden.

Nach dem Gespräch schickt er eine Mail, sie klingt wie eine Widmung, die in Istanbul nicht ungewöhnlich ist. Er bittet darum, einen Dank an die Istanbuler Straßenkatzen hinzuzufügen, weil sie ihm, wie seine eigene Katze Psycho, bei der täglichen Stressbewältigung helfen.

Fluchtgedanken beim Kaffee

14 Uhr

Der Arzt Sinan will das Land verlassen

Sinan hat Pause. Vor dem Café in Beyoğlu, wo wir uns treffen, liegt ein großer alter gelber Hund. Es gibt auch Tische im Freien, aber Sinan will lieber drinnen sitzen, wo es zu dieser Stunde fast leer ist. Was er zu sagen hat, ist nicht gedacht für die Ohren der Menschen auf der Straße. Sinan will von der Liebe sprechen und von der Angst. Er beginnt mit der Liebe.

Deutsch, sagt Sinan, »ist für mich eine Liebesgeschichte«. Er macht eine Pause, sucht nach den richtigen deutschen Worten: »Ah, wenn man jung ist, dann ist das einfach.« Sinan ist Anfang vierzig, und in diesem Alter eine Sprache zu lernen ist nicht so leicht, aber er möchte zuerst erzählen, was vor dieser Liebe kam, ganz am Anfang, damals in Bulgarien.

Sinans Familie gehörte zur türkischen Minderheit in Bulgarien. Er ist sieben Jahre alt, als Michail Gorbatschow 1986 mit dem großen Umbau der Sowjetunion beginnt, mit Perestroika und Glasnost. »Danach gab es auch in unserem kleinen Land keinen Kommunismus mehr, der Kapitalismus kam mit Riesenschritten. Aber die bulgarischen Diktatoren haben mit dem Finger auf die türkische Minderheit gezeigt und behauptet, die sei ein Problem.« Warum sollte die ein Problem sein? »Das sagten sie nicht. Aber sie sagten, wenn ihr eure türkischen Namen ablegt, gibt es keine Türken mehr in Bulgarien. Keine Minderheit, kein Problem. Ganz einfach.«

Schon im Dezember 1984 begann die Zwangsbulgarisierung der Minderheit. »Wiedergeburt« nannten die Machthaber in Sofia ihre Assimilierungskampagne. Sogar Namen von Toten sollten rückwirkend geändert werden.

Sinan ist ein schöner Name, es ist der Name des größten Baumeisters im Osmanischen Reich, des Architekten der Süleymaniye-Moschee in Istanbul. Dieser Sinan war der Sohn griechischer oder armenischer Christen aus Kappadokien, nach Istanbul kam er über die »Knabenlese«, die Zwangsrekrutierung christlicher Jugendlicher. Die mussten Muslime werden und bekamen eine Ausbildung im Palast. Viele rückten in höchste Ämter in Militär und Verwaltung auf. Sinan wurde Hofarchitekt unter Sultan Süleyman dem Prächtigen.

Ein Name gehört zur Persönlichkeit, ihn abzulegen ist nicht einfach. Wie löst Sinan in Bulgarien das Problem? »Ich musste einen Namen wählen, der bulgarisch klingt, meine Eltern entschieden sich für Silan. Das war ähnlich, aber doch anders und ein bisschen komisch für mich. Auch meine Oma, mein Opa, alle in meiner Familie mussten ihre Namen ändern.«

Türkisch sprechen wird verboten. Es gibt Widerstände, zuerst sind die Proteste friedlich, später kommt es auch zu Gewalt. Anfang 1989 befürchtet die Regierung in Sofia, die

Situation könne außer Kontrolle geraten. Sie drängt die Minderheit zur Auswanderung. Viele verkaufen in aller Eile ihr Hab und Gut. Glücksritter profitieren von der Not der Flüchtenden. An der türkischen Grenze bilden sich kilometerlange Schlangen. Mehr als 300 000 Menschen haben es bereits auf die andere Seite der Grenze geschafft, da schließt die Türkei im August 1989 die Tore. Später entschuldigen sich zwei bulgarische Staatspräsidenten für die Vertreibung. Die meisten Auswanderer kehren trotzdem nicht mehr zurück.

Auch Sinans Familie packt 1989 die Koffer. »Mein Vater und meine Mutter sind Zahnärzte, und die Türkei brauchte Ärzte.« Sinans Großmutter, seine beiden Onkel und seine Tante bleiben zurück in Bulgarien. Die Eltern arbeiten heute in staatlichen Krankenhäusern in der Türkei. Anderen erging es weniger gut. »Einige hatten auch die romantische Idee vom türkischen Heimatland, aber dann gab es hier keinen Job, kein Geld, keine Krankenversicherung. Die gut Ausgebildeten, Schwestern, Ärzte, Maschinenbauer, sind in der Türkei am besten zurechtgekommen.«

Als Kind wollte Sinan Kosmonaut werden, wie Juri Gagarin. »Wenn man älter wird, muss man sich entscheiden, etwas Nützliches zu studieren.« Er ging in Istanbul auf ein französisches Gymnasium. Fremdsprachige Schulen sind in der Türkei beliebt, sie öffnen viele Türen. Sinans Noten waren gut, er bekam einen Medizinstudienplatz an der staatlichen Istanbuler Universität. Er hat sich spezialisiert, auf »interventionelle Radiologie«, ein noch junges medizinisches Gebiet. Sinan behandelt Gefäßkrankheiten, verstopfte Gallengänge, Tumore. »Wir machen so besondere Sachen, verbrennen den Tumor.«

Das Krankenhaus, in dem er arbeitet, gehört zu einer großen privaten Universität. Sinan ist in Rufbereitschaft, auch jetzt hier im Bistro. Er legt sein Handy auf den Tisch und bestellt einen zweiten schwarzen Kaffee. »Normalerweise muss ich fünfzehn Tage am Stück erreichbar sein. Das ist ein bisschen nervig, eine so lange Bereitschaft. Aber ich muss nicht jedes Mal, wenn ich angerufen werde, zum Krankenhaus, ich kann einiges am Telefon erledigen.«

Sinan rutscht auf seinem Stuhl hin und her, als treibe ihn eine innere Unruhe an. »Ich will weg«, sagt er, »weg aus der Türkei.« Er hat es schon ein paarmal probiert. Zum Studium wollte er zuerst nach Kanada, er flog sogar mit seinen Eltern hin. Nach einer Woche sind sie alle zurückgekehrt. »Zu kalt und zu weit weg.« Später hatte er für seine Assistenzarztausbildung ein Angebot aus der Schweiz, aber man wollte ihm dort nichts bezahlen. »Mit 25 noch mal Taschengeld von den Eltern nehmen ist nicht fair. Nein danke, habe ich gesagt, ich bleibe in der Türkei.«

In der Türkei müssen Ärzte nach ihrer Ausbildung dem Staat etwas zurückgeben und eineinhalb bis zwei Jahre in einem staatlichen Krankenhaus im Südosten arbeiten. »Ich wurde in eine kleine Stadt in der Provinz Mardin an der syrischen Grenze geschickt. Am Anfang war ich sehr gestresst, denn als Kind habe ich immer gehört, die Osttürkei sei gefährlich. Aber in Mardin hatte ich dann die vielleicht besten zwei Jahre meines bisherigen Lebens. Die Stadt hat eine kosmopolitische Kultur. Da leben Christen, Araber und Kurden zusammen.« Sinan fühlte sich freier als sonst in dieser für ihn anfangs fremden Atmosphäre. »Du kannst dort mit deiner Freundin Hand in Hand spazieren gehen.«

Danach arbeitete er zwei Jahre im zentralanatolischen Adana, spezialisierte sich weiter. Dann kehrte er nach Istanbul zurück. »Ich bin kein so großer Istanbul-Fan, aber mein Vater und meine Mutter leben hier, und sie werden älter. Ich bin der einzige Sohn, ich bin nicht verheiratet, ich muss mich kümmern.« Und trotzdem will er weg? »Freunde von mir sind im Sommer 2018 nach Deutschland gegangen, sie konnten gar kein Deutsch, aber sie waren Fachärzte. Sie sind aus politischen und ökonomischen Gründen gegangen.«

Schon 2018 fiel der Wert der türkischen Lira in den Keller. Präsident Erdoğan hatte sich auf einen heftigen Streit mit den USA eingelassen, redete von einem »Wirtschaftskrieg« und forderte alle Türken auf, ihre US-Dollars und ihr Gold in Lira zu tauschen. Erst gab es Schlangen vor den Devisenbüros, dann ebbte die Bereitschaft, sich von solchen Sicherheiten zu trennen, rasch ab. Sinan sagt, er erhalte zwar einen Inflationsausgleich, könne sich aber immer weniger leisten. »Ich habe umgerechnet 5000 Euro verdient, das war ein gutes Gehalt, jetzt sind es wegen des Lira-Kurses umgerechnet weniger als 3000 Euro. Und wer weiß, was noch kommt?« Er fühle sich unsicher, »auch ein bisschen demotiviert«.

Deshalb hat er angefangen, an deutsche Krankenhäuser zu schreiben, hat gefragt, ob ein Arzt mit seiner Qualifikation gebraucht werde. »Alle Reaktionen waren sehr positiv.

Ein Mentor von mir hat mir einen Kontakt zur Universität in München geknüpft, da sind sie Trendsetter in meinem Bereich der Radiologie. Ich würde dort sogar einige Zeit lang ohne Bezahlung arbeiten.« Er hat seine Papiere auch nach München geschickt. »Das geht alles offiziell in Deutschland, und es ist nicht einfach für einen ausländischen Arzt. Ich brauche einen Approbationsprozess, ich muss beweisen, dass ich fließend Deutsch spreche, dass meine medizinischen Kenntnisse ausreichen, es gibt zwei Prüfungen.«

Sinan wartet auf Antworten aus Deutschland und quält sich mit der Frage, ob er wirklich gehen soll. »Mein Herz sagt, bleib in der Türkei! Aber mein Verstand sagt, geh! Es gibt also einen Krieg zwischen Herz und Hirn.« Das Krankenhaus, in dem er in Istanbul arbeitet, gehört zu den besten des Landes. »Viele Kollegen sind neidisch auf mich, dass ich in einer so guten Klinik bin.«

Das türkische Wort für die Abwanderung von Akademikern ist *beyin göçü*, wörtlich: die Migration der Gehirne. Während vor fünfzig Jahren vor allem Menschen, die mit ihren Händen arbeiten, die Türkei verließen, sind es seit einer Weile nun die gut Ausgebildeten, darunter viele Ärzte, Ingenieure. Nach dem Putschversuch von 2016 stieg der staatliche Druck auf die Universitäten noch einmal weiter, zahlreiche Professoren wurden entlassen. Akademiker beklagen ein Klima der Verunsicherung und Einschüchterung. Der Verlust von klugen Köpfen ist für die türkische Wirtschaft bereits ein Problem. Sie hat angefangen, um Rückkehrer zu werben.

»Ein OECD-Vergleich zeigt, dass die Türkei viele Schwestern und Ärzte braucht. Wir sind ganz unten in der Statistik. Für achtzig Millionen Einwohner gibt es aktuell etwa 150 000 Ärzte. Viel weniger als in Deutschland. Und auch dort fehlen Ärzte.« Sinan sagt, ein türkischer Radiologe müsse am Tag fünfzig bis 300 Untersuchungen beurteilen, ein Arzt in der EU in derselben Zeit gewöhnlich deutlich weniger, etwa zwanzig bis fünfzig. »Unsere Situation in der Türkei ist nicht normal. Bei 300 Untersuchungen am Tag leidet die Qualität.«

Sinan nimmt einen Schluck von seinem schwarzen Kaffee, der ist inzwischen kalt. Dann sagt er, »ich gehe nicht wegen des Geldes nach Deutschland, wenn ich dort etwas mehr verdiene, geht das für höhere Lebenshaltungskosten drauf«. Er atmet tief durch, sagt: »Es gibt in der Türkei ein Gefühl der Angst, nicht die richtigen Worte zu wählen, und das ist mir sehr bekannt.« So wie damals in Bulgarien. »Wir sprachen in der Schule Bulgarisch und zu Hause Türkisch, und meine Eltern sagten: Du sprichst mit niemand anderem Türkisch.« Sinan dämpft seine Stimme, als ermahne ihn die Erinnerung immer noch zur Vorsicht. »Ich war ein Kind, und wenn du auf der Straße Fußball spielst, dann rutscht dir halt ein türkisches Wort heraus.« Dann war da die Angst, es könnte jemand gehört haben.

»Jetzt ist das für mich in der Türkei wie ein Déjà-vu. In den letzten Jahren musste ich auch hier darauf achten, was ich sage. Ich muss jedes Wort überlegen, wenn ich auf Facebook oder Twitter schreiben will, sonst kann das gefährlich werden. Okay, offiziell ist das hier eine Demokratie. Aber zweimal im Leben halte ich solche Ängste nicht aus.« Er sei eigentlich kein politischer Mensch, sagt Sinan. Und Kollegen hätten ihm geraten, sich nicht so viele Gedanken zu machen, er solle sich nur um seinen Job kümmern. »Aber ich kenne dieses Gefühl, sich beschränken zu müssen, und ich fühle mich nicht gut dabei. Wenn du den Vater unserer Nation wählst, bist du ein Demokrat, wenn nicht, sagen sie, du bist ein Terrorist.«

Jetzt will Sinan den Innenraum des Bistros verlassen. »Ich brauche frische Luft«, sagt er, nimmt seine Tasse mit dem kalten Kaffee, geht nach draußen und setzt sich an einen der leeren Tische. Auf der Gasse steht ein Obsthändler mit seinem Karren, er schreit seine Ware aus, wie sie das seit Jahrhunderten in dieser Stadt machen, in der das Ewige und das Neue so eng nebeneinander existieren. Sinan nimmt sein Smartphone, wischt durch eine Bildergalerie. Fotos aus der Istanbuler Fußgängerzone İstiklal. »Alles Beton, früher gab es da Bäume. Was werden die Kinder einmal sagen, die in dieser Wüste aus Stein aufgewachsen sind?«

Dann tippt er auf Twitter. Der Kurznachrichtendienst ist in der Türkei immer noch sehr beliebt, während er andernorts schon aus der Mode kommt. Weil die meisten türkischen Zeitungen inzwischen so palastnah sind, suchen viele nach alternativen Informationen. Sinan zeigt das Bild eines Badezimmers mit goldenen Wasserhähnen. »Das hat sich der staatliche Zwangsverwalter im Rathaus von Diyarbakır einbauen lassen, nachdem sie den kurdischen Bürgermeister abgesetzt haben. So ein Kitsch, so viel Geld verschwendet.

Wenn ich so etwas sehe, möchte ich weinen.« Diyarbakır ist die größte mehrheitlich kurdische Stadt der Türkei. Die Regierung hat viele gewählte Bürgermeister der prokurdischen Partei HDP wegen angeblicher Verbindungen zur verbotenen militanten PKK abgesetzt.

Sinan sagt, seine Eltern seien nicht religiös. »Das war im kommunistischen Bulgarien normal.« Er glaubt, »die Menschen im Nahen Osten brauchen immer einen Anführer«. Er benützt das englische Wort: *leader*. »Aber Einmannländer sind nicht gut. Ich war einmal in Kasachstan, überall hingen Bilder von Nasarbajew. Astana hat den Namen gewechselt, heißt jetzt nach dem Vater der Nation.« Seine Eltern haben gesagt, er solle seinem Verstand folgen und die Türkei verlassen. »Sie sagen das, um mich zu retten, aber in ihrem Herzen wollen sie, dass ich in ihrer Nähe bleibe.«

Der Obsthändler hat sich davongemacht, der müde alte Hund ist auch weg. Sinan muss bald zurück ins Krankenhaus. »Vielleicht bleibe ich nicht das ganze Leben lang in Deutschland, wenn ich gehe«, sagt er. »Wir leben hier jetzt in einer Übergangsperiode, vielleicht wird es ja auch wieder besser in der Türkei. Die letzte Kommunalwahl war ein Hoffnungszeichen, dass sich etwas verändern lässt. Aber wenn ich eine deutsche Frau oder Kinder haben sollte, muss ich natürlich dort bleiben.«

Nun endlich geht es um die Liebe. Einmal schon hat er sich in eine Frau aus Deutschland verliebt, er hat sie in Istanbul kennengelernt, sie war für zwei Monate in der Stadt. »Sie war halb Türkin, halb Deutsche, sie mochte die Türkei nicht, sie fand Istanbul chaotisch und das Land politisch instabil. Sie hat gesagt, warum kommst du nicht nach Deutschland? Ich habe gesagt, natürlich! Los!« Er ging ins Istanbuler Goethe-Institut, zweieinhalb Jahre lang, jeden Dienstag und jeden Donnerstag, jeweils drei Stunden. Dann machte er ein Praktikum an einem Hamburger Krankenhaus. Vier Monate blieb er. »Jeder Anfang hat ein Ende. Es funktionierte nicht. Wir haben uns getrennt.« Aber die Liebe ist geblieben, »die Liebe zur deutschen Sprache«.

Die Sonne ist weg, es wird kühl. Sinan sagt, er müsse gehen. Er winkt dem Kellner, er will seinen Kaffee unbedingt selbst zahlen. »Türkische Höflichkeit.«

Nachtrag 2021. Sinan hat in einer Münchner Universitätsklinik angefangen. Er hat ein Zimmer in einer WG. Es ist Corona-Zeit. »Wir bereiten uns hier auf einen Peak der Infektionen vor«, schreibt er in einer WhatsApp-Nachricht. Und er fügt hinzu: »Es geht mir gut.«

15 Uhr Die Türkei auf der Couch

Besuch bei dem Psychotherapeuten Zaza Yurtsever

Die letzte Patientin für diesen Tag ist gerade gegangen. Zaza Yurtsever öffnet die Tür zu einem versteckten Garten. Die Wohnung, die ihm auch als Praxis dient, liegt mitten in der alten Stadt, und doch ist jetzt nur Vogelgezwitscher zu hören. Erst hat er in einem anderen Viertel gewohnt, mit teuren Boutiquen und edlen Restaurants. Dort hat ihm nicht gefallen, dass so viele Menschen »immer wieder betonen mussten, wie europäisch sie doch sind. Sie laufen mit einem Minderwertigkeitskomplex herum«, sagt der Psychotherapeut. Wo er jetzt lebt, ist es für ihn »authentischer«. Da gibt es noch Metzger, die das Fleisch ins Fenster hängen, zwischen Bars und Galerien.

Bevor wir über die Türkei als »Patientin« sprechen, so als läge das ganze Land hier beim Therapeuten auf der Couch, ist es gut, diesen Mann näher kennenzulernen. Schließlich musste er sich auch selbst erst kennenlernen, bevor er anderen Menschen sagen konnte, was ihnen fehlt. In einem Land, in dem es so oft heißt, alles sei Schicksal, zumindest sagen das die Gottesfürchtigen, ist Yurtsevers Leben ein Beweis dafür, dass nichts so kommen muss, wie es vorgezeichnet scheint.

Schon an seinem Namen erkennt jeder Türke, dass er Zaza ist, also einer kurdischen Minderheit angehört, wobei die Zaza von sich selbst bisweilen sagen, sie seien gar keine Kurden, sondern eine eigenständige Ethnie. Sein Nachname *Yurtsever*, »Patriot«, lässt vermuten, dass seine Familie ihn nicht freiwillig wählte. Per Gesetz wurde den Türken 1934 vorgeschrieben, einen Nachnamen zu tragen. Kurden sollten mit den neuen Namen assimiliert werden, vor allem dort, wo es nach der Republikgründung kurdische Aufstände gab. In der ostanatolischen Provinz Bingöl zum Beispiel, wo Zaza Yurtsever geboren wurde.

Er kam 1968 in einem Dorf zur Welt. Seinen genauen Geburtstag kennt er nicht. »Wenn du einen Kurden fragst, wann er geboren wurde, kriegst du nie die richtige Antwort«, sagt er und lacht. Eingetragen wurde er am 1. März 1968. Seine Mutter hat ihm erzählt, er sei am 15. Februar geboren, sein Vater meint, es war der 16. Februar. »Mein Vater fuhr dann am 1. März in die Stadt, um mich anzumelden. Hätte er dort zum Beispiel gesagt, ich konnte nicht früher kommen, weil so viel Schnee lag, hätte er eine Strafe zahlen müssen.« Wenn Zaza Yurtsever also an Sternzeichen glauben würde, wäre er schon ziemlich verloren. »Für die Weißtürken ist es wichtig, dass sie ihren Geburtstag kennen, für Kurden nicht.« Das politische Schlagwort »weiße Türken« wird für die urbane säkulare Elite verwendet, »schwarze Türken« bilden demzufolge die Mehrheit des Volkes.

Zaza Yurtsever wuchs in einer Familie auf, die politisch links stand, ein Onkel war einer der Gründer der TKP, der Türkischen Kommunistischen Partei. Seinen Vater zog es damals zur militanten marxistischen Kurdischen Arbeiterpartei, der PKK. Bevor er in den Bergen hätte sterben können, wurde er Lehrer in Deutschland.

Zaza ist vier Jahre alt, da lässt der Vater die Familie nach Deutschland nachkommen, aber es gibt Streit. Zaza vermutet, der Vater wollte »wie viele Männer der ersten Gastarbeitergeneration ein Stück Jugend nachholen«. Die Familie kehrt also ohne den Vater nach fünf Monaten wieder zurück in die Provinz Bingöl. »In die Dunkelheit«, denn im Dorf gab es noch keinen Strom und natürlich auch kein Fernsehen. Der Vater kommt fortan jeden Sommer zu Besuch. »Ich kann mich nicht erinnern, dass ich unglücklich war in dieser Zeit, wir hatten ja ein schönes Leben in Kurdistan, bis zum Militärputsch 1980. Da wurden Linke, die wir kannten, festgenommen, gefoltert, auch einige ermordet.«

Der Vater kann nach dem Putsch nicht mehr in die Türkei kommen, er fürchtet auch um die Sicherheit seiner Familie. Auf dem Weg der Familienzusammenführung holt er sie dann wieder nach Deutschland: Zaza, jetzt bereits zwölf Jahre alt, die vier Geschwister und die Mutter. »Ich habe die ganze Fahrt über geweint. Wir waren alle verstört, als wir in Deutschland ankamen. Emigration ist schon eine harte Sache.«

Vierzig Jahre später, so sagt Yurtsever, sei er seinem Vater »dankbar, dass er diese weise Entscheidung damals getroffen hat. Ich konnte ohne Unterdrückung in die Schule gehen« und später studieren. »Ich wäre sonst wohl auch in die Berge gegangen, hätte gekämpft und würde mit großer Wahrscheinlichkeit nicht mehr leben.«

Zaza Yurtsever ist Alevit, gehört also auch, was die Religion betrifft, zu einer Minderheit. Die Geschichte der Aleviten war bereits im Osmanischen Reich von Pogromen und Aufständen geprägt. In der Türkei sollen dieser in der Mystik wurzelnden Glaubensrichtung etwa fünfzehn Prozent der Bevölkerung angehören. Männer und Frauen feiern ihre Rituale gemeinsam in den »Cem-Häusern«.

In der Türkei habe er schon als Kind gespürt, dass es Diskriminierung bedeuten könne, Teil einer religiösen Minderheit zu sein, sagt er. In Duisburg, wo er erst eine Hauptschule besucht, bevor er den Sprung aufs Gymnasium schafft, hänseln ihn die türkischen Mitschüler, weil er Kurde ist. Das kannte er nicht, »in Bingöl waren ja alle Kurden«. Er hat dunklere Haut als seine Mitschüler, er spricht anders.

In dem Fassbinder-Film *Angst essen Seele auf* von 1974 diagnostiziert ein Arzt eine typische Gastarbeiterkrankheit: Magengeschwüre. Zaza hat sie schon als Kind. »Die Ärzte haben sich gewundert, aber sie ahnten ja nicht, unter welchem Stress ich stand. Emigration, Diskriminierung als Kurde, als Alevit.« Die Geschwüre verschwinden erst, als er mit 26 Jahren nach einem erfolgreich abgeschlossenen Psychologiestudium in Marburg nach Berlin zieht.

Berlin nennt er seinen neuen Geburtsort, weil er dort auch den Mut findet, seine Homosexualität zu akzeptieren. Vorher hat er das nicht gewagt, »denn wenn das zu alledem noch dazugekommen wäre, würde ich wahrscheinlich auch nicht mehr leben. Als schwuler Mann wird man nicht nur von der Mehrheit, sondern auch von der eigenen Familie und von Freunden ausgeschlossen. Hätte ich also damals meine sexuelle Identität offenbart, wäre ich völlig vereinsamt. Meine Familie hätte mich gewiss nicht umgebracht, weil eine solche Bestrafung bei den Aleviten nicht vorkommt. Aber bestimmt hätte ich selber Hand an mich gelegt.«

In Berlin arbeitet er als Therapeut, er hat keinen Mangel an Klienten. Er spricht Deutsch, Türkisch und versteht Kurdisch. Trotzdem ist da so eine Unruhe, er sagt heute: »Einmal Migrant, immer Migrant.« Das hat er irgendwo gelesen, und er hat das Gefühl, für ihn stimmt es. Nach zehn Jahren in Berlin zieht er nach Istanbul. Inzwischen ist das schon eineinhalb Jahrzehnte her, wobei er in jüngerer Zeit wieder ab und an zwischen der Türkei und Deutschland pendelt. Etwas von der Unruhe ist geblieben, aber Istanbul, sagt er, »hat mir viel gegeben. Ich musste mich von Neuem beweisen.« Wie früher schon so oft, da war immer dieser Ehrgeiz, es zu schaffen, gegen andere Erwartungen.

Er hat sich weitergebildet, »überqualifiziert«, sagt er, »aus Angst nicht zu genügen, aber das hat mir selber sehr geholfen«. Er wollte seinen Patienten gerecht werden. Denn er hat nun eine ganz andere Klientel als in Berlin. »Psychotherapie ist hier keine Kassenleistung.« Also sind es vornehmlich die eher Wohlhabenden, die Gutverdiener, die sich Therapien leisten können. Menschen, die ihm gleich in der ersten Stunde erzählen, dass sie auf dieser oder jener Eliteuniversität waren. »Sie sagen, dass sie toll und erfolgreich sind, und ich frage sie dann: Ja, wenn du so großartig bist, warum kommst du überhaupt zu mir?«

Die sozialen Unterschiede sind in der Türkei größer als in Deutschland, die Schichten schärfer getrennt, wie »unsichtbare Kasten«, sagt Yurtsever. »Es gibt die, die in erdbebensicheren Wohnungen leben und sich alles leisten können, die jederzeit ins Ausland können. Wenn sie unter Druck stehen, fliegen sie für ein Wochenende nach Rom.« Und die anderen, die das alles nicht können, die ihre Angst vor einem Erdbeben verdrängen, vor Arbeitslosigkeit, der Inflation. »Es gibt Stadtviertel, da kann sich ein Arbeiter oder eine Arbeiterin keinen Kaffee leisten«, und andere, in die würden reiche Istanbuler keinen Fuß setzen.

Anfangs war er beeindruckt von seinen Patienten, »wenn sie Kafka besser kannten als ich« und so viel wussten über europäische Kultur. Aber dann verstand er, dass es oft nur Bücherwissen war und »es im Zwischenmenschlichen am Verständnis für Demokratie fehlt«. So müsse er seinen Patienten häufig erst klarmachen, »wie man miteinander umgeht, wie demokratische Interaktion funktioniert, Teilen, Empathie«. Er nennt das »Aufklärungsarbeit«. Seine Arbeit sei schwieriger als in Deutschland, aber interessanter, sagt er. Auch wenn die psychischen Störungen sich nicht so sehr unterscheiden: Depressionen, Panikattacken, Drogenabhängigkeit.

Yurtsever hat mehrere Bücher geschrieben, darunter eines über Essstörungen, auf Türkisch. Er ist damit ziemlich bekannt geworden. Sie haben ihm eine Fernsehshow in einem Privatsender angeboten. Man kann sich vorstellen, dass er gut rüberkommt auf dem Bildschirm: Er hat eine hohe Stirn, dunkle Augen, eine angenehme Stimme. Am liebsten trägt er Schwarz, schwarze Jeans, schwarzes T-Shirt. Das Dunkle steht ihm. »Sie haben mir sehr viel Geld versprochen.« In der TV-Show sollten Menschen von ihren Problemen erzählen. Als er bei Probeaufnahmen einer Frau, die berichtet, ihr Mann betrüge sie, zur Gelassenheit rät und meint, so etwas komme in den besten Ehen vor, da sagen die Macher sofort: lieber nicht. »Ich hätte den Ehemann voller Empörung verurteilen müssen.«

Er kennt das zu gut, die verbreitete Doppelmoral in der Gesellschaft. Vieles ist möglich, solange nur keiner darüber spricht. Unglückliche arrangierte Ehen gibt es nicht nur in sehr traditionellen Familien, sondern auch in besten Kreisen, wo der Reichtum zusammengehalten werden soll. Oder die versteckte Homosexualität. »Solange du es nicht offen zugibst, nicht mit einer Regenbogenflagge herumläufst, kannst du alles machen.« Yurtsever nimmt sein Handy, öffnet eine App: Homosexuelle Männer zeigen dort ihre Profile. »Der da lebt achtzig Meter von hier entfernt, ich könnte ihm sofort schreiben.« Yurtsever war, als er sich noch nicht so gut auskannte, in einem Hamam in seiner Nachbarschaft und erschrak über den offenen Umgang schwuler Männer mit Sex dort. »Es gibt türkische Bäder, die sind dafür einschlägig bekannt.« Die erste Gay-Pride-Parade fand in Istanbul 2003 statt, damals war das ein kleines Häufchen Aktivisten. 2013 marschierten dann 100 000 Menschen bei der Parade durch die Einkaufsstraße İstiklal. Das war eine gesellschaftliche Revolution. Es war das Jahr der Gezi-Proteste, da ging auf einmal vieles. Seitdem aber wurde die Parade entweder verboten oder die Polizei versuchte, sie gewaltsam zu verhindern. Yurtsever wundert das nicht. »Jetzt ist hier ja alles Mögliche verboten.«

Er hat anfangs, als Erdoğan das Land noch reformierte, dessen Kurs gut gefunden. Er hätte ihn damals sogar gewählt, wenn er gedurft hätte. Aber er hat nur einen deutschen Pass und keinen türkischen mehr. Heute sieht er den Präsidenten deutlich kritischer. Er sagt, »die Minderheit der säkularen Türken« habe lange die Minderheit der Kurden und die Mehrheit der religiösen Türken unterdrückt. Erdoğan habe dies zum Thema gemacht, daraus politisches Kapital geschlagen. Aber dann hätten die Konservativen ihre Chance nicht genutzt. »Statt zu sagen, wir vergeben euch und machen es besser, haben sie gesagt, jetzt sind wir dran.« Er hat auch Erdoğan-Anhänger unter seinen Patienten. Viele Konservative sind in den letzten Jahren mit der Regierungspartei aufgestiegen, sie sind nun Teil einer neuen Elite.

Jetzt ist es aber Zeit, zu fragen, wie das wäre, wenn die Türkei hier auf seiner Couch säße, was wäre seine Diagnose? »Eine narzisstische Struktur. Leicht kränkbar. Im Hintergrund ein großes Minderwertigkeitsgefühl.« Und die Therapie? »Mit den eigenen Unzulänglichkeiten konfrontieren.« Dazu gehöre zum Beispiel die Vergangenheitsbewältigung. Und was fällt ihm zu Deutschland ein? Yurtsever lacht. »Eher zwanghaft.« Das alles sei natürlich grob vereinfachend.

»Hier in der Türkei ist das Leben härter«, sagt er, »es gibt keinen Sozialstaat, jeder muss für sich selber sorgen, viele lernen das schon von klein auf, dazu gehört oft auch, wie man den anderen übers Ohr haut.« Wo der Staat den Einzelnen nicht schützt, gilt das Recht des Stärkeren. »Hier kannst du das Leid gar nicht vermeiden. Das ist eher ein Dschungel, im Vergleich dazu ist Berlin ein Zoo.« Auch er musste lernen, in Istanbul Ängste zu überwinden. »Hier willst du auf der Straße nicht hilflos sein, möchtest Energie ausstrahlen. Da musst du viel an dir arbeiten. Ich gehöre hier ja auch zu allen möglichen Minderheiten, zu denen man nicht gehören sollte. Und ich lebe öffentlich, bin bekannt als Psychotherapeut und Schriftsteller.«

Ab und an hat er bereut, dass er nach Istanbul gezogen ist, »ich könnte ja zurückgehen«. Macht er aber nicht. »Irgendeine Sehnsucht hat man ja immer.« Deutschland, deutsche Kultur, Literatur, die Sprache – all dem fühlt er sich immer noch eng verbunden. »Ich erinnere mich an eine Fernsehsendung mit Helmut Schmidt, der über deutsche Geschichte sprach, mir sind die Tränen gekommen.«

Noch etwas hat sich in Istanbul für ihn geändert, worüber er staunt. »Istanbul, Jerusalem und Mekka, die Sufis sagen, diese Städte liegen auf einer Linie, hier gäbe es eine Kraft, die mache die Leute spirituell. Ich war Atheist, ich bin es nicht mehr.« Yurtsever sagt: »Ohne Gott schaffe ich dieses Land nicht.« Er lacht wieder. Auch Lachen kann befreien.

Er hat über diese Veränderung in seinem Leben ebenfalls ein Buch geschrieben und ihm den Titel gegeben: *Unglückliche kommen nicht in den Himmel.* Freunde und der Verlag rieten ihm, den Titel zu ändern, sie fanden ihn zu provokant. Erst hat er das erwogen. Dann sprach er mit einer bekannten türkischen Autorin. Sie war wegen eines Drehbuchs, in dem es um Homosexualität geht, in den sozialen Medien attackiert worden. Sie sagte ihm, dieses »Lynchen« in den sozialen Netzwerken sei zum Nationalsport geworden und dauere nur einige Tage. Er solle sich nicht einschüchtern lassen und das Buch mit dem schönen Titel herausbringen. Er hat sich entschlossen, dem Rat zu folgen.

Gelegentlich schaut er sich an, was türkische Stand-up-Künstler auf YouTube zeigen. »Da gibt es so viel Humor und

Intelligenz bei diesen jungen Leuten. Wenn ich das sehe, bin ich nicht pessimistisch für dieses Land. Mir macht das Hoffnung.« Hoffnung auf Veränderung, mehr Demokratie? Ja, sagt Yurtsever, er hoffe, dass die zersplitterten Teile der türkischen Gesellschaft, der säkulare und der konservative, »irgendwann zusammenkommen«. Heilung, wie nach einer erfolgreichen Therapie? »Dann wird es eben normal sein, wenn Frauen mit Kopftuch in staatlichen Einrichtungen arbeiten, warum auch nicht?«

Aber werden umgekehrt die Säkularen nicht wieder auf Rache an den Frommen sinnen? Zaza Yurtsever blickt auf seinen stillen Hinterhofgarten und sagt: »Ich hoffe, dass die Menschen dann weiser geworden sind.«

16 Uhr **High Tea im Pera Palace**

Wann hätten sie gern gelebt, Herr Aktin? – In der Belle Époque!

Sein Anzug ist königsblau, er trägt dazu Weste und Einstecktuch und – tatsächlich – einen Panamahut. Er hat gesagt, wir sollten unseren Tee im Pera Palace Hotel nehmen, weil der dort nach britischer Art ab 16 Uhr mit Sandwiches und Scones serviert wird und weil das Pera Palace zu einer anderen, einer untergegangenen Welt gehört. »Ich bin in dieser Atmosphäre, in dieser alten Welt erzogen worden«, sagt Akın Aktin und fügt absatzlos hinzu: »Aber ohne den Sinn für die Realität zu verlieren.«

Das Pera Palace: Akın Aktin deutet auf Lüster und goldglänzenden Deckenstuck. »Dieser Ballsaal könnte in Wien sein. Aber die Europäer haben hier ja den Orient gesucht.« Deshalb die vielen Bögen in der Lobby, »eine eklektische Architektur, als Kitzel für Touristen«. Das Urteil dieses Mannes ist unbestechlich, auch wenn er einen Ort liebt. Mit dem Orientexpress aus Paris kamen die Reisenden einst in die Hauptstadt des Osmanischen Reichs und im Pera Palace stiegen sie ab, das Hotel wurde 1895 eröffnet. »Oh, die Belle Époque! Da hätte ich gern gelebt«, schwärmt der Mann im Maßanzug.

Akın Aktin will von einer der alten Istanbuler Familien erzählen. Die Stadt ist seit dem Bau des Pera Palace durch Zuwanderung aus allen Landesteilen explosionsartig gewachsen, nur wenige Istanbuler können von sich sagen: »Ich gehöre zur achten belegten Generation, die hier geboren ist.« Herkunft schützt nicht vor Härten. »Aktin heißt meine Familie mütterlicherseits, zu meinem Vater habe ich den Kontakt verloren.« Geboren wurde Akın 1985, am 28. April. »Dieses Datum markiert das Fest der Floralia in Rom. Ich habe eine Vorliebe für alles Südländische, Italienische, Mediterrane.« Er liebt eine blumige Sprache.

Er kann sie alle aufzählen, seine berühmten Verwandten, die Urgroßtante Lemân, verheiratet mit Sedad Urul Beyefendi, einem Enkel des Großwesirs Mustafa Reşid Paşa, der lebte von 1800 bis 1858. »Er hat viel dafür getan, dass sich das Osmanische Reich westlichen Ideen öffnete.« Und so geht es weiter, dabei kann es einem in den Verästelungen des Stammbaums schon schwindelig werden: »Sedad Beyefendi war väterlicherseits der Neffe von Fatma Sultan und Ali Gâlib Paşa, zudem erster Cousin von Adile Hanımefendi, der Frau von Sharif Hussein und Mutter des Prinzen Zeid.« Langsam, langsam. Wer kommt da noch mit?

Bis in die 1970er Jahre verbrachte die Familie die Wintermonate in ihrem Apartment im feinen, westlich geprägten Viertel Nişantaşı. Im Sommer zog man ins eigene *yalı*, wie die alten Villen am Bosporus heißen. Das *yalı* steht noch, am asiatischen Ufer, in Anadolu Hisarı. Es hat zwei Geschosse und längst andere Eigentümer. »Meine Urgroßtante hatte dort eine eigene Schwimmhütte, ihr Mann ließ sie bauen, um sie beim Baden vor fremden Blicken zu schützen.« Er weiß das alles aus Erzählungen. Heute lebt man deutlich bescheidener, nicht mehr direkt am Wasser, aber so nah am Ufer, dass man in wenigen Minuten zu Fuß eine städtische Bosporus-Fähre erreichen kann. »Früher sind die Fähren manchmal so nah an ein *yalı* herangefahren, dass man dem Kapitän einen Kaffee reichen konnte.«

Die englische Teetafel wird serviert, im Café des Pera Palace, das Gebäck auf einer Etagere. Der Kellner zaubert ein Beistelltischchen für die vielen Extraschälchen herbei. Aktin empfiehlt zuzugreifen. »Ein hungriger Bär tanzt nicht«, sagt er und erinnert an die »armen unterernährten Bären«, die er als Kind in Sultanahmet gesehen hat, wo sie zur Trommel tanzen mussten. »Sehr orientalisch.« Gibt es nicht mehr.

Zur türkischen Gastfreundschaft gehört, dass die Teller nie leer werden. Am Ende wird Aktin darum bitten, die Reste einpacken zu dürfen. »Wir wollen doch nichts verschwenden.« Akın Aktin lebt mit seiner Mutter und seiner Großmutter zusammen, der Großvater starb 2019 mit 96 Jahren. Die Großmutter, geboren 1927, hat in Istanbul und Tübingen Germanistik studiert, die Mutter ist Industrieingenieurin. »In meiner Familie studieren die Frauen seit Generationen. Schon meine Urgroßmutter war Lehrerin, sie sprach Deutsch und Französisch.«

Akın Aktin hat Germanistik in Istanbul studiert, er hat auch Vorlesungen in klassischer Philologie und in Archäologie besucht. Sein Deutsch ist an Herder, Schiller und Goethe geschult, er benutzt bisweilen Worte, die etwas aus der Mode sind. Aus seinem Mund aber klingen sie wie exquisite Beilagen zu einem Teegedeck. Wenn er erklärt, warum er nicht in Deutschland studiert hat, sagt er: »Ich wollte unter den Fittichen meiner Familie bleiben.« Fällt ihm etwas nicht gleich ein, wie gerade das Wort »schmatzen«, weiß er warum: »Weil ich das natürlich niemals tue, schmatzen!« Er schickt ein Lachen hinterher, das tut er oft, er kann auch über sich lachen.

Sein Beruf? »Das ist eine der schwierigsten Fragen. Ich definiere mich als klassischer Philologe, immer noch in statu nascendi, ich werde also noch.« Ein Privatgelehrter? »Ja, auch ein Rentier, das Wort schreckt mich nicht. Eine Verwandte von mir hat es einmal trefflich formuliert: Wir werden ja von den Toten versorgt. Von dem, was wir von den Ahnen geerbt haben.« Immobilien zum Beispiel. Er sammelt und restauriert wertvolle historische Bücher. »Manche sind über 500 Jahre alt, sie haben etliche Generationen, auch Diktatoren überlebt. Ich bin der Diener dieser Bücher.« Er sagt, seine Großeltern, die in der jungen Republik aufwuchsen, hätten sich vor allem für neuere türkische Literatur interessiert, nicht für das Historische. »Die Türken haben kein Bewusstsein für die Geschichte, das muss man mit großen Buchstaben schreiben.« Osmanische Orden, Antiquitäten, »das wird weggeräumt, verdrängt auch«.

Nun, die Türkei hat doch zuletzt ihr osmanische Erbe wiederentdeckt, der Präsident beschwört die Vergangenheit, TV-Serien machen aus dem Sultanspalast Popkultur. »Ja, jetzt haben wir das Gegenteil«, sagt Aktin, »jetzt geht das ins Extreme, in eine Art Vergötterung der osmanischen Sultane«. Das gefällt ihm auch nicht. Er kennt die alten Familien, die zum Serail gehörten. Er tippt auf seinem Handy herum, einem älteren Tastenmodell. Darin hat er die Nummern von Prinzessinnen und Erben des abgeschafften Throns gespeichert. Er spricht mit ihnen regelmäßig, er weiß, wie es ihnen geht. Die verbliebenen Osmanen erscheinen nicht in der Öffentlichkeit. »Sie würden niemals schlecht über ihr Land reden.« Mit dem Ende des Kalifats 1924 wurde die einstige Herrscherfamilie ins Exil geschickt. »Ihre Pässe waren nur für eine Richtung gültig, zur Ausreise.« Frankreich, Bulgarien, Ägypten, Ungarn, es gab viele Exilorte für ungekrönte Häupter. »Die Frauen durften 1952 zurückkehren, die Männer erst 1974.«

Noch einen Tee? So fragt der Kellner. Aktin lässt Earl Grey nachschenken und will wissen: »Haben Sie die Scones probiert? Sie sind köstlich.« Im Esszimmer seiner Großeltern, erzählt er, stand eine Büste von Beethoven. »In meiner Kindheit habe ich Beethoven wegen dieser Büste für meinen Urgroßvater gehalten.« Er lacht wieder. Mit Musikgeschichte beschäftigt er sich auch, die europäische Kultur hat es ihm generell angetan. »Die vornehmen Familien sind in vieler Hinsicht mitschuldig am kulturellen Niedergang, den wir heute erleben, sie haben die Bildung nicht weitergegeben.« Als sich die Türken nach den harten Jahren nach dem Zweiten Weltkrieg langsam wieder etwas leisten konnten, »da hat die amerikanische Unkultur auch die Türkei verdorben«. So sieht er das.

Im Pera Palace gibt es ein Zimmer, das man nicht mieten kann. Darin plante einst der aufstrebende Offizier Mustafa Kemal seine Revolution. Später trug der Republikgründer den Beinamen Atatürk. Es gibt eine Anekdote, die immer wieder erzählt wird: Mustafa Kemal traf in der Orientbar des Hotels auf eine Gruppe britischer Offiziere. Die gehörten nach dem Ersten Weltkrieg zu den Siegermächten im besetzten Istanbul, damals noch die Hauptstadt des zu den Kriegsverlierern gehörenden Osmanischen Reiches. Die Briten baten den gut aussehenden und stets elegant gekleideten Türken an ihren Tisch. Der lehnte dankend ab, mit den Worten: »Für einen Gastgeber« gehöre es sich nicht, sich an den Tisch seiner Gäste zu setzen, die Briten könnten aber an seinen Tisch kommen und mit ihm trinken. An Selbstbewusstsein fehlte es ihm nicht.

Unter Führung eben jenes Mustafa Kemal wehrten sich die Türken später – im Befreiungskrieg von 1919 bis 1923 – gegen eine Aufteilung des Osmanischen Restreiches. Am

Ende stand am 29. Oktober 1923 die Ausrufung der Republik, Mustafa Kemal verlegte die Hauptstadt nach Ankara. Im Pera Palace arbeitete er auch an den Plänen zur Modernisierung des Landes. Es war ein radikaler Bruch mit der Vergangenheit. An die Stelle des islamisch geprägten, zugleich aber multireligiösen, schon heftig zerfledderten Weltreichs trat eine säkulare Republik mit einem Staatsvolk, in dem alle stolz darauf sein sollten, Türke zu sein. »Ich bin kein Anhänger des Kemalismus«, sagt Aktin, »aber Atatürk war ein Visionär, was er getan hat, war notwendig, ich werde niemals schlecht über ihn sprechen.«

Nur, schränkt er vorsichtig ein: »Vielleicht hätte man England und nicht Frankreich als Vorbild für den Säkularismus nehmen sollen, dann wäre womöglich einiges anders verlaufen.« Weniger rigoros, wie das Kopftuchverbot zum Beispiel, das so lange für alle staatlichen Bereiche galt. »Frauen mit Kopftuch wurden ja nicht in die Universitäten gelassen, oder nur mit Perücken. Diese Zeit habe ich erlebt. Sie sind diskriminiert worden.« Erdoğan hat die Verbote beseitigt. Seine konservativen Wähler fühlten sich von der türkischen Elite missachtet. »Wenn Sie etwas unterdrücken, dann kommt es hoch.« Aktin sagt, er sei »nicht tiefreligiös, aber ich glaube an Gott. Das Leben ist kurz, und wenn Sie die Lebensgeschichten großer Menschen lesen, sehen Sie, wie klein wir sind, und dass man sich dem Guten widmen soll.« Das Gute? Für Aktin gehört dazu der Schutz der Natur.

Trifft man ihn nicht gerade im Pera Palace, sondern irgendwo in der Stadt, hat er einen Stoffbeutel dabei. Darin lässt er Plastikflaschen verschwinden, die andere achtlos liegen gelassen haben. Er entsorgt sie. »Ich bin Türke, und ich will das Beste für dieses Land, in dem wir ja nur Gäste sind. Etliche Generationen und Kulturen haben vor uns hier gelebt. Welches Recht haben wir, ihre Monumente zu zerstören und Istanbul bis zur Unkenntlichkeit zu verändern, hässlicher zu machen?« Haben aber nicht auch frühere Generationen schon über die Zerstörung Istanbuls geklagt? Aktin streicht seine blaue Weste glatt, als bräuchte er einen Moment, um sich zu sammeln. »Man hat überhaupt keinen Respekt. Neulich hat man LED-Lampen in der historischen Laleli-Moschee installiert, zum Glück hat man das wieder rückgängig gemacht. Und auf dem Çamlıca-Hügel hat man eine hässliche Moschee mit sechs Minaretten gebaut. Es war Sitte, und wenn ich hier irre, bin ich bereit, mich zu entschuldigen, dass nur der Sultan und Valide Sultan, die Mutter des Sultans, eine Moschee mit mehr als einem Minarett bauen konnten.«

Der Platz auf dem hohen Çamlıca-Hügel wurde von Erdoğan persönlich ausgesucht. Man sollte die neue Moschee »von jedem Punkt Istanbuls sehen können«. Bei der Eröffnung im Mai 2019 erklärte der Präsident, die sechs Minarette stünden für die sechs Bedingungen des Glaubens, und vier der Türme sollten mit genau 107,1 Metern Höhe an das Jahr des Sieges von Malazgirt erinnern. In jener Schlacht unterlag 1071 der byzantinische Kaiser den Seldschuken. Erdoğan erinnert immer wieder beschwörend an diese Jahreszahl. Die Çamlıca-Moschee ist nun die größte der Türkei, 63 000 Menschen sollen dort gleichzeitig beten können.

Superlative machen Aktin misstrauisch. »Ich habe nicht Psychologie studiert, aber wir wissen aus den griechischen Tragödien, in Krisenzeiten, wo vieles schiefläuft, in der Wirtschaft, der Politik, bildet man Fantasiewelten, die Menschen sind berauscht, scheinglücklich.« Eigentlich wollte er nicht über Politik sprechen, »denn da wird das Blut erhitzt«. Also nur noch so viel: »Wir sind ja hier im Orient, da sehnen sich viele nach jemandem, der führt. Sie meinen, wenn sie einen guten Führer haben, bedeutet das Prosperität. Aber jeder Mensch ist sterblich. Was wird, wenn alles zu sehr auf eine Person ausgerichtet ist? Kommt danach das Chaos?«

Aktin schaut sich im Raum um, wo die roten Samtvorhänge mit den Goldbordüren von der Decke bis zum Boden reichen. Wer hat in den vielen großen Spiegeln nicht schon das eigene Antlitz betrachtet? Gefallene russische Fürstinnen, Spione, Schriftsteller, Schauspieler. Mata Hari, Agatha Christie, Ernest Hemingway, Greta Garbo, sie alle waren hier. Glückssucher und Geschlagene, Offiziere, Diplomaten, Politiker. »Der Mensch wird ja auch von Macht vergiftet«, sagt Akın Aktin, »das weiß man doch aus Richard Wagners Ring.«

Noch einen Tee? »Ich muss auch Europa kritisieren«, sagt der glühende Verehrer der europäischen Kultur. »Europa ist janusköpfig. Es hat die Türkei oft im Stich gelassen.« Die mühsame Visaprozedur fällt ihm ein. »Ich habe einmal um ein österreichisches Visum für ein halbes Jahr gebeten, und sie haben mir sieben Tagen gegeben, sieben Tage!«

Der letzte Tee ist kalt geworden, Zeit zum Aufbruch. Der Kellner hat die Reste des Gebäcks schon verpackt, auf der

Tüte prangt das Logo des Hotels, zwei Löwen und die Jahreszahl 1892. Da wurde der Bau begonnen. Wir haben das Pera Palace kaum verlassen, da bleibt Aktin stehen. Er zeigt auf eine kleine Tafel an einer Hauswand, in goldenen Buchstaben steht da in Türkisch und Englisch: Hier hat Giuseppe Donizetti gelebt. Über dem Eingang des Hauses ist zu lesen: ARTAME ONIZETTI. Die restlichen Buchstaben fehlen. Wer die kleine Tafel nicht entdeckt, dem bleibt die Aufschrift ein Rätsel. Donizetti, 1788 in Bergamo geborenen, starb 1856 in Istanbul. Sultan Mahmud II. vertraute ihm die Modernisierung seiner Militärkapelle an. Die Palastkapelle wurde dann zum Symphonieorchester, es lebt als Orchester des Staatspräsidenten heute noch fort. Das steht nicht alles auf der Tafel, aber der Privatgelehrte Aktin hat es in seinem lexikalischen Gedächtnis. Er geht durch die Stadt mit den Augen eines wissenden Forschers, der bei jedem Schritt auf die Ablagerungen vergangener Epochen tritt. Manchmal zieht er einen schon dicht beschriebenen Zettel aus der Jackentasche und notiert neu Entdecktes.

In Galata, wo das Pera Palace überlebt hat, sind die Immobilienpreise in den letzten Jahren in den Himmel geschossen. Aber immer noch gibt es hier leerstehende und verwahrloste Gebäude. Galata oder Pera war einst das Quartier der Minderheiten, der Griechen, Armenier und Juden. Die meisten dieser Familien sind heute nicht mehr da. »Aber nicht alle leeren Gebäude sind deshalb vernachlässigt«, sagt Aktin. »Fakt jedoch ist, es haben viele Ehrlose profitiert.« Als die Läden der Griechen in der Nacht vom 6. auf den

7. September 1955 von einem Mob angegriffen wurden, war dies ein Schock, von dem sich die Gemeinschaft der Istanbuler Griechen nie erholt hat. Die Zerstörung, man weiß das heute, war geplant. »Das waren nicht die Nachbarn, die Gesichter der Angreifer hatte man vorher hier nicht gesehen, so haben es Augenzeugen gesagt.« Und 1964, als die Regierung vielen Griechen das Aufenthaltsrecht nahm, da mussten viele ihren Besitz im Handumdrehen aufgeben. »Auch meiner Familie wurden Grundstücke angeboten, es hieß, wollen Sie nicht dies oder jenes günstig erwerben, aber wir haben das nicht getan.«

Aktin mag den Begriff Minderheiten nicht, »denn sie sind Bestandteil meines Volkes«.

Istanbul könnte noch immer eine multikulturelle Stadt sein. »Wir könnten mit diesen historischen Schätzen, mit dieser Vergangenheit wirklich ein führendes Land der Welt sein. Man hat viele Chancen verspielt, Feinde kreiert.«

Wir sind vor einer U-Bahn-Station angekommen, Akın Aktin will die Metro für den Heimweg nehmen. Eine letzte Frage noch: Wohin geht sein Land? »In der Türkei kann alles passieren.« Und natürlich hat er dazu eine Literaturstelle parat. »Wie heißt es so schön am Ende der *Traumnovelle* von Arthur Schnitzler? Ich möchte nicht in die Zukunft schauen.«

Die Rolltreppe der Metro trägt ihn in den Untergrund, er dreht sich um, winkt noch einmal. Dann verschwindet auch der weiße Panamahut in der Tiefe. Ein Abgang wie im Theater.

Da war doch was?

17 Uhr

Tatlı, eine Gezi-Aktivistin erinnert sich

Der Blick ruht auf gemähten Wiesen und sauber gestutzten Hecken. Dazwischen dunkelgrüne Kiefern und das helle Blattgrün von Laubbäumen. Das Café im Gezi-Park liegt etwas erhöht, vom Lärm der Stadt ist hier fast nichts zu hören, obwohl der Taksim-Platz, die Mitte Istanbuls, nur etwa hundert Meter entfernt ist. Tatlı war mehr als sieben Jahre nicht mehr hier im Park, seit den Ereignissen, die »Gezi« 2013 weltberühmt gemacht haben, als Hunderttausende Istanbuler die Vernichtung dieses Idylls verhinderten.

Tatlı gehörte zu den Parkbesetzern, sie war damals Studentin der Biologie. Hätte es die Proteste nicht gegeben, säßen wir jetzt nicht unter alten Bäumen, sondern in einem klimatisierten Einkaufszentrum. Dessen äußere Hülle würde an eine Artilleriekaserne aus dem 19. Jahrhundert erinnern, deren Wiederaufbau hier geplant war. Die Regierung hegt eine Nostalgie für das Osmanische. Für diesen Bau hätte der Park, der letzte größere grüne Fleck im Herzen des Innenstadtviertels Beyoğlu, weichen sollen.

Und nun: Vogelgezwitscher und Blumenduft. Tatlı ist inzwischen Anfang dreißig, eine junge Frau mit dunklen kinnkurzen Locken und schönen, ebenmäßigen Gesichtszügen. Ist sie stolz, dass sie eine der Parkretterinnen war? »Ich glaube«, sagt sie, »wenn ich darüber nachdenke, muss ich weinen.« Aber warum war sie nicht mehr hier seit jenen Tagen im Frühsommer 2013, als im Gezi-Park neuere türkische Geschichte geschrieben wurde? Sie wohnt doch nur 25 Minuten zu Fuß entfernt. »Ich weiß es nicht genau.« Sie schaut nach links und rechts aufs frische Grün, als würde sie Halt suchen, sagt dann: »Ich kann immer noch keine Filme über die Gezi-Proteste anschauen, ich will die Gewalt nicht sehen.«

Das Gezi-Frühlingsmärchen wurde am 15. Juni 2013 mit einem Großeinsatz der Polizei beendet. Wasserwerfer, Tränengas, Schlagstöcke, Lärmbomben, das ganze Arsenal. In den zweieinhalb Wochen davor war aus dem lokalen Istanbuler Ereignis die größte landesweite Protestwelle entstanden, die es je gegen Recep Tayyip Erdoğan gab, der damals schon gut ein Jahrzehnt lang regierte. Die Demonstrationen hielten nach der gewaltsamen Parkräumung noch Wochen an. Nach offiziellen Angaben nahmen innerhalb von drei Monaten mehr als 3,5 Millionen Menschen an rund 5000 Protestaktionen teil, verteilt über fast das ganze Land. Die traurige Bilanz: mehrere Tote und Tausende Verletzte, die Angaben schwanken stark.

Tatlı habe ich damals in der Zeltstadt im Park kennengelernt. Fast alle Besetzer waren jung, einige noch im Schulalter. Tatlı stand hinter einem improvisierten Küchentresen. In meiner Reportage hatte sie einen anderen Namen, sie wollte sich schützen. Nun könne ich ihren vollen Namen schreiben, sagt sie, und zögert dann wieder, möchte, dass nur ihr Vorname genannt wird. Zur Begründung sagt sie:

»Wer bin ich denn, um von dieser Geschichte zu erzählen, Gezi war doch groß.«

Über Twitter hat sie damals erfahren, dass ein paar junge Leute im Park Zelte aufgeschlagen haben, um das Fällen der Bäume zu verhindern. Am 27. Mai 2013 rücken städtische Arbeiter mit Baumaschinen an. Die Arbeiten haben zunächst nur mit der Neugestaltung des Taksim-Platzes zu tun, der komplett untertunnelt werden soll, was auch umstritten war. Schon 2012 hat sich deshalb eine Gruppe von Architekten, Stadtplanern und Umweltaktivisten zur Diskussionsplattform »Taksim-Solidarität« zusammengefunden. Als deren Mitglieder von der geplanten Baumfällung hören, bilden sie sofort eine Mahnwache im Park. Es folgen erste Zusammenstöße mit der Polizei. Ein Oppositionsabgeordneter stellt sich mit vollem Körpereinsatz den Baumaschinen in den Weg. Handybilder des Politikers im karierten Hemd, eine Hand an einem riesigen Schaufelbagger, gehen über Twitter viral. Ebenso wie tags darauf, am 28. Mai, das Pressefoto einer jungen Frau im roten Sommerkleid. Ein Polizist mit Gasmaske sprüht ihr aus nächster Nähe Pfeffergas ins Gesicht. Die Frau ist Assistentin im Fachbereich Stadtplanung der Technischen Universität.

An jenem Tag ist Tatlı schon im Park. »Es ging alles so schnell, wahrscheinlich, weil es vorher schon Proteste gegen andere Zerstörungen in Istanbul gab.« Gegen den Abriss des historischen Emek-Kinos zum Beispiel, eines Jugendstildenkmals. Auch das Kino musste einem Einkaufszentrum weichen. Tatlı kommt in den Park und bleibt spontan. »In der ersten Woche war das wie auf einem Festivalplatz, es gab Musik, Menschen brachten Zelte, Schlafsäcke, gebrauchte Bücher und Lebensmittel, sehr viele Lebensmittel. Da sagten ein paar Freunde von mir, wir müssen eine Küche bauen, das wird die Leute im Park halten, 24 Stunden, sieben Tage die Woche.« Die Freunde organisieren Töpfe, Anwohner bringen Tische, Stühle, Gaskocher. »Wir hatten Frühstück, Mittag- und Abendessen, zu festen Zeiten.«

Nicht nur die jungen Parkbesetzer stehen zu den Essenszeiten in einer langen Schlange vor Tatlıs Tresen. »Da waren auch Obdachlose und Straßenkinder, die hier sonst betteln oder Taschentücher verkaufen.« Tatlı weiß noch, dass sie überrascht war, »wie einfach es ist, Menschen satt zu kriegen, und dass es doch Essen für alle geben könnte«. Sie erinnert sich an das Gefühl »einer enormen Energie, und wie gut es war, etwas für andere zu tun«. Auch das hat sie behalten: »Ich war sicher, ich verteidige meinen eigenen Platz, den Raum, in dem ich lebe, ich beschütze diesen Park.«

Es kommen immer mehr Unterstützer, sie bringen jeden Tag Brot, Kartoffeln, Wasser. »Ich kann einen Restaurantbesitzer nicht vergessen, der hatte ein Lokal in der Nähe, das musste er wegen der Proteste schließen. Er brachte uns seinen Koch, wir hatten schließlich sogar drei Profiköche.« Der Kellner im Gezi-Café kommt jetzt an den Tisch, Tatlı bestellt Tee. »Dieses Café gab es damals noch nicht, hier standen überall Zelte.« Tatlı hat im Gezi-Park erstmals in ihrem Leben in einem Zelt geschlafen. Für gut zwei Wochen, während die Wiesen und Wege sich in braunen Matsch verwandelten, weil es immer wieder regnete und so viele Menschen darauf herumtrampelten. Sie sagt: »Es war eine wilde Zeit.«

Abends zieht es viele Parkbesetzer dann zum Feiern auf den Taksim-Platz, wo bald jede Nacht eine große Party steigt, mit Zehntausenden Menschen, die zur Unterstützung oder nur aus Neugier aus der ganzen Stadt herbeiströmen. Die harten Polizeieinsätze gegen die jungen Baumschützer haben eine Protest- und eine Solidaritätswelle ausgelöst. In dieser Festivalatmosphäre fallen, gänzlich ungewohnt, sogar gesellschaftliche Barrikaden: Atatürk-Anhänger schwenken ihre rotweißen türkischen Fahnen neben kurdischen Trommlern. Fußball-Hooligans in Kampfmontur aus historisch verfeindeten Vereinen treten gemeinsam als Platzordner auf. Dazwischen in der Menge: Scharen von Touristen mit Kameras und Kinderwägen und Straßenhändler mit Kebab, Gasmasken und Taucherbrillen im Angebot. Bis die Polizei anrückt und den nächtlichen Jahrmarkt gewaltsam auflöst. Mit Wasserwerfern und Tränengas jagt sie alle, Fahnenträger und Feiervolk, durch die vielen Gassen entlang der Einkaufsmeile İstiklal.

Die meisten Bars in diesen Gassen haben wegen der Proteste geschlossen, aber viele öffnen kurz ihre Türen und lassen die Fliehenden ein. Dann wird sofort wieder verbarrikadiert, so groß ist die Angst, die Polizei könnte auch die Bars stürmen. Auf jedem Tresen stehen Plastikflaschen mit Milch und Wasser, zum Auswaschen der Augen. Tatlı erinnert sich, dass auch fremde Haustüren aufgingen. Sie hat mehrmals für ein paar Stunden Zuflucht bei wildfremden Leuten gefunden. »Da sitzt du auf einmal in einem Wohnzimmer von

Menschen, die du nicht kennst, zusammen mit fünfzehn anderen, die du auch zum ersten Mal siehst. Ich dachte immer, die Leute in Istanbul sind abweisend und hart. Hier traut doch keiner dem anderen. Aber für ein paar Wochen gab es eine völlig andere, surreale Atmosphäre.« Sie sagt auch: »Ich war stolz auf mein Land.«

Tatlı, damals 24, wohnte bei ihrer Mutter. »Sie war besorgt, aber ich war so entschlossen, sie konnte mich nicht aufhalten.« Tatlı überredet ihre Mutter, die politisch eher rechts steht, die Zeltstadt im Park zu besichtigen, »damit sie sieht, dass wir nichts Schlechtes tun«. Viele junge Leute hätten ihre Eltern zu solchen Besuchen eingeladen. »Wir haben ihnen die Bäume gezeigt, die Küche, die Bibliothek, die Sanitätsstation.« Es gab dann auch die »Gezi-Mütter«, die zu den Protesten kamen. Tatlıs Mutter gehörte nicht dazu. »Ich konnte sie nicht überzeugen.«

Wie damals wirkt Tatlı noch immer eher zart als zäh, sie ist groß und schmal. »Natürlich hatte ich Angst«, sagt sie, »die Polizeieinsätze wurden ja immer brutaler.« Die Polizisten folgen Befehlen, ihre Vorgesetzten fordern Härte. Bald sieht es um den Park herum aus wie auf einem Schlachtfeld. »Es gab überall Barrikaden, alle Straßen auf den Platz waren blockiert. Ich weiß nicht, warum wir dachten, wir könnten gegen die Polizei kämpfen, es gab so eine verrückte Energie.« Aber eigentlich, sagt Tatlı, »war die Polizei ja nicht unser Gegner, wir hatten eine Botschaft für Erdoğan und die AKP, wir wollten ihnen klarmachen, so geht es nicht weiter, wir lassen uns nicht vertreiben, wir widerstehen«.

Tatlı war dreizehn, als Erdoğan und seine islamisch-konservative AK-Partei an die Macht kamen. Sie kann sich an keinen anderen Regierungschef erinnern. Erdoğan hat verkündet, er wolle eine konservative, religiöse Generation erziehen. Die Parkbesetzer gehören zur »Generation Erdoğan«. Meinungsforscher schwärmen deshalb in den Gezi-Park aus, um zu erfahren, woraus sich der Protest speist. Tatlı sagt: »Es hatte sich genug angestaut, so viele Einmischungen der Regierung ins private Leben, Frauen sollten drei, vier Kinder bekommen, es gab ein neues restriktives Alkoholgesetz.« Die Polizisten, sagt Tatlı, »waren in unserem Alter, sie hätten genauso gut auf unserer Seite stehen können«. Es gab Beamte, die veröffentlichten im Internet ihre harten Einsatzbefehle, sie wollten nicht mehr zuschlagen, klagten über Stress, Übermüdung, Sinnlosigkeit. Die Grenzen verschwammen. Polizisten ließen sich von Demonstranten Wasser geben. »Ich hatte eine Freundin aus der Uni, sie hat mit mir hier protestiert, aber sie ist unpolitisch. Nach dem Studium wollte sie sich bei der Polizei bewerben.«

Tatlı erinnert sich an einen Mann »mit hellblonden Haaren«, der ihr half, eine verletzte Frau aus dem Park zu bergen. »Ich dachte, er ist Arzt, er brachte uns ins Divan Hotel.« Das Hotel in Park-Nähe war ein Zufluchtsort geworden. »Dann warf die Polizei Gasgranaten in die Hotellobby, wir mussten alle fliehen.« Später hat sie von einem Freund gehört, der Mann mit den hellen Haaren sei ein Zivilpolizist gewesen. »Von denen gab es einige hier. Vielleicht haben sie die Atmosphäre selbst genossen, die Energie im Park war ja ansteckend.« Tatlı sagt, »ich war immer ein politischer Mensch, eher links, aber keine Aktivistin, in keiner Gruppe, ich bin vor Gezi nie zu Demos gegangen«.

Politische Gruppen schicken dann auch ihre Leute in den Park, darunter sind Extremisten, Rechte wie Linke, Anhänger der kurdischen PKK. Mehrere Gruppen versuchen, die Proteste zu kapern, hissen ihre Fahnen. »Da wurde richtig hart debattiert. Am Ende hat man entschieden: keine Fahnen.« Sie habe Provokateure gesehen, Leute, die in der Küche ständig Streit anfangen wollten, »aber es war so offensichtlich, sie hatten keine Chance«.

Es gibt irgendwann Vermittlungsversuche zwischen Regierung und Protestierenden. Überraschend empfängt Erdoğan in einer Nacht Vertreter der »Taksim-Solidarität« in seinem Haus in Istanbul, verspricht, vor der Bebauung des Parks ein Gerichtsurteil abzuwarten. Das Urteil, da sind sich die Architekten der Gruppe einig, werde den Park bewahren. Die Gezi-Besetzer räumen danach die ersten Barrikaden weg. Im Park wird gefeiert. Am Nachmittag des 15. Juni, es ist ein Samstag, flanieren Tausende durch die Zeltreihen, der Park wird zum Ziel von Familienausflügen, die Älteren sprechen vom »türkischen Woodstock«. Da hat sich Erdoğans Ton schon wieder gewandelt.

Vor Anhängern der AKP in Ankara nennt er die Demonstranten Teil einer »internationalen Verschwörung« und verkündet unter dem Jubel seiner Zuhörer: »Niemand kann uns einschüchtern.« Und: »Wir nehmen von niemandem Befehle an außer von Gott.« Er setzt ein Ultimatum: Der Park werde am 16. Juni gewaltsam geräumt. So lange wartet die Polizei nicht. Erdoğan hat am Spätnachmittag gesprochen, bei Sonnenuntergang rücken Polizeieinheiten in großer Stärke auf den Park vor. Es geht alles sehr schnell: Tränengas überall, Zelte brennen, die jungen Besetzer und alle, die zufällig noch im Park sind, fliehen. Was bleibt, ist eine verwüstete Grünanlage, Gasgeruch in der Luft, verletzte, verstörte, verängstigte Menschen.

»Ich bin danach in eine Depression gefallen, so wie das Land«, sagt Tatlı. Sie rührt in ihrem Teeglas, lächelt. »Aber heute ist der Park immer noch da.« Grün, friedlich. Tatlı sagt: »Jetzt muss ich gleich weinen.« Sie blickt auf den gekehrten Weg vor dem Café, die gepflegten Sträucher, als würde sie das alles zum ersten Mal sehen. »Ich dachte am Ende, sie würden hier sicher alles zerstören.«

Und was ist aus dem Gezi-Gefühl geworden? Dem Überwinden politischer und sozialer Gräben? Tatlı sagt, einige Nationalisten und Kemalisten blickten inzwischen weniger feindselig auf die Kurden, weil sie selbst erstmals ähnlich massive Gewalt der Polizei gesehen und erfahren hätten, »wie sie die Kurden schon lange im Südosten erleben«. Sie erinnert sich, dass sie bereits als Kind in den Fernsehnachrichten hörte, dass »Terroristen in Diyarbakır getötet« wurden. »Vielleicht waren das ja gar keine Guerillakämpfer, sondern Zivilisten.« Erdoğan hat auch die Gezi-Demonstranten als »Terror-Unterstützer« beschimpft.

Tatlı ist sogar überzeugt, dass Ekrem İmamoğlu nur deshalb 2019 Bürgermeister von Istanbul wurde, weil die Fundamente für sein Bündnis aus Kemalisten, gemäßigten Nationalisten und der prokurdischen Partei HDP während der Gezi-Proteste gelegt wurden. İmamoğlus Wahlsieg beendete ein Vierteljahrhundert konservativer Herrschaft im Rathaus von Istanbul, wo Erdoğans Karriere einst begonnen hatte. Das könnte erklären, warum Erdoğan die Gezi-Proteste bis heute als Menetekel betrachtet, als Vorboten eines großen Unheils. Noch immer sucht er nach angeblichen Drahtziehern der Demonstrationen, lässt sie vor Gericht stellen, ignoriert Freisprüche.

Auch Tatlı hat eine Weile gefürchtet, festgenommen zu werden. »Ich hatte diese große Angst, aber ich habe gleichzeitig gespürt, ich kann nicht aus Istanbul weg, nicht aufgeben.« Sie lacht, wie befreit. »Etwas hat mich stark gemacht.« Am Nebentisch, ein paar Meter entfernt, sitzen zwei Männer, spielen mit ihren Handys. Die beiden könnten Polizisten in Zivil sein, in der Türkei bekommt man einen Blick dafür. »Ich bin mir sicher, dass viele Spaziergänger hier jetzt Polizisten sind«, sagt Tatlı. »Hier könnten sich nicht einmal zehn Leute ungestört treffen. Ich denke, es gibt da immer noch diese Angst.« Dass es wieder eine Revolte gibt? »Ja, das ist das Trauma von Gezi.«

Sie hat ihr Biologiestudium beendet, ein Diplom war ihr wichtig. »Die Türkei hat eine große junge Bevölkerung, wenn du keinen Abschluss hast, ist es noch schwieriger, einen Job zu finden.« Inzwischen hat sie einen neuen Weg eingeschlagen. »Als ich aus der Depression heraus war, wollte ich etwas Kreatives tun.« Sie hat Kurse für Kamera besucht, arbeitet an Videoproduktionen mit. Ist sie noch »stolz« auf ihr Land, wie damals, als sie in fremden Wohnzimmern Schutz fand? »Ich bin zurück auf Normalniveau.«

Aber sie erinnert sich noch an eine Art Überschwang: »Ich weiß, wie ich die İstiklal entlanglief und dachte, hier bin ich zu Hause. Ich war nie eine Nationalistin, aber da hatte ich zum ersten Mal so ein Gefühl der Zugehörigkeit.« Nun, sagt sie, könne sie überall leben, auch in einem anderen Land, »wenn ich dort gute Leute um mich habe«. Und was denkt ihre Mutter, so viele Jahre später? »Sie glaubt, was sie im Fernsehen sieht, sie ist eine Konformistin, sie hat bis heute nicht verstanden, warum ich damals protestiert habe.«

Es wird frisch, die Sonne geht bald unter, wie damals, als die Polizei den Park stürmte. Tatlı fröstelt, sie verkriecht sich in ihre Sportjacke. Sie will los. Wir zahlen und gehen zum Parkausgang. Dort steht ein Wasserwerfer, die Kanone nach hinten geklappt. Das graue Ungetüm parkt hier Tag und Nacht, seit der Räumung des Parks, wie ein Straßenmöbel, neben einem halben Dutzend Polizeibussen. Zum Abschied sagt Tatlı: »Treffen wir uns mal wieder im Park.«

Im März 2021 entzieht die Regierung der Stadt Istanbul überraschend die Zuständigkeit für den Gezi-Park und überträgt sie auf das Kulturministerium. Das reicht sie an eine der vielen religiösen Stiftungen weiter. Warum? Seit die AKP Istanbul bei der Kommunalwahl 2019 verloren hat, versucht sie Bürgermeister İmamoğlu das Leben schwer zu machen. Die Stadt hatte eigene Pläne für den Park. Sie schrieb einen Architektenwettbewerb aus, und alle Siegerentwürfe wollen den Park zum zentralen Taksim-Platz hin öffnen. An dessen Rändern sind inzwischen zwei Bauwerke emporgewachsen: auf der einen Seite eine große Moschee und auf der anderen das neue Opernhaus. Beide tragen eine hohe Kuppel – als wäre hier die Zweiteilung der türkischen Gesellschaft in Stein gefasst, eine architektonische Inszenierung mit unübersehbarer Symbolkraft. Der Gezi-Park bekäme in dieser neuen Mitte der Stadt etwas Verbindendes – wenn er denn bestehen bleibt.

Der Abend – Akşam

Irgendwann aufwachen in der Nacht
Und der Dunkelheit lauschen!
Das geschieht aus Liebe
Eintauchen ins Flimmern der Sterne
Wenn die Lieder das Herz brechen?
Das geschieht aus Liebe …

Sennur Sezer (1943–2015)

Ganz frei

18 Uhr

Die Kurdin Helin erzählt, wie die Literatur sie rettete

Ihre Stimme hat etwas Brüchiges. Wenn sie singt, ist das Raue weg. Sie liebt das Singen, und sie liebt Bücher, Bücher vor allem. Bücher haben sie gerettet, nachdem sie in einer Welt fast ohne Worte aufgewachsen ist, wo es nur Unsagbares gab. Gewöhnlich, so Helin, erzähle sie nichts aus ihrem Leben, weil ihr niemand glaube, »zu krass«. Und nun erzählt sie doch, weil sie nicht allein bleiben will mit ihrem Wissen darüber, »was eine Frau in diesem Land durchmachen kann«.

Sie hat als Treffpunkt das *Türk-Alman Kitabevi*, den Türkisch-Deutschen Buchladen am Ende der großen Fußgängerzone in Beyoğlu gewählt. Sie mag diesen Ort, weil man hier lange bei den Büchern sitzen und etwas trinken kann. Sie bestellt schwarzen Kaffee und nimmt ihr Handy. Sie hat sich vor einer Weile beim Singen aufgenommen, ein kurdisches Lied, eine Melodie, die in die Weite Anatoliens versetzt. Helins Stimme klingt weich und voll. Sie stoppt die Wiedergabe. Im Café der Buchhandlung ist es laut, die Espressomaschine zischt.

Ihre Geschichte beginnt in einem Dorf, in einer türkischen Provinz, die an Syrien grenzt. Helin erzählt von ihrer Mutter, die sie nicht Mutter nennen will. Nie. »Diese Frau«, sagt sie. »Diese Frau war die zweite Frau meines Vaters, sie lebte mit der ersten Frau in einem Haus.« Polygamie ist im türkischen Zivilgesetzbuch seit 1926 untersagt. »Aber es gibt sie immer noch.«

Nach einer Untersuchung der Hacettepe-Universität in Ankara gab es in der Türkei 2011 noch knapp 200 000 Zweitfrauen. Schätzungen gingen vom Doppelten aus. *Kuma* heißt die Nebenfrau auf Türkisch. Sie ist nicht offiziell verheiratet und hat daher keine gesetzlichen Rechte. Sehr konservative Politiker verteidigen solche »Imam-Ehen« als »Fürsorge« für Witwen oder syrische Waisenmädchen. Sagt einer das öffentlich, gibt es einen Aufschrei, aber von einem Einschreiten der Behörden liest man selten.

In Helins Geburtsurkunde fehlt der Name ihrer Mutter. Stattdessen ist die erste Frau ihres Vaters eingetragen, weil es ihre Mutter für die Behörden offiziell nicht gibt. Helin wurde 1990 geboren. Da ist das Haus schon voll. Beide Frauen haben jeweils nur ein Zimmer für sich und ihre Kinder. Die erste Frau zieht zwei Söhne und vier Töchter groß, die zweite, Helins Mutter, vier Söhne und zwei Töchter. Die Frauen sind eifersüchtig aufeinander. »Immer wenn mein Vater zu uns kam, sagte sie zu ihm, geh nicht zu der anderen Frau, geh nicht in ihr Zimmer.«

Helins Mutter war davor schon *kuma*, Zweitfrau, in einem anderen Haus. »Mit ihrem ersten Mann hatte sie bereits vier Kinder.« Der Mann starb bei einem Streit im Dorf, sie floh aus dem Haus, ohne die Kinder. Dann lernte sie Helins Vater kennen, zog zu ihm. »Ihre vier Kinder hat sie zurückgelassen. Sie sind alleine aufgewachsen.« Helin erfährt dies, als sie etwa sechs Jahre alt ist, sie erinnert sich, dass sie dieses Verlassen der Kinder als außergewöhnliche Härte und Lieblosigkeit empfand. »Danach habe ich mit dieser Frau nicht mehr gesprochen.«

Das Geld im Haus ist meist knapp, der Vater hat eine kleine Transportfirma, die wirft zu wenig ab. »Wir haben am Tag oft nur ein- oder zweimal gegessen.« Gegessen wurde getrennt, jede Frau mit den eigenen Kindern in ihrem Zimmer. Ihr Vater habe sich eigentlich nie um die vielen Kinder gekümmert. Die Söhne schlug er, sagt Helin. Über ihren Vater sagt sie noch: »Er liebte das Leben, trank, reiste viel.« Als sie in die Schule kommen soll, beschließt der Vater, dass sie zwei Jahre warten muss, weil erst die Brüder dran sind. In diesen zwei Jahren bringt ihr eine ältere Schwester das Lesen bei. »Ich habe gelesen und gelesen. Als ich in die Schule kam, hatte ich schon 450 Bücher gelesen, keiner konnte das glauben.« Die Lehrerin versteht, dass sie ein außergewöhnlich begabtes Mädchen vor sich hat. »Sie sagte, ›du bist eine exzellente Schülerin‹, und dann hat sie mir geholfen.«

Diese Lehrerin wird ihre Mentorin, sie besorgt ihr immer neue Bücher. »Sie sagte, ich könne gleich in die fünfte oder sechste Klasse gehen.« Helin aber will nicht auffallen. Die Lehrerin versteht auch das, sie findet eine andere Lösung. Helin bleibt in ihrer Klasse, darf aber in den Schulstunden lesen, was sie will. Sie liest bald auf Türkisch übersetzte russische Literatur, Tolstoi, Dostojewski, während ihre Klassenkameraden den normalen Stoff durchpauken. »Ich habe gespürt, dass Lesen mir Freiheit gibt.«

Die Lehrerin wird ihre Vertraute. »Sie war wie eine Mutter für mich, sie hat zu meinem Vater gesagt, sie möchte mich zu sich nehmen, wie eine Tochter. Aber mein Vater hat abgelehnt. Er sagte, Helin wird studieren und uns Geld schicken. Meine Lehrerin war deshalb sehr traurig.« Aber sie kümmert sich weiter um das Mädchen. »Sie hat mir von ihrem Geld Bücher gekauft, und sie hat an andere Schulen geschrieben, damit sie mir Bücher schicken.« Auch Mathematikbücher. Helin arbeitet viele alleine durch, und sie ist immer die Beste in den Prüfungen. Eine der Halbschwestern kann das nicht ertragen, sie sagt zu ihr: »Ich will dich nie mehr sehen!« Da baut sich Helin ein Baumhaus und lernt dort. Sie hat nur ein einziges Foto aus ihrer Kindheit. »Ich habe darauf sehr müde Augen, weil ich so wenig geschlafen und so viel gelesen habe.«

Helin ist nicht ihr richtiger Name, sie hat ihn für diese Erzählung ihrer Geschichte ausgesucht, auch die genauen Orte sollen nicht genannt werden. Mit dreizehn Jahren verlässt sie das Haus. Sie schafft es, auf ein Gymnasium in einer Nachbarprovinz zu gehen, allein, eine große Schwester hilft ihr. Danach vergrößert sie die Distanz, sie studiert in einer Stadt am Mittelmeer Medizin. Mit zehn Jahren hat sie zum ersten Mal etwas über Ibn Sina gelesen, er ist im Westen unter dem Namen Avicenna bekannt. Der persische Gelehrte, geboren 980, gilt als Vater der modernen Medizin. »Medizin ist für mich nicht nur eine Arbeit, es ist eine Art zu leben. Ich liebe die Wissenschaft.«

Um das Studium zu finanzieren, macht sie viele Jobs, sie kellnert, kocht für syrische Flüchtlinge, gibt Nachhilfe. Außer der großen Schwester, die ihr schon beim Lesenlernen half, unterstützt sie niemand aus der Familie. »Für die bin ich eine *bitch*«, sagt Helin. Das englische Wort wird in der Türkei auch von denen verstanden, die keine Fremdsprache können. Es heißt hier so viel wie Hure. »Eine meiner Halbschwestern sagte zu mir, wenn du einen Ehemann hast, musst du ihm die Füße küssen.« Die älteren Brüder sagen: »Wenn du keine *bitch* sein willst, dann sitz nicht vor dem Haus, bleib hinten, damit dich kein Mann sieht.« Die Brüder wollen sie kontrollieren. Die Schwestern tragen Kopftuch. Helin tut das bis heute nicht, ihr fallen die blonden Locken auf die Schultern.

Sie lebt schon nicht mehr zu Hause, da wird der Vater eines Tages von einer Biene gestochen, er erleidet einen allergischen Schock und ist paralysiert. Helins Mutter will ihn nicht pflegen, sie überlässt ihn jetzt ganz der ersten Frau. Sieben Monate lebt der Vater noch. Zur Beerdigung reist Helin ins Dorf. Sie spürt, dass sie bei ihrer Familie nicht willkommen ist. Nur eine Nacht verbringt sie im Haus. »Ich bin um sechs Uhr morgens aufgewacht, weil ich etwas hier fühlte.« Sie legt eine Hand an den Hals. »Ich sah eine meiner Schwestern über mir, sie fauchte mich an, fragte, warum ich gekommen sei. Ich war schockiert.« Helin glaubt, diese Schwester habe sie töten wollen.

So wie ihre Mutter einst ein Kind? In einer anderen Nacht – ein anderes Trauma. Helin war damals keine zehn Jahre alt. »Ich wusste nicht, dass sie wieder schwanger war, sie war ja ziemlich dick.« Eines Nachts hörte sie eine unbekannte Stimme. »Eine andere Frau war da, sie half meiner

Mutter, ein Kind zur Welt zu bringen.« Helin erinnert sich an ein Gefühl der Wut. »Wir waren doch schon zwölf Kinder im Haus, wir hatten kein Geld und keinen Platz.« Sie weiß noch, dass sie am nächsten Morgen wie gewohnt zur Schule ging und das Baby nicht sehen wollte. Ein paar Nächte später hört sie wieder ungewöhnliche Geräusche. »Ich sah das rotangelaufene Gesicht des Babys, mir war klar, es ist tot.« Die Mutter habe geweint. Aber Helin glaubt bis heute, dass das Baby nicht eines natürlichen Todes starb. Und niemand sprach über das tote Kind? »Niemand.«

Wie lebt eine Zehnjährige mit einem solchen Trauma? Helin sagt: »Ich habe gelesen. Aber eigentlich bleibt niemand in so einer Umgebung gesund.« Als sie schon Ärztin ist, meldet sich eines Tages ein Psychiater bei ihr am Telefon, es gehe um ihren ältesten Halbbruder. Der Psychiater spricht von Schizophrenie, er sagt, der Bruder sei als Kind von einem älteren Mann sexuell missbraucht worden. »Da habe ich verstanden, warum er allen Frauen auswich und Männer hasste. Mein Vater kannte die Geschichte nicht, er hat ihn immer wieder geschlagen.« Zum Arzt ging niemand in der Familie. Dass Helin heute Ärztin ist, könnte ihre Familie stolz machen? »Nein, so ist das nicht«, sagt sie.

Türkische Ärzte müssen nach dem Studium zunächst in der Provinz arbeiten. Helins erste Station ist ein Krankenhaus in einer mehrheitlich kurdischen Provinz. Diese Zeit wird neue Traumata hinterlassen. »Weil ich frei bin, haben sie mich gehasst, sie sind so konservativ dort.« Was ist passiert? »Ich habe allein gelebt, und die Leute tuschelten, dass ich Alkohol trinken würde. Ich wurde beschimpft.« Eine Weile lebt sie in einer Wohnung von Freunden, die auf Reisen sind. »Eines Tages klopft es an der Tür. Ich mache auf, da steht eine Frau vor mir. Sie sagt, sie sei die Hausbesitzerin, sie fragt, was ich in der Wohnung zu suchen habe.« Helin erzählt von den Freunden, die unterwegs sind. »Da schreit sie mich an, sagt, ich müsse das Haus sofort verlassen.« Was dann geschieht, ist für Helin ein Schock. Ihre Stimme wird noch brüchiger, wenn sie davon erzählt. »Mit einem Mal standen da acht, neun junge Frauen neben der Hausbesitzerin. Ich sah sie zum ersten Mal. Sie schimpften, ich sei eine *bitch*. Dann versuchten sie, mich zu schlagen. Mit Mühe konnte ich die Tür schließen.«

Helin ruft die Polizei, sie traut sich nicht mehr allein vor die Tür. Am Telefon sagt sie einem Polizisten, sie habe Angst, die Frauen wollten sie töten. Ein Streifenwagen kommt, sie verlässt zusammen mit den Beamten die Wohnung. »Danach habe ich tagelang geweint.« Die Polizisten sagen, sie könne Anzeige erstatten, nur machen sie ihr wenig Hoffnung, da sie nichts beweisen könne. Sie war ja allein, und die anderen Frauen könnten alles bestreiten. Helin ist überzeugt, dass sie angegriffen wurde, weil die Frauen ihre Freiheit als Bedrohung empfanden. »Ich wünsche mir, dass die Menschen sich weniger in das Leben anderer einmischen.«

Sie wechselt dann in ein Krankenhaus an einem anderen Ort in derselben Provinz und erlebt Gewalt in der Notaufnahme der Klinik. »Ein Mann, er war reich, verlangte Vorzugsbehandlung, er wollte, dass ich ihn sofort drannehme. Ich musste mich aber um eine achtzigjährige Frau mit Herzinfarkt kümmern.« Da greift sie der Mann körperlich an. Es ist nicht das einzige Mal, dass sie im Krankenhaus beschimpft und attackiert wird. »Wenn du eine Frau bist, glauben viele, sie könnten alles mit dir machen.«

Danach fühlt sie sich hilflos, hat noch mehr Angst. »Ich konnte nicht mehr alleine auf die Straße gehen. Immer hatte ich Angst, es könnte mich jemand angreifen.« Sie spricht ab und zu mit Freunden über ihre Ängste, eines Tages will sie alles aufschreiben. Das Schlimmste sei die Enttäuschung, sagt Helin. Dass sie Gewalt an Orten erlebte, wo sie den Menschen vertraute. »Ich habe immer Menschen unterstützt, die für ihre Rechte kämpfen. Ich habe einen Mann besucht, der im Hungerstreik war, um die Leiche seines Sohnes zu bekommen, der von Sicherheitskräften getötet worden war. Ich habe damit meinen Job riskiert, aber ich kann nicht schweigen, wenn ich Unrecht sehe. Sonst könnte ich, wenn ich einmal Kinder habe, ihnen nicht ins Gesicht sehen.«

Es hat lange gedauert, bis sie über ihre Familie mehr erfahren hat, über deren Traumata. In dem Provinzkrankenhaus ist sie zufällig ihrem Großvater begegnet, dem Vater ihrer Mutter. »Er hat einen christlichen Namen.« Helin hat danach herausgefunden, dass die Vorfahren ihrer muslimischen Mutter der christlich-aramäischen Minderheit angehörten. Im ausgehenden Osmanischen Reich waren die Aramäer ebenso Verfolgung und Vertreibung ausgesetzt wie Armenier und orthodoxe Griechen. Einige ihrer Kinder wurden von muslimischen Familien aufgenommen und als Muslime erzogen.

Helins Vater ist Kurde und Sunnit. Er wuchs in einem Dorf auf. Dort ließ sich der Vater des Vaters als »Dorfschützer« verpflichten. Diese Hilfsgendarmen sollten die Dörfer gegen die militante kurdische PKK verteidigen. Es war ein erbarmungsloser Kampf. »Alle Brüder meines Vaters wurden getötet.« Noch ein Familientrauma. Helin sagt, ihr Vater habe immer den Staat unterstützt und jede Regierung, auch die von Erdoğan. Als ihr Vater erfuhr, dass sie die prokurdische linke Partei HDP gewählt hatte, wurde er wütend. »Die haben deine Onkel getötet«, sagte er. »Mein Vater hatte immer Waffen im Haus«, erzählt sie, »gab es Streit im Ort, sagte er zu seinen Söhnen: Geht und kämpft, wenn ihr jemanden tötet, werde ich stolz auf euch sein. Meine Brüder haben das natürlich nicht gemacht. Aber mein Vater war so verrückt.« Auch nach dem Tod des Vaters leben seine beiden Frauen weiter in einem Haus. »Sie haben nicht die Kraft und das Geld, etwas zu ändern.« Helin ist jetzt Anfang dreißig. Wenn sie heute an die Frau denkt, die sie nicht Mutter nennen will, dann spürt sie »nur Schmerz und Traurigkeit«.

Helins Geschwister sind alle fortgezogen. Die ältere Schwester, die ihr immer wieder half, lebt in Istanbul. Sie ist Soziologin, ihr Mann Ingenieur. Sie ist das einzige weibliche Familienmitglied, mit dem Helin regelmäßig Kontakt hat. »Sie ist bei den antikapitalistischen Muslimen.« Das ist eine regierungskritische, konservative Gruppe, die im Sommer 2013 bekannt wurde, als ihre Mitglieder bei den Gezi-

Protesten in Istanbul inmitten der jungen Demonstranten im Park beteten und mit ihnen das Fastenbrechen im Ramadan feierten. Helin unterstützt noch einen jüngeren Bruder beim Studium. Über einen anderen Bruder sagt sie: »Er reist um die Welt.« Er ist ein Flüchtiger.

Wie Helin. Sie wird ihr Land verlassen, noch mehr Distanz suchen. »Es gibt kein richtiges Leben im falschen«, zitiert sie den Philosophen Theodor W. Adorno. Sie will noch mehr lernen, weil das Lernen und das Lesen sie immer gerettet haben. Eine Facharztausbildung machen. Sie hat ein Ticket in ihrer Handtasche, für Berlin. Der Flug geht am nächsten Morgen.

Sie will jetzt los. Sie möchte noch Freunde sehen, Abschied nehmen. Sie steht auf, reckt die Schultern, lächelt. Sie hat lange geredet, fast ohne Pause, als müsse sie etwas loswerden, bevor sie geht. Mit leichtem Gepäck reisen. Sie sagt: »Ich will frei sein.«

19 Uhr **Abendschule im Hinterhof**

Wo der Unternehmer Alper Kanca sich jede Woche reinwäscht

In der Nähe der Süleymaniye-Moschee treffen sich jeden Samstagabend etwa zwei Dutzend Männer, manchmal sind ein paar Frauen dabei. Sie sitzen auf braunen Plastikstühlen in einem Hinterhof mit abgetretenem Steinfußboden. Tagsüber ist dieser Ort ein bei Studenten beliebtes Café. Auf den Tischen liegen blau-weiß karierte Decken, der Tee ist billig.

Die Männer sind in ihren Fünfzigern. Namen sind hier nicht wichtig, einer ist der Zeremonienmeister. Seinen Namen kann man nennen. Er heißt Alper Kanca, kennt alle Anwesenden und gibt ein paar Hinweise: »Da hinten sitzt ein Gouverneur, vorne ein Bankdirektor, daneben ein Literaturprofessor, und der im Pulli ist einer der berühmtesten Psychiater der Türkei.« Alper Kanca wird sich gleich selbst vorstellen. Sein Lächeln hat etwas herzlich Strahlendes, er ist groß, hat dichtes graues Haar, das Jackett hat er über eine Stuhllehne gehängt. Später am Abend wird er um Worte ringen, einen Streit in der Männerrunde schlichten. Davor aber will er seine Geschichte erzählen, denn ohne die zu kennen, versteht man nicht, was diese Menschen im Hinterhof miteinander verbindet.

Wo anfangen? Beim Vater, der Unternehmer war, oder dem Großvater, auch ein Geschäftsmann? Familientradition eben, sagt Kanca. Heute ist er selbst Unternehmer, mit einem Vermögen, aufgebaut aus harter Arbeit, übertragen vom Vater auf den Sohn, der sich früh daran gewöhnen sollte, das Erbe anzutreten, und der doch so viel mehr im Kopf hatte, Träume, die seinen Eltern fremd waren. Schon als Jugendlicher arbeitet er in der Fabrik, einem Metallbetrieb mit 250 Mitarbeitern. »Wir stellten Werkzeuge her, Hammer, Zwingen. Ich habe mit den Lehrlingen gegessen. Mein Vater hat mich nie in sein Esszimmer mitgenommen, wo er mit den Managern saß.« Erst später, da ist er schon Student und außer Landes, lernt er, dass es türkische Unternehmersöhne gibt, die nicht mit den Lehrlingen essen, sondern wie Prinzen behandelt werden.

Alper Kanca wurde 1963 geboren. Bald danach beginnen die wilden 1970er Jahre in der Türkei. Das politische Klima an Schulen und Universitäten ist rau. Linke und rechte Gruppen richten Fäuste und irgendwann auch Waffen gegeneinander, es gibt Tote. Kancas Vater will nicht, dass sein Sohn in solchen Zeiten eine türkische Universität besucht. Alpers älterer Bruder und eine ältere Schwester studieren bereits in Großbritannien, ein jüngerer Bruder ist noch zu Hause. »Ich war nicht so begeistert, das gemütliche Zuhause zu verlassen. Meine Mutter wusste das und hat sich mit Händen und Füßen dagegen gewehrt, dass ich fortgehe. Sie hat geweint und gebetet.« Die Mutter hofft, der Sohn werde in der landesweiten Uniprüfung so gut abschneiden, dass er eine der besten Hochschulen in der Türkei besuchen kann. Er schafft es unter die tausend Besten von 300 000 Teilnehmern.

»Aber mein Vater war klug«, sagt Kanca. Er nimmt den Sohn auf Geschäftsreisen nach London und Brüssel mit. »Er wollte mir zeigen, dass es eine andere Welt gibt.« Sie fahren auch nach Deutschland, zur Hannover-Messe. Das ist ein Schock für Kanca: »Da hingen in der Innenstadt türkische Plakate mit denselben Parolen der Linken und der rechten Grauen Wölfe, wie ich sie aus Istanbul kannte.« Letzte Station dieser Reise mit dem Vater ist Wien. »Dort war es ruhiger, die Stadt war schön, es gab weniger Türken, weniger Parolen.« Alper Kanca entschließt sich, in Wien Betriebswirtschaft zu studieren. Lieber wären ihm die Sozialwissenschaften gewesen, aber da ist das Unternehmen in Istanbul, und obwohl der Vater nicht insistiert, »die Familienfreunde, die Manager der Firma, alle sagten mir: Dein Vater hat eine Fabrik, da werden sie dich einmal brauchen.«

Auf Wunsch des Vaters muss er herausfinden, wie viel Geld ein bedürftiger Student in Österreich monatlich vom Staat erhält, genauso viel will ihm der Vater überweisen. »Für türkische Verhältnisse war mein Vater sehr reich, aber er wollte nicht, dass ich Geld verschwende.« Kanca sagt, ihm habe das knappe Budget gereicht, »aber ich konnte nicht jeden Abend ausgehen«. Er sieht in Wien die »Prinzen«, wie er sie nennt, die Kinder reicher Libyer zum Beispiel. Auch junge Iraner, die dem Irakkrieg entflohen sind, und reiche Türken trifft er. »Nach dem Militärputsch in der Türkei im September 1980 haben viele Familien ihre Kinder ins Ausland geschickt.« Auch einige, die viel weniger hatten als der junge Kanca.

»Einen kann ich nicht vergessen, er hieß Hüseyin. Eines Tages hat er stark gehustet. Er lebte in einem Dachzimmer ohne Heizung, besaß nur eine Decke, das Fenster war kaputt und es war Winter, zehn Grad minus.« Einer der türkischen »Prinzen« bekommt das mit und hat einen guten Rat für den armen Kommilitonen: »Hüseyin, ich habe eine Lösung für dich, kauf dir einen teuren Whisky, leg dich damit in eine heiße Badewanne und dann im Bademantel ins Bett.« Kanca sagt, er habe sich geschämt, als er das hörte. »Hüseyin lebte unter miserablen Verhältnissen, hat sich schlecht gefühlt, und der blöde Kerl erzählt ihm ohne Empathie von so einem Luxus.«

Es ist eine von vielen Lektionen für Kanca in Wien. Er erfährt mehr über soziale Unterschiede und Ungerechtigkeiten, als er je ahnte. »Ich habe gemerkt, dass ich in Istanbul wie auf einer Insel gelebt habe, in Wien habe ich mein eigenes Land, mein Volk und seine Geschichte auf neue Weise kennengelernt.« Eine syrische Studentin armenischer Herkunft erzählt ihm, dass ihre Familie früher im türkischen Kayseri lebte und dass viele ihrer Verwandten im Osmanischen Reich umgebracht wurden. »Ich habe so etwas zum ersten Mal gehört.« Die massenhafte Vertreibung der Armenier und anderer christlicher Minderheiten aus Anatolien, die Morde und Gräueltaten der Jahre 1915/16, kommen in den türkischen Schulbüchern nicht vor. Bis heute will die Türkei offiziell nicht von einem Genozid sprechen. Alper Kanca sucht in Wien in Bibliotheken Bücher über die osmanische und die türkische Geschichte, er liest, was er finden kann. »Ich habe gemerkt, ich muss viel lernen.« Auch das gehört dazu: »Ich wusste, dass es Kurden gibt, aber dass sie lange ihre Muttersprache nicht sprechen durften, erfuhr ich in Wien.«

Anfangs spricht er kein Deutsch, auch das muss er lernen. Er hat Glück, seine Sprachlehrerin kann ein wenig Türkisch, sie war zuvor an der Österreichischen Schule in Istanbul. Weil er ein fleißiger und interessierter Schüler ist, gibt sie ihm bald jede Woche eine alte *Spiegel*-Ausgabe. Die teilt er mit dem armen Hüseyin, der sein Freund wird und ebenfalls ein begabter Student ist. Mit dem Lexikon gräbt sich Kanca durch das Nachrichtenmagazin. Er macht viele Notizen, so hat er es vom Vater gelernt. Der schenkte jedem neuen Mitarbeiter in der Fabrik ein Notizbuch und einen Kugelschreiber. »Wenn einer nicht notierte, was er sagte, wurde er wirklich bös.« Wenn Kanca mit der neuen Sprache trotz aller Mühen nicht zurechtkommt oder am Wiener Dialekt scheitert, fühlt er sich schlecht. Aber er lernt weiter, bis er zu den Besten in der Klasse gehört. Er hat bis heute einen weichen Wiener Akzent.

In den ersten Sommerferien will er nach Istanbul, Fliegen aber ist teuer. Er kauft sich ein Busticket und packt ein paar Geschenke für die Mutter ein. Er ist neunzehn, nie allein gereist und hat keine Ahnung, wie lange die Fahrt dauert. Nach ein paar Stunden im Bus ist er hungrig, da sind sie gerade in Slowenien. Dann folgt die nächste Lektion. »Wenn alle Ausländer sind in einem Raum, das kann auch ein Bus sein, erlebt man eine besondere Solidarität.« Neben ihm sitzt ein älterer türkischer Gastarbeiter. Der hat duftende Köfte, Fleischbällchen, dabei und lädt Kanca ein. Der lehnt höflich ab. »Als reichem Fabrikantensohn war es mir unmöglich, das anzunehmen.« Doch der Mann neben ihm sagt nur: »Du isst.« Da kann er nicht mehr Nein sagen. »Erstmals in meinen Leben habe ich von einem Fremden etwas genommen, ohne dafür zu bezahlen. Das war ein großes Erlebnis für mich.« Zum Frühstück gibt es Eier und Brot, sein Nachbar füttert ihn die vierzig Stunden bis Istanbul durch. »Wir wurden gute Freunde.«

Hat er über das Erlebte mit den Eltern geredet? »Mein Vater und meine Mutter waren so tapfer, mich ins Ausland zu schicken, aber was sich in mir abspielte, konnte ich ihnen nicht erklären.« Eines Tages, in einem anderen Sommerurlaub, bittet der Vater den Sohn, mit ihm zu einem Psychiater zu gehen. Weil der Vater Angst hat, der Sohn entgleite ihm. Er hat auf dessen Nachttisch das Buch des Soziologen Émile Durkheim *Der Selbstmord* entdeckt. Kanca sagt: »Ich habe in dieser Zeit Hunderte Bücher gelesen, Deutsch, Türkisch, egal, ich war so hungrig nach Wissen.« Der Psychiater beruhigt den Vater, sagt ihm, dass mit dem Sohn alles in Ordnung sei, dass er leben wolle, nicht sterben.

Doch nach etwa zwei Jahren in Wien, es ist wieder Winter, wäre Kanca beinahe verzweifelt. In einer Vorlesung zum Verfassungsrecht hat er sein Lexikon auf der Bank und versteht dennoch wenig. Einem Freund, mit dem er eine kleine Wohnung teilte, geht es genauso. »Er war auch aus Istanbul, sein Vater war Armenier, die Mutter Assyrerin.« Sie sprechen wenig an dem Abend, »wir waren enttäuscht von uns selbst«. Der Freund legt dann eine Kassette mit traurigen türkischen Liebesliedern ein und weint. »Weinen ist für türkische Männer eigentlich eine Schande.« Aber bald weint auch Kanca. Der Freund sagt, er könne seinen Eltern nicht gestehen, dass er sein Studium nicht schaffe, er werde nie zurückkehren. Er könne aber ohne das Meer nicht leben. »Das vergesse ich nie«, sagt Kanca, »er ist am Marmarameer aufgewachsen, das Meer war für ihn nicht zu ersetzen.« Am nächsten Morgen sind sie aufgestanden und haben weiterstudiert, sie haben nie mehr über diese Nacht gesprochen.

Jetzt zupft in dem Hinterhofcafé einer an Kancas Ärmel, es ist Zeit für das Abendprogramm. Aber Kanca will erst noch einen Tee und weitererzählen. Der Tee kommt in kleinen Gläsern, auf dem Tisch liegt eine Plastiktüte mit *simit*, Sesamkringeln. Kanca bricht ein Stück ab. »Wer die dreißig Cent für einen Tee hier bezahlen kann, ist bei uns willkommen, mehr braucht es nicht.« Auch ein paar Studentinnen haben sich an einen freien Tisch gesetzt. Zwischen den Reihen steht, etwas unschlüssig, eine ältere Frau mit zwei vollgestopften Einkaufstüten. Sie trägt einen langen, ausgebeulten Mantel und lebt gewiss nicht im Luxus.

Kanca könnte an einem Samstagabend, statt an einem bitteren Tee zu nippen, auch in einem bequemen Sofa zu Hause versinken oder auf einer Party reicher Freunde das nächtliche Lichtermeer am Bosporus genießen. Wenn er zu erklären versucht, was ihn jede Woche in diesen Hinterhof treibt, dann sagt er: »Mein Leben lang habe ich das Gefühl des Andersseins gehabt, schon in der Schule.«

Kanca besuchte eine Privatschule. Viele türkische Eltern, die es sich leisten können, erhoffen von solchen Schulen eine bessere Bildung und oft auch eine strenge Erziehung. »Meine Mitschülerinnen und Mitschüler waren Istanbuler, ich aber war ein Kind aus Anatolien. Meine Mutter spricht mit starkem Akzent, nach dreißig Sekunden merkt man das.« Kancas Eltern stammen aus der Schwarzmeerprovinz Trabzon. Der Vater wollte sein Geschäft erweitern, »und wie jeder Türke, der etwas erreichen will, zog er nach Istanbul«. Hier ließen Alper Kancas Lehrer die Mutter spüren, dass sie aus der Provinz stammt. »Sie haben sie anders behandelt als andere Mütter, auch weil sie ein Kopftuch trägt.«

Er war ein guter Schüler, da musste die Mutter zum Glück nicht so oft in die Schule kommen. »Aber ich habe das nie vergessen. Obwohl ich als Sohn eines reichen Mannes auf einer Eliteschule war, Klassenunterschiede gab es trotzdem.« Später in Wien hat er eine Weile an einer österreichischen Schule ausgeholfen. »Da haben die Lehrer die Mütter der türkischen Schüler anders behandelt als die der österreichischen.« Auch das hat er nicht vergessen.

Es passiert bei einem Heimatbesuch in den frühen 1980er Jahren, als immer noch das Militär an der Macht ist. »Ich hatte lange Haare, trug einen alten Mantel, den ich in Österreich bei der Caritas gekauft hatte, und eine Kamera mit Zoom, das war noch eine Seltenheit und auffällig.« Er durchstreift ein paar Buchläden. Ein Mann spricht ihn an, fragt ihn dies und das, sagt schließlich, er kenne da einen anderen Studenten, der sich auch für Film und Literatur interessiere, ob er den kennenlernen wolle? Kanca, inzwischen 22, ist grundsätzlich neugierig. Man verabredet sich für den nächsten Tag, für zwölf Uhr am selben Ort. Der Fremde ist pünktlich. Er bringt Kanca zur Universität, dort wartet schon der andere Student. »Der Fremde hat uns vorgestellt, er sagte: Das ist Alper, das ist Erkan. Ihr werdet euch verstehen, ihr braucht mich nicht.« Und er ging. Wäre dies der Beginn einer Romanze, würde nun Musik einsetzen.

»Erkan hatte auch lange Haare und war so alt wie ich. Wir setzten uns auf den Bürgersteig und redeten bis zum Abend.« Erkan nimmt seinen neuen Freund Alper am nächsten Tag mit in sein Stammcafé. »Für mich war es eine Schande, in ein Istanbuler Caféhaus zu gehen, ich dachte, da spielen sie Karten, vergeuden Zeit, so war ich erzogen.« Aber Erkans Freunde spielen nicht, sie diskutieren. »Die wussten nicht, dass ich reich war, wir waren alle gleich, jeder konnte mitreden, solange er ein neues Buch gelesen hatte.«

Immer wenn er fortan in den Ferien in Istanbul ist, geht er zu Erkan und den Debattenrunden, und als er 1991 ganz zurückkehrt, wird daraus eine Gewohnheit. »Ich habe fast eine Weltbibliothek im Café mitgelesen.« Ein paarmal müssen die Freunde das Lokal wechseln, weil ein Inhaber aufgibt. Nun, so viele Jahre später, sind sie in der Nähe der Süleymaniye-Moschee gelandet. Später wird Kanca Fotos schicken, auf denen jeweils ein bis zwei Dutzend Männer in eine Kamera blicken, einige amüsiert, andere ernst. Mit den Jahren werden die Haare der Männer auf den Fotos immer grauer.

Wie soll man diese Zusammenkünfte nennen? Feierabenduniversität? Kanca sagt: »Sie haben mein Leben gerettet, mich geerdet. Hier wasche ich mich jede Woche rein von dem Schmutz, der sich, ob man will oder nicht, im Leben ansammelt.« Er erzählt von Unternehmerkollegen, die in den vergangenen zwanzig, 25 Jahren immer reicher wurden, »aber sie kapseln sich immer mehr ab, haben keine Freunde mehr, ihre Beziehungen haben nur noch mit dem Job zu tun«. In der Türkei, wo in der Politik einer allein ganz oben steht, ist es im Geschäftsleben oft ganz ähnlich. Fast archaisch, hierarchisch. Firmenchefs, Verbandspräsidenten – Kanca hat mehrere solche Ämter – seien oft »fast wie Halbgötter, ob sie wollen oder nicht«. Hier an den Plastiktischen wissen sie zwar, was jeder so macht, dass der eine Gouverneur ist, der andere Professor, und welches Auto jeder fährt, ob der Chauffeur vor der Tür wartet. »Aber hier bin ich nur Mensch«, sagt Kanca, »das ist eine Oase für mich.«

Erkan, der Freund, der ihm die Tür zu dieser Abendschule öffnete, wurde in den 1990er Jahren Vizechef einer konservativen Partei, die heute nicht mehr im Parlament ist. Später trat er in Erdoğans AKP ein, wurde Bildungsminister. 2005 trat er wieder aus. Kanca war nie in einer Partei. »Ich habe in den vergangenen zwanzig Jahren keinen Staatsauftrag erhalten, ich bin niemandem etwas schuldig.« Einige aus dem Debattenkreis entschieden sich für die oppositionelle säkulare CHP. Aber die AKP schien vielen attraktiver, sie versprach in den türkischen Wirtschaftswunderjahren Aufstieg. Wer regiert, hat meist etwas zu verteilen, die Geschäftsleute kriegen Aufträge, die Professoren Titel, die Beamten Posten. »Da sind eine Menge Leute reich geworden.«

Viele von Kancas Freunden stammen aus anatolischen Familien der unteren Mittelklasse, sie waren meist sehr ehrgeizig. Einer stieg in den engen Kreis um Erdoğan auf und gestaltete die erfolgreichen Werbekampagnen der AKP. Dieser Mann ist beim Putschversuch am 15. Juli 2016 auf der Bosporus-Brücke erschossen worden. Es heißt, er habe versucht, die Putschisten zum Aufgeben zu überreden. Auch sein sechzehnjähriger Sohn, der ihn begleitete, wurde getötet. Wenn Kanca davon erzählt, werden seine dunklen Augen noch dunkler.

Alper Kanca war in der Putschnacht in seiner Wohnung, in einem modernen Viertel auf der asiatischen Seite. Die ältere seiner beiden Töchter, sie ist Industrieingenieurin, war bei ihm. Die jüngere Tochter, sie studiert Jura, war mit seiner Frau im Sommerhaus der Familie außerhalb der Stadt. Es war ein warmer Freitagabend. »Ich habe auf Twitter gelesen, dass etwas auf der Bosporus-Brücke nicht stimmt, der Verkehr langsamer läuft.« Bald kommen mehr beunruhigende Nachrichten. Kanca spürt, dass etwas nicht normal ist. »Ich habe ja politische Erfahrung.«

Er ruft einen seiner Caféhaus-Freunde an, der ist in Ankara und antwortet über den Messenger Telegram sinngemäß: Alper, pass auf deine Familie auf. Du bist ein bekannter Geschäftsmann, Präsident eines Industrieverbandes. Schütze dich. Dann liest Kanca auf einem Laufband im Fernsehen: Das Militär hat die Macht übernommen. »Die sind beim Staatssender TRT mit einer Pistole ins Studio rein.« Kanca sagt, er habe sich nah einer Ohnmacht gefühlt. »Dann flogen Kampfjets über unser Viertel, so tief, unglaublich laut war das.« Die Tochter hat erst gar nichts mitbekommen, jetzt fürchtet sie sich. »Sie hat geweint, sie hat zum ersten Mal in ihrem Leben gesehen, dass sie nicht in einem normalen, modernen Land lebt, so wie sie sich das vorgestellt hat.«

Kanca fragt sich, was mache ich nach diesem Putsch? Was passiert mit meinen Freunden? Was mit der türkischen Wirtschaft? »Wir hatten eine WhatsApp-Gruppe, die haben wir sofort aufgelöst.« Der Freund aus Ankara, gerade auf dem Weg zum Präsidentenpalast, berichtet am Telefon, er sei soeben beschossen worden. »Es war wie in einem Hollywoodfilm«, einem Horrorstück. Um Mitternacht kommt die Nachricht, dass der andere Freund, Erdoğans Wahlkampfmanager, auf der Bosporus-Brücke getötet wurde. »Man fühlt sich machtlos, ein normaler Sommertag wird zur Hölle.«

Die ganze Nacht sitzt er vor dem Fernseher, versucht zu erfahren, wohin sein Land geht. Am Morgen, es ist nun Samstag, bittet er seine Tochter, sie solle zu Hause bleiben, und steigt ins Auto. Er macht sich auf den Weg zu seinem Betrieb in Gebze, gut 45 Kilometer. »Auf der Autobahn habe ich einen Panzer gesehen, verlassen.« Daneben Autowracks, zerquetscht wie Konservendosen. »Das ist einmalig in der türkischen Geschichte. Das Volk hat die Panzer aufgehalten, Lastwagenfahrer haben die Autobahn blockiert und Panzer eingekesselt. Ich habe einen solchen Widerstand vom türkischen Volk nicht erwartet.« Beim Putsch 1980 hatte niemand die Generäle aufgehalten. 2016 aber stand das Militär nicht geschlossen hinter dem Coup. Der Putsch hatte etwas Spukhaftes, Dilettantisches, doch es war bitterer Ernst: Nach offiziellen Angaben gab es 249 Todesopfer und mindestens 2000 Verletzte.

Kanca findet am Morgen nach der Putschnacht seine Sicherheitsleute wie gewohnt am Werkstor vor. Auch die Nachtschicht in der Fabrik hat gearbeitet. »Unglaublich war das.« Er ist dann auf einen Stuhl gestiegen und hat eine kleine Ansprache gehalten. Seinen Leuten sagt er, sie sollten ruhig bleiben, keine Angst haben, es werde weiterproduziert. Erst danach schickt er die achtzig Leute der Nachtschicht nach Hause. Er versucht dann, herausfinden, ob der Zoll arbeitet und die Autoteile für seine ausländischen Kunden am Montag wie gewohnt die Grenze passieren können. Im Wirtschaftsministerium in Ankara geht keiner ans Telefon. »Zu diesem Zeitpunkt war nicht hundertprozentig sicher, dass alles schon vorbei ist, ob die nicht vielleicht noch unter Beschuss sind.«

Einige wenige aus dem Caféhaus-Kreis sind nach dem Putschversuch nicht mehr zu den Treffen erschienen, sie sind verschwunden, unerreichbar. »Später merkten wir, dass sie Anhänger von Fethullah Gülen waren. Drei, vier Leute, für die ich meine Hand ins Feuer gelegt hätte. Das hat mich stark getroffen.« Der Prediger Gülen wird von Erdoğan beschuldigt, Drahtzieher des Putschversuchs gewesen zu sein.

Alper Kanca sagt, auch seine Frau sei früher öfter mit in das Café gekommen. Er hat sie in Wien kennengelernt. »Sie ist klüger als ich, sie hat ein Doppelstudium.« Geheiratet haben sie auf einem Wiener Standesamt ohne ihre beiden türkischen Familien. »Für meinen Vater war das eine Beleidigung. Später habe ich ihn besser verstanden, ich habe ihm und meiner Mutter das Glück entzogen, an einem schönen Ereignis teilzunehmen.« Kanca hat über seinen inzwischen verstorbenen Vater einen berührenden Text geschrieben, für ein Buch mit Erinnerungen vieler teils recht bekannter Türken an ihre Väter. Als seine Frau das Buch sah, fragte sie: »Und wo bleiben die Töchter?« Er hat den Verlag dann überzeugt, ein Buch zu machen, in dem fünfzig Frauen über ihre Väter schreiben, auch darunter viele in der Türkei bekannte Namen.

Jetzt wird es unruhig im Hinterhof, Kanca soll endlich anfangen, ruft einer, dann ein Zweiter. »Seit fünf Jahren bin ich hier der gewählte Gesprächsführer. Früher war das oft ein Chaos, nun sind wir älter und klüger geworden.« Kanca steht auf, Plastikstühle werden gerückt. Er klopft mit einem kleinen Löffel an sein Teeglas. Erst reden sie über den Krieg in Syrien und den in Libyen, über Aserbaidschan und Armenien. Es gibt Zwischenrufe, Gemurre. Der Bankexperte will über den Verfall der türkischen Lira sprechen. Ein anderer glaubt zu wissen, dass US-Präsident Joe Biden »doch Jude ist«. Da nimmt Kanca sich das Wort, korrigiert, rückt zurecht. Es geht überwiegend geordnet zu bei dieser sehr speziellen Talkshow im Hinterhof, jedenfalls im Vergleich zu den Debatten im türkischen Fernsehen, wo so oft alle ausgiebig durcheinanderreden oder sich gegenseitig anschreien.

Der Gouverneur schiebt auf seinem Tisch mit der Handkante Kürbiskernschalen zu einem ansehnlichen Haufen zusammen. Der Psychiater erzählt noch etwas Lustiges, die anderen lachen, man kennt sich, neckt sich. Die Studentinnen auf den hinteren Plätzen sind immer noch da, bestellen frischen Tee. Wenn junge Leute von der nahen Universität den Grauköpfen zuhören, freue ihn dies jedes Mal, hatte Alper Kanca noch gesagt, bevor er an diesem Abend seine zeremonielle Rolle übernahm. »Dann sehe ich in den Augen dieser Studenten unsere Jugend«, sagte er, »wir waren auch so unschuldig, so idealistisch und offen für jede Art von neuen Ideen.«

Vernissage **20 Uhr**

Der Galerist Moiz Zilberman spricht über die Liebe zur Kunst der Gegenwart

Der letzte Vertreter der Osmanen in Ägypten, der Khedive Abbas Halim Paşa, erträumte sich 1910 einen Winterpalast im damals populären Jugendstil, an der Grande Rue de Pera in Istanbul. Der armenische Architekt Hovsep Aznavur erfüllte ihm diesen Wunsch. Aus der Grande Rue ist die İstiklal geworden, die Straße der »Unabhängigkeit«. Aber das Mısır Apartmanı (*Mısır* – Türkisch für Ägypten) ist noch immer eines der prächtigsten Gebäude an der Straße, die inzwischen Istanbuls längste Fußgängerzone ist. Abbas Halim Paşa war ein Kunstliebhaber. Er wäre gewiss entsetzt, könnte er sehen, dass im Erdgeschoss seines Palasts ein Drogeriemarkt und ein Koffergeschäft residieren. Trost finden dürfte er im zweiten und dritten Stock, bei Moiz Zilberman und seiner Galerie der Gegenwartskunst.

Zilberman empfängt in seinem Büro und öffnet erst einmal ein Fenster. Von der İstiklal dringt ein Musikmix herauf, türkischer Pop und romantisches Gedudel, laut und schräg. Die Geschäfte im europäischen Herzen Istanbuls sind bis in die Nacht hinein geöffnet. »Es gibt einen Plan, die İstiklal immer mehr zu kommerzialisieren, sie allein den Touristen zu überlassen«, sagt der Galerist, »aber das ist Pera, diese Straße ist voller Geschichte, und Istanbul wehrt sich, nicht nur kulturell, auch die Natur wehrt sich.«

Zilberman hat weißes Haar, trägt einen leuchtend blauen Pullover und eine Brille mit schwarzem Rand. Er wurde 1956 in Istanbul geboren, in einer jüdischen Familie. »Ich kenne dieses Gebäude seit meiner Kindheit, ich bin ganz in der Nähe aufgewachsen, am Taksim-Platz.« Zilberman sitzt hinter einem breiten Schreibtisch, darauf Stapel von Kunstkatalogen. Sein Vater war Künstler, Maler, ein Bohemien, ein Linker, Atheist. »Manches davon hat er mir vererbt.« Zilbermans Weg hätte vorgezeichnet sein können, aber so einfach war es nicht, eigentlich war erst einmal nichts einfach.

»Mein Vater emigrierte aus Bulgarien in die Türkei, er musste Sofia verlassen, als dort 1934 die Faschisten an die Macht kamen, er war Jude und Mitglied der Kommunistischen Partei.« Damals war Istanbul Zuflucht für viele Menschen, denen die Heimat abhandenkam. Der Vater fand rund um den Taksim bald Anschluss an eine junge Künstlerschar, und er hatte auch geschäftliches Talent. »Er begann, die Werke seiner Freunde an andere Ausländer zu verkaufen. Das waren zu jener Zeit die Einzigen, die moderne Kunst kauften.« Es lief so gut, dass der Vater bald das Malen aufgab. »Ich wuchs zwischen Kunstwerken auf.« Denen des Vaters und seiner Künstlerfreunde. »Mein Vater sagte mir auch, lies alles, was du finden kannst.«

Das tat der junge Moiz, zur Kunst zog es ihn erst viel später hin. Er studierte in Istanbul zuerst Ökonomie, dann Politische Wissenschaften. Es war die Zeit, als Pink Floyd sangen: »I don't need no arms around me«, und die Türkei versank wieder einmal in Finsternis und Isolation. Das Militär putschte im September 1980, auf dem Taksim zogen Panzer auf. »Fast alle meine Professoren landeten im Gefängnis oder mussten fliehen.« Das Politikstudium konnte er nicht beenden.

Zilberman wurde dann erst einmal ein erfolgreicher Geschäftsmann. Mit einer Gruppe von Investoren produzierte er viele Jahre lang Autoteile. Die Firma hat er 2006 verkauft. Eigentlich sollte er dort nach dem Verkauf weiterarbeiten, aber er kam mit den amerikanischen Private-Equity-Leuten nicht zurecht. 2007 stieg er ganz aus. Nach wie vor investiert er im Automobilsektor, aber inzwischen gehört sein Interesse in erster Linie der Galerie und den zeitgenössischen Künstlerinnen und Künstlern, die er zeigt, vertritt und unterstützt.

Begonnen hat er 1991 mit Werken aus dem 19. Jahrhundert, er mag diese Kunst immer noch. Nicht wenige Unternehmer in der Türkei, die es sich leisten können, sind eifrige Kunstsammler. Für Zilberman aber ist die Kunst bald mehr als ein teures Hobby. Er absolviert eine Art Selbststudium. Er reist, spricht mit jungen Künstlerinnen und Künstlern, Galeristen, Museumsleuten. »Ich bin ein offener Mensch, ich habe mich nie gescheut, Fragen zu stellen.« Heute sammelt er nur noch Gegenwartskunst und stellt sie aus, zum Beispiel: Erinç Seymen, geboren 1980 in Istanbul, der sich mit Einflüssen von Religion und Tradition auf die Gesellschaft auseinandersetzt, bildstark, ungeschönt. Im Zehnjahreskatalog dankt der Künstler dem Galeristen für »Experimentierfreude, Zuwendung und Offenheit für Provokationen«.

Die Galerie hat er 2008 eröffnet. Den Anstoß gaben Freunde, die Zilberman nach seinen intensiven Kunst-Lehrjahren fragten: Warum machst du keine Galerie auf? Zuerst hatte er noch Partner. »Aber ich habe das so ernst genommen, dass sie nach drei Jahren sagten, besser du machst das allein! So konnte ich der Galerie eine Linie geben.« Ihn interessiert besonders »sozio-politische Kunst«, er nennt die Linie der Galerie »kritisch«. Zilberman will zeitgenössischen Kunstschaffenden aus der Türkei mehr Sichtbarkeit verschaffen – und internationale Kunst einem lokalen Publikum zugänglicher machen.

Im Rückblick wirkt es so, als sei Istanbul in der Zeit, in der Zilberman seine ersten Ausstellungen zeigt, ein anderer Planet. 2005 feiert das US-Magazin *Newsweek* »Cool Istanbul«. Auf den Dächern entlang der İstiklal eröffnen Tanzbars, Galerien ziehen sogar in Seitengassen, leer stehende Häuser im Hafenviertel Karaköy verwandeln sich in Künstlerateliers. »Ich kann mich an niemanden erinnern, der sich nicht schon beim ersten Besuch in Istanbul verliebte«, sagt Zilberman.

Und heute? »Wir haben viele Probleme.« Die Türkei hat schwierige Jahre erlebt, es gab Anschläge, den Putschversuch 2016. Danach werden wieder viele Professoren aus den Universitäten entfernt, so wie es Zilberman 1980 erlebte, als er studierte. Die Touristen strömen inzwischen nicht mehr in die Stadt, Kunstkäufer bleiben weg, Galerien geben auf. Einige Ausstellungen, die Zilberman in den ersten Jahren zeigte, wären heute undenkbar. Zum Beispiel die Performances von Şükran Moral, einer türkischen Avantgardistin und Feministin, die oft mit Marina Abramović verglichen wird, weil sie ebenfalls Kunst mit radikalem Körpereinsatz macht. Bei einer Performance in einem Istanbuler Bordell trug sie das Schild »Artist for Sale«, in einer anderen heiratete sie drei Männer, um darauf hinzuweisen, dass das gesetzliche Polygamie-Verbot immer noch gebrochen wird. Die Künstlerin wurde häufig bedroht, kurzzeitig brauchte auch Zilberman Bodyguards.

Heute wirkt kritische Kunst in der Türkei subtiler. Aber Zilberman mag das Label »türkische« Kunst nicht. »Ich unterstütze Künstlerinnen und Künstler, weil sie gut sind, weil ich ihr Potenzial sehe und ihre Kunst eine universelle Sprache hat, nicht, weil sie einer Nation angehören.« Eine Wand in Zilbermans Büro füllt das Bild einer Dachlandschaft: Satellitenschüsseln, Mauern mit Sprüngen, ein lebendiges, urbanes Chaos. Erst beim Nähertreten zeigt sich, es ist ein Fotopuzzle. *Aleppo* heißt das Werk der 1949 in Istanbul geborenen Künstlerin Azade Köker. Aleppo ist heute ein Synonym für Krieg und Zerstörung. Die Dachlandschaft ist längst zu Staub zerfallen.

Im Sommer 2013 hört Zilberman in seinem Büro Polizeisirenen, er kann das Tränengas auf der İstiklal riechen. Hunderttausende demonstrieren in jenem Jahr erst für die Rettung des Gezi-Parks und bald auch für mehr individuelle Freiheiten. »Als Kind habe ich im Gezi-Park gespielt«, sagt Zilberman. Dann folgt die gewaltsame Räumung des Parks, und bei vielen das Entsetzen über eine bis dahin ungekannte staatliche Gewalt. Der Galerist erinnert sich an einige seiner Kunden, an Sammler, die vor den Gezi-Tagen kaum an politischer Kunst interessiert waren. »Die achteten darauf, dass ihre Geschäfte liefen, sie wollten ein gutes Leben.« Aber dann fragten sie sich, warum ihre gut erzogenen Kinder auf einmal in einem Zelt in einem Park schlafen und Bäume retten wollten. Riesige Töpfe mit Essen für andere kochten, Barrikaden bauten und sich dem Tränengas und den Schlagstöcken der Polizei aussetzten. »Gezi war ein Ereignis, das vieles veränderte, ich denke, wir werden das erst in einigen Jahren, vielleicht in Jahrzehnten richtig verstehen.« Was Zilberman aber bereits bemerkt hat: Seine Kunden interessieren sich heute mehr für politisch intonierte Kunst, für Künstlerinnen und Künstler, die das Traditionelle herausfordern. »Die Jugendlichen änderten die Perspektive ihrer Eltern.«

Internationale Besucher machten sich schon nach dem Gezi-Aufruhr rar, und das war erst der Anfang. Deshalb fasst Moiz Zilberman einen Entschluss: »Wenn nur noch so wenige Menschen zu uns kommen, müssen wir unseren Künstlerinnen und Künstlern andernorts Sichtbarkeit verschaffen.« Er eröffnet 2016 eine Galerie und ein Residenzprogramm in Berlin. »Ich wurde gefragt, warum ich nicht nach London oder New York gehe.« In Deutschland, antwortete er, verstehe man die Kunst besser, die er zeige. Berlin und Istanbul seien schon so lange eng verbunden.

Die Zilberman-Galerie in Berlin-Charlottenburg ist ebenfalls in einem Jahrhundertwendehaus untergebracht. Am

Abend der ersten Vernissage in Berlin dann der nächste Schock. »Es war der 15. Juli 2016, die Nacht des Putschversuchs.« Zilberman versucht sofort, seine Frau in Istanbul zu erreichen. »Ich war sehr besorgt um ihre Sicherheit.« Dann fragt er sich, ob er wieder nach Hause kommen wird. Am nächsten Morgen scheint die Lage in der Türkei wieder unter Kontrolle zu sein. Drei Tage später fliegt er zurück. Danach wird es noch stiller in Istanbul. Noch mehr Galerien geben auf. Zilberman nicht. Er spricht von »Verantwortung« für seine meist jungen Künstlerinnen und Künstler. »In der Türkei leistet der Staat kaum Unterstützung. Wenn wir es nicht tun, wer tut es sonst? Wenn wir nicht die nächste Generation fördern, dann haben wir keine neue Generation.« Beide Galerien – in Istanbul und Berlin – haben ein internationales Programm, die Kunstschaffenden aus der Türkei sind selbstverständlicher Teil dieser Auswahl.

Einmal im Jahr veranstaltet die Galerie in Istanbul unter dem Motto »Young Fresh Different« einen offenen Wettbewerb. Höchstalter: 35. Die Mitglieder der Jury wechseln jedes Jahr. Zilberman gehört ihr bewusst nicht an. Eine Auswahl der eingereichten Werke wird in der Galerie gezeigt, es ist immer die letzte Ausstellung der Saison, eine von zehn bis zwölf Shows pro Jahr. Zu jeder gibt es einen sorgfältig gestalteten Katalog. In der Türkei wird inzwischen sogar von offizieller Seite die Abwanderung von gut ausgebildeten jungen Leuten beklagt. Vor allem Ärzte, Ingenieure zieht es in die USA, nach Kanada und Westeuropa. Weil sie das politische Klima in ihrer Heimat nur noch schwer ertragen, und weil die Wirtschaft nach vielen Jahren des Booms nicht mehr so stürmisch wächst. »Ich habe zwei erwachsene Söhne, auch sie haben das Land verlassen«, sagt Zilberman. »Wir verlieren Intelligenz, die Soft Power eines Landes, leider. Auch Künstlerinnen und Künstler gehen.«

Der Galerist sagt, er habe noch keine US-Präsidentenwahl so genau verfolgt wie die letzte. Nun, da Donald Trump Geschichte ist, hofft er, »dass der Wind sich dreht, nicht sofort, aber die Ära der starken Männer wird irgendwann zu Ende gehen«. Am Ende des Gesprächs ist Zilberman daher doch noch optimistisch. »Die Gene von Istanbul sind sehr stark, wir haben hier eine einmalige Mischung von Geschichte und Moderne, so viele Kulturen, Religionen, Kunst, Natur, Architektur, Untergrundleben.« Er hat noch viele Pläne, er will auch in Istanbul ein Künstler-Residenzprogramm schaffen. »Sobald ich ein positives Signal hier sehe, mache ich das.«

Er steht auf, geht drei, vier Schritte, als könne er nicht mehr ruhig auf seinem Stuhl sitzen: »Es gibt hier in der Stadt eine besondere Energie, vielleicht nur vergleichbar mit New York, aber da ziehe ich Istanbul vor.« Moiz Zilberman macht eine kurze Pause, dann sagt er: »Ich bin befangen, das ist sicher. Aber Istanbul ist für mich immer noch die schönste Stadt der Welt.«

Einmal in Istanbul leben

21 Uhr

Ein deutsch-türkisches Lehrerpaar weiß, wie sich dieser Traum anfühlt

Am Telefon hat Hakan Ören gesagt, ich sollte kommen, wenn die Kinder im Bett sind, gegen 21 Uhr. Und er hat sich vorab entschuldigt, weil in der Wohnung noch so viele Kisten herumstünden, sie seien gerade erst umgezogen, von der asiatischen Seite Istanbuls auf die europäische. Aber dann wirkt alles doch sehr aufgeräumt in der großen Altbauwohnung, das blaue Sofa, die Teller in der Anrichte, der Tisch aus naturbelassenem Holz. Sehr deutsch, irgendwie. Wäre da nicht der Blick aus einem Fenster über die gezackte Dachlandschaft und das schwarzblaue Wasser, auf den Bosporus und die Einfahrt ins Marmarameer. Wie Lampions tanzen die erleuchteten Schiffe in der Dunkelheit.

Hakan Ören stellt eine Flasche Rotwein auf den Tisch, seine Frau Silke drückt einen Kräuterteebeutel in heißes Wasser, sie hat eine leichte Grippe. »Die Kinder sind im Bett«, sagt Hakan, »jetzt können wir reden.« Die Kinder werden später noch eine Rolle spielen. Aber erst einmal soll es hier um ein schwieriges, ja einzigartiges Verhältnis gehen, um Deutschland und die Türkei, zwei Länder, die sich immer wieder auseinanderleben wie ein altes Paar, so lange dauert ihre Beziehung schon. Versöhnungsversuche gab es oft.

Hakan Ören ist in Deutschland aufgewachsen, Jahrgang 1974. Er hat graue, dichte, kurze Locken. »Ich hatte Haare bis hier«, sagt er und legt die Hand auf die Schulter, »ich habe sie für Istanbul abgeschnitten.« Das wollten sie so an der Deutschen Schule von Istanbul, wo er unterrichtet. Davor war er Lehrer an einem Gymnasium in Meerbusch in Nordrhein-Westfalen, Deutsch für die Oberstufe. Da war es egal, wie lang seine Haare waren, und auch, dass sein Vater und seine Mutter Türken sind. »Kaum Ausländer, höchste FDP-Wählerdichte in NRW«, beschreibt Hakan das Milieu, in dem er lebte. Wenn er »linksrheinisch« sagt, fällt die weiche Düsseldorfer Sprachfärbung auf.

Silke Pletschen-Ören, seine Frau, ist ein Jahr jünger. Sie ist groß und blond, sie kennt Hakan seit dem Abitur. 2013 sind sie in die Türkei gezogen, sie hätten als Auslandslehrer auch nach Mailand, Prag oder Valencia gehen können. »Istanbul war schon mein persönlicher Wunsch«, sagt Hakan, er will das ein bisschen erklären. »Ich komme aus einer Kleinstadt, 10 000 Einwohner, deutscher Kindergarten, katholische Grundschule, meine Freunde hießen Volker, Markus und Philipp.« In der Oberstufe liest er Günter Wallraffs Buch *Ganz unten*. Für diese Sozialreportage hat sich der Schriftsteller als Türke ausgegeben und als Arbeiter Diskriminierung und Schikanen erlebt. Für Hakan ist das Buch ein Blick in eine Welt, die er nicht kennt. »Ich habe da erfahren, dass einen Leute anders anschauen, nur weil man türkischer Herkunft ist, diese Fremd-Ethnisierung.« Irgendwie fasziniert ihn diese türkische Arbeiterwelt der Großstädte.

Der Vater, er ist Webmaschinenschlosser und als Einziger aus seiner Familie emigriert, hat Kontakte zu Exiltürken, die aus politischen Gründen nach Deutschland kamen. Hakans Mutter arbeitet ebenfalls. »Sie hat sich in Deutschland total politisiert, war Betriebsrätin, und eigentlich führte sie auch das erste türkische Frauenhaus, weil bei uns zu Hause immer Mädchen ankamen, die zwangsverheiratet werden sollten. Mit fünfzehn, sechzehn, siebzehn Jahren musste ich immer wieder mein Zimmer räumen, weil jemand ein Bett brauchte.« Die Mutter fand die deutsche Politik gegenüber den Türken, die nach der ersten Gastarbeitergeneration ankamen, »zu liberal«. Sie hätte sich strengere Integrationsregeln gewünscht. »Sie kam im Minirock nach Deutschland«, aus der säkularen Stadt Izmir. Sie hat nie ein Kopftuch getragen.

Eine Cousine der Mutter schenkt Hakan türkische Klassiker, Romane von Yaşar Kemal zum Beispiel. Sie zeigt ihm wieder eine andere türkische Welt, reich an Fantasie und Kultur. Ein türkischer Studienfreund von Silke öffnet die nächste Tür. »Er sprach ein unfassbar gepflegtes Türkisch, kam aus Istanbul und hatte sein Abitur an der Deutschen Schule dort gemacht.« Es ist das erste Mal, dass Hakan von der Schule hört, an der er heute unterrichtet. Vor dem Umzug fragen Hakan und Silke ihren damals vierjährigen Sohn, wohin sie gehen sollen. Der will wissen, welche Sprache man in Istanbul spricht. »Türkisch«, sagt sein Vater. Na, das könne er doch auch, sagt der Kleine, da ist die Sache für die Familie klar. »Ich habe die ersten drei Jahre mit ihm nur Türkisch gesprochen«, sagt Hakan. Silke redete mit ihm Deutsch. So wie es Pädagogen empfehlen.

Als sie im August 2013 nach Istanbul kommen, spritzt die Polizei gerade Demonstranten mit Wasserwerfern vom Taksim-Platz. Es sind die Tage des Gezi-Aufstands. »Wir kamen dann direkt in diese Post-Gezi-Depression rein«, sagt Hakan. »Wir haben das Tränengas noch gerochen«, sagt Silke. Deutschland und die Türkei haben sich in dieser Zeit voneinander entfernt, und nicht immer haben die einen mitgekriegt, was bei den anderen gerade los war. »Wir haben die Flüchtlingskrise in Deutschland verpasst«, sagt Hakan. In Istanbul gab es andere Krisen. Der Lehrer hat nicht vergessen, wie an einem Morgen seine halbe Klasse fehlte. »Habt ihr Party gemacht?«, fragte er die wenigen Anwesenden. »Die waren aber nach einer Demo auf der Polizeiwache.« Bis eine Mutter mit den richtigen Kontakten sie »rausgehauen hat«.

»Du darfst dich zu innenpolitischen Sachen in der Schule nicht äußern«, sagt Hakan. Aber die Schüler wollten wissen, ob sie mit ihrem Protest richtiglagen, mit ihrem Eintreten für mehr Demokratie, von dem Deutschen wollten sie das wissen. Gleich am Anfang. Die Örens sind da noch damit beschäftigt, ihr neues Leben einzurichten. Damit kommt Silke eindeutig besser zurecht als Hakan. Ihn nervt alles, die türkische Bürokratie oder unpünktliche Handwerker. Silke hat zu Hakan damals gesagt, »bleib ganz ruhig, wenn es nicht besser wird, fahren wir wieder nach Hause«. Er erzählt, wie sie einmal auf einer Istanbuler Behörde waren. »Wir waren die einzigen Leute dort, die Angestellte feilte sich in aller Ruhe die Nägel, wir warteten. Ich habe dann zu ihr gesagt, gnädige Frau, könnten Sie uns sagen, wann Sie mit ihrer Maniküre fertig sind? Da schreit sie durch den Raum, rüber zur Direktorin: Da ist einer, der sich besonders gut mit türkischen Ämtern auszukennen glaubt!« Silke hat die Situation gerettet. »Mit meinem gebrochenen Türkisch und den üblichen Höflichkeitsfloskeln. Und zu Hakan habe ich auf Deutsch gesagt: Du sprichst jetzt kein Wort mehr.«

Jetzt sagt sie zu ihrem Mann: »Du warst in der ersten Zeit viel deutscher als ich.« Der sieht es im Rückblick so: »Ich wollte sofort dazugehören. Ich wollte wohl einen Ausgleich für die Diskriminierungserfahrungen in Deutschland. Und ich wollte insgeheim, dass die Türken irgendwie cooler sind als die Deutschen.« Hakan Ören dachte lange, er sei in Deutschland völlig integriert, »aber im Nachhinein bin ich mir nicht mehr sicher, ob ich mir nicht einiges rosarot ausgemalt habe«. Er wollte jedenfalls irgendwann wissen, »ob ich was verpasst habe, weil ich nicht in der Türkei aufgewachsen bin«. Von einer Sehnsucht spricht er, die alle Deutschtürken irgendwie in sich trügen, »noch in der vierten Generation«.

In Istanbul muss er feststellen, dass sich niemand für seinen Selbstfindungsprozess interessiert. »Wie ausgespuckt« habe er sich gefühlt von dieser Sechzehn-Millionenstadt. Als sich Anfang 2016 in der Nähe der Hagia Sophia ein Attentäter in einer deutschen Reisegruppe in die Luft sprengt – zwölf Menschen sterben –, zittern auch in der Deutschen Schule die Fensterscheiben. Danach wird vieles anders. »Wir hatten im ersten Jahr noch deutsche Freunde zu Besuch, dann nicht mehr.« Wegen der Terrorangst. Das verstehen die Örens ja noch. Andere aber sagen, sie kämen nicht mehr in die Türkei wegen Erdoğan. Hakan hat versucht, seinen Freunden zu erklären, dass »48 Prozent diesen Präsidenten nicht gewählt haben«, und die bräuchten »Unterstützung von Menschen, die europäisch denken«. Es hilft nicht wirklich. Er sagt: »Es ist für uns total schwer, dass so viele den Besuch verweigerten.«

Dann entschuldigt er sich, er will auf den Balkon, in die kühle Nachtluft, eine Zigarette rauchen. Silke drückt an ihrem Teebeutel herum. Hat sie irgendwann bereut, dass sie in die Türkei gekommen sind? »Natürlich gab es immer wieder mulmige Gefühle. Du ahnst, es gibt da irgendwo einen heißen Draht, und wenn einer mit dir unzufrieden ist, kann er sagen, die hat schlecht über den Präsidenten geredet.« Ein Knacken im Telefon, Worte, die wie von einer Geisterstimme im Handy wiederholt werden, viele Ausländer, aber auch Türken, kennen das und vermuten dann, sie würden abgehört. Anklagen gegen Oppositionelle stützen sich häufig auf Telefonprotokolle und mitgelesene Botschaften in sozialen Netzwerken. Manchmal tauchen die Abschriften erst Jahre später in Prozessen auf.

Silke kam als »mitreisende Ehefrau« nach Istanbul, so heißt das im Beamtendeutsch. Inzwischen ist sie auch Lehrerin an der Deutschen Schule, wo deutsche und türkische Kinder gemeinsam unterrichtet werden. Beide Lehrer hatten zuerst WhatsApp-Gruppen mit ihren Schülern, sehr praktisch, wenn man über eine verschobene Stunde informieren will. Die Gruppen gibt es nicht mehr, aus Vorsicht. »Du weißt ja nicht, wo die Informationen hingehen.«

Hakan kommt zurück an den Tisch, schließt die Balkontür, schenkt Rotwein nach. Er habe nachgedacht, er wolle auch vom Reichtum seiner Arbeit mit den Schülern erzählen, sagt er. Dazu gehörten auch die Erfahrungen nach dem versuchten Militärputsch vom Juli 2016. In der Nacht, als Panzer auf einer Bosporus-Brücke aufzogen und Tausende Türken sich den Uniformierten entgegenstellten, waren die beiden Lehrer zufällig nicht in Istanbul. Am Morgen danach erhält Hakan von seinen Schülern viele Mitteilungen aufs Handy, da hat er noch eine WhatsApp-Gruppe: »Bitte verlassen Sie uns nicht. Wir brauchen Sie«, schreiben seine Schüler. Silke sagt: »Die wissen, dass sie nur dieses Land haben.« Hakan spricht von den Spannungen, die viele junge Menschen aushalten müssten. »Sie lieben ihr Land, ihre Familie, ihre Kultur, aber viele sehen für sich hier keine Zukunft.« Die Hochgebildeten, die finanziell unabhängigen Familien mit kleinen Kindern, seien die Ersten gewesen, die nach dem Putschversuch auswanderten. »Erste Wahl war Kanada, danach England.« Auch in Krisenzeiten übersteigt die Zahl der Bewerber an der Deutschen Schule die der Plätze, und das Schulgeld ist hoch. Das deutsche Abitur, so die Hoffnung, öffne viele Wege. Auch die anderen fremdsprachigen Schulen, vor allem die englischen und die französischen, haben lange Bewerberlisten und eine große Tradition. Die Deutsche Schule feierte 2018 ihr 150-jähriges Bestehen. Gegründet wurde sie, als deutsche Kaufleute ihre Familien ins Osmanische Reich mitbrachten. Sie hat viele berühmte türkische Absolventen, Politiker, Industrielle, Künstler.

Was haben die Örens nach dem Putschversuch und den vielen Festnahmen gedacht? Fürchteten sie, es könnte auch für sie gefährlich werden? Schließlich ist an ihrer Schule das kritische Denken noch nicht abgeschafft. »Ja«, sagt Hakan nun leise, »wir haben uns überlegt, wo sind unsere roten Linien, wann ist für uns Schluss.« Aber dann haben sie ihre Linien immer wieder verschoben, weil da die Schüler sind, von denen sie sich gebraucht fühlen, und die Stadt, die sie lieben. Auf der asiatischen Seite haben sie nah am Meer gewohnt, jetzt sehen sie auf den Bosporus. Silke sagt, immer wieder gab es Menschen, die sie baten, bleibt doch. »Ein einziges Mal«, sagt Silke, sei sie »blöd angemacht worden«, von zwei Männern. »Die guckten an mir hoch, sahen groß und blond und schrien Nazi. Dann gingen sie weiter.« Angst hatte sie nicht. »Wenn die mir etwas getan hätten, wären sicher sofort andere Leute gekommen und hätten sie verjagt.« Dann sagt sie, leise: »Ich dachte mir, da muss ich jetzt durch, Hakan hat ja in Deutschland auch vieles aushalten müssen.« – »Das machst du ganz schön gut«, sagt ihr Mann und lächelt. Wenn er nervös ist, fährt er sich mit beiden Händen durch die grauen Locken, wie jetzt. »Wenn ich als Lehrer gut bin, höre ich: Das liegt an deiner guten deutschen Ausbildung. Wenn ich aber nur einen einzigen Fehler mache, eine Ungenauigkeit, dann bin ich der Türke.«

Auf der asiatischen Seite haben sie in einem Viertel gewohnt, das als besonders säkular gilt, weil bei Wahlen dort die republikanische CHP stets Mehrheiten gewinnt. »Wir haben das erst gar nicht gewusst«, sagt Silke. Umgezogen auf die europäische Seite sind sie nur, weil sie wollten, dass ihr Sohn allein zu Fuß zur Deutschen Schule gehen kann. So geht es am Ende des Gesprächs doch noch um die Kinder. »Wir wissen nicht, in welches Deutschland wir irgendwann zurückkehren«, sagt Silke. Lehrerverträge im Ausland sind zeitlich begrenzt. Die Wahlerfolge der AfD machen ihr Angst. »Hätten wir das vorausgesehen, ich weiß nicht, ob wir unseren Kindern türkische Namen gegeben hätten.« Die Kinder heißen Can und Ela. Sohn Can, 2007 geboren, ist blond und blauäugig. Tochter Ela kam 2014 zur Welt, sie ist dunkelhaarig. »Wir haben die Namen gewählt, weil wir sie so schön fanden, nicht wegen meiner türkischen Wurzeln«, sagt Hakan, als müsse er sich dafür entschuldigen. Seine Frau ist sicher, dass ihre Kinder »noch keine Diskriminierungserfahrung« kennen und keine Zweifel hätten, »dass sie Deutsche sind«. Silke erzählt, die Tochter habe ihre Oma, blond und grüne Augen, einmal gefragt: »Oma, wusstest du eigentlich, dass der Papa früher mal ein Türkenkind war?«

Hakan beugt sich jetzt weit über den Tisch. »Ich glaube«, sagt er, »ich habe auch in Deutschland noch etwas Wichtiges zu tun.« Er wolle jungen Menschen, deren Namen sich manche Lehrer nicht sofort merken könnten, an seiner nächsten Schule zeigen, »wie wertvoll sie für Deutschland sind«. Dass sie schon vieles geschafft haben und noch mehr schaffen könnten. Hakan wirft einen schnellen Blick auf seine Frau, sie nickt. Dann sagt er: »Es gibt da tolle Biografien.«

22 Uhr **Bollywood war auch schon da**

Wo türkische TV-Serien entstehen und Buse Yıldırım nicht nur Filmgeschichte bewahrt

Ein Foto, sepiabraun, auf der Rückseite die Jahreszahl 1964. Auf dem Bild: Achtzehn dunkle Haarschöpfe, Mädchen in Kitteln, in Hemden mit schmalen Krägen die Jungs, alle sitzen an einem großen Holztisch. »Das war der Kindergarten«, sagt Buse Yıldırım, die Schatzgräberin. Dieses Bild ist für sie Teil eines Vermächtnisses, das sie bewahren möchte. Buse Yıldırım ist Dokumentarfilmerin, Kulturanthropologin, Archivarin. Sie versucht zu retten, was noch zu retten ist von einer schon wieder untergegangenen türkischen Industriekultur.

Ein Foto erzählt so viel. Eines, das sie gefunden hat, zeigt ein Dutzend Arbeiterinnen in einer Fabrikhalle, es ist wohl mehr als hundert Jahre alt. Die Frauen tragen bodenlange Röcke, die Haare hochgesteckt, keine Kopftücher. »Das sagt uns, sie waren keine Musliminnen, also wahrscheinlich Armenierinnen oder Griechinnen.« Das Foto entstand in der Papierfabrik von Beykoz, einem Ort auf der asiatischen Seite Istanbuls. Yıldırım sagt: »Beykoz war multikulturell.«

Vom Stadtzentrum aus ist Beykoz abgelegen, es ist von hier aus nicht mehr so weit bis zur Mündung des Bosporus ins Schwarze Meer. Fischerboote dümpeln vor der Küste. Auf der schmalen Uferstraße staut sich der Verkehr, in den steilen Gassen hangaufwärts ist es still. Ein paar traditionelle Holzhäuser haben hier überlebt, verwitterte Zeugen einer anderen Zeit. Die osmanischen Sultane schätzten die einst dichten Wälder von Beykoz als Jagdgründe. Schon vor der Gründung der Republik 1923 aber gab es in Beykoz Industrie, erst die Papier- und später eine große Schuhfabrik.

Buse Yıldırım möchte dafür sorgen, dass man diese Zeit nicht vergisst. Sie ist Anfang dreißig, hat kinnkurzes schwarzes Haar, und weil hier im Norden in Meeresnähe meist ein kräftiger Wind weht, hält sie den Kragen ihres schwarz-weiß karierten Mantels fest. In festen Stiefeln läuft sie über das Gelände der Schuhfabrik, in der schon lange kein Leder mehr gegerbt wird. Sie könnte es sich auch irgendwo im Warmen bequem machen oder gar nichts tun. Denn – sie das trägt das nicht nach außen – ihre Familie gehört zu den reichsten im Land. Sie könnte also ihre Tage in einer dieser Millionen-Dollar-Villen verbringen, die man aus türkischen TV-Soaps kennt, 24 Stunden am beheizten Pool. Buse Yıldırım lacht solche Fantasien einfach weg.

Nie käme sie auf die Idee, solche Träume mit der Wirklichkeit zu verwechseln. Mit Traumfabriken kennt sie sich schließlich aus, denn die alte Schuhfabrik von Beykoz ist inzwischen so etwas wie das türkische Hollywood. Wo einst spitze Damenschuhe gefertigt und Knobelbecher für die Armee genäht wurden, werden heute Serien und Spielfilme gedreht. »Das ist jetzt eine Geschichtenfabrik.« So beschreibt es Yıldırım, und es gefällt ihr. Aber eigentlich ist »Beykoz Kundura« viel mehr, eher ein Gesamtkunstwerk. *Kundura* heißt »Schuh«, also folgt man Buse Yıldırım, der künstlerischen Direktorin dieser Kulturfabrik, am besten Schritt für Schritt.

Sie eilt voraus, durch eine leere Riesenhalle, 2000 Quadratmeter. Bis 1999 standen hier Maschinen in langen Reihen. In den guten Zeiten produzierten sie mehr als tausend Paar Schuhe am Tag. Tschechische Architekten habe man einst geholt, um die Halle zu bauen, weil die sich mit Schuhfabriken auskannten, erzählt Yıldırım. Die Maschinen sind weg, geblieben ist Staub. »Für mich ist das hier ein Industriedenkmal. Nicht nur osmanische Gebäude sind historisch bedeutend und erhaltenswert.« Durch ein weites Treppenhaus führt Yıldırım auf das gigantische Flachdach des Gebäudes. Der Wind bläst hier oben, direkt am Ufer des Bosporus, noch heftiger.

Yıldırım hat in der Maschinenhalle Technopartys organisiert und auf dem Dach Freiluftkino. Sie hat *Moderne Zeiten* von Charlie Chaplin gezeigt, im Rahmen eines Festivals mit restaurierten Filmen. Und weil sie wusste, dass Chaplin immer ausverkauft ist, setzte sie ein schwieriges Werk von Harun Farocki davor. Da war es dann auch voll. »Das hat mich glücklich gemacht. Vielleicht ist es ja an der Zeit, dass wir den Menschen auch Kultur verordnen müssen«, sagt sie und lacht wieder.

Nicht einmal von oben, auf dem Dach, hat man das ganze Fabrikgelände im Blick. Achtzehn Hektar mit Schiffsanleger, Aussichtsturm, Arbeiterwohnungen, Kantine, Kindergarten, Krankenstation. Yıldırıms Vater hat die alte Fabrik gekauft.

Nun ist Beykoz Kundura ein bislang einmaliges Experiment für die Türkei. Es ist ein Versuch, eigentlich Unvereinbares zu versöhnen: Kommerz und Filmkunst. Platz gibt es ja genug hier: auch für anspruchsvolles, aktuelles Theater, neue Musik, ein Labor für künstliche Intelligenz. Und für das Archiv zur Industriegeschichte, das ist Yıldırıms ganz persönliches Anliegen. Sie wird davon noch erzählen.

Aber ohne die Alltagskultur der TV-Serien geht es eben nicht, weil Kundura Geld verdienen muss, um all das zu ermöglichen, was nur Geld kostet: die Restaurierung der Hallen mit den hohen Eisenträgern, der Backsteinbauten, der alten Filme. Das Archiv, das Filmkunstkino. Türkische TV-Serien sind ein Exportschlager, sie haben Fans von Lateinamerika bis Libanon. So läuft, wer die Kulturfabrik betritt, zuerst durch eine Stadt der Illusionen. Ganze Straßenzüge aus Istanbul haben sie hier nachgebaut, mit Sprossenfenstern, Erkern und vorspringenden Dächern. Alles schöner Schein, dahinter nur Holzgerippe, Latten, Stofffetzen. »Bollywood war auch schon da«, sagt Yıldırım. Die indische TV-Industrie hat Istanbul als Kulisse entdeckt. Wie Filmproduzenten aus Ägypten, Iran, den Arabischen Emiraten.

Etwa 2010, erinnert sich Yıldırım, fragte das internationale Lifestylemagazin *Monocle*, welches Land über welche Softpower verfüge. Für die Türkei tippten sie auf TV-Serien. »Die Magazinleute haben hier auf dem Gelände fotografiert, das hat uns damals noch überrascht.« Die Yıldırıms hatten die alte Fabrik schon gekauft, aber noch nichts renoviert. Alles war ein bisschen anarchisch, den TV-Firmen gefiel das, sie nutzten ihre Chance. Inzwischen müssen sie für die Drehzeiten bezahlen, das hilft Buse Yıldırım, ihre Ideen zu verwirklichen. Reichen würde es aber nicht. Der Erhalt von Industriekultur ist kostspielig, aber Yıldırım legt nun einmal großen Wert darauf, dass die Vergangenheit sichtbar bleibt.

Einfach ist das nicht, sie deutet es nur an, aber es gab wohl unterschiedliche Vorstellungen, was von den alten Gebäuden bleiben soll und was nicht. Sie hat sich umgesehen, hat im Ruhrgebiet in Deutschland die Zeche Zollverein und andere Industriedenkmäler besucht. Sie hat ihre Architekten mit auf diese Reise genommen. So hat das Restaurant seine schönen Natursteinmauern behalten. Es heißt »Demirane«, weil hier einst Eisen (türkisch: *demir*) bearbeitet wurde. Yıldırım sitzt da gern im Innenhof. Hier erzählt sie jetzt, wie sie zum ersten Mal mit einem Fahrrad durch die aufgegebene Fabrik fuhr. »Ich war etwa fünfzehn, es war 2003 oder 2004, und ich dachte: was für ein großartiger Ort, um Horrorfilme zu drehen.« Für ihre Eltern war es dann auch eine Art Gruselkino, weil sich die Bürokratie als äußerst zäh erwies. Erst nach 2010 konnte die Renovierung beginnen.

Vielleicht war das letztlich ein Glück, weil die Ideen reifen konnten, zumal es die Yıldırıms erst einmal nicht nötig hatten, mit Kundura Profit zu machen. »Das war ein großer Vorteil.« Buses Mutter ist Künstlerin, der Vater handelt mit Kohle und Stahl. »Er fuhr als erster türkischer Geschäftsmann schon vor dem Zerfall der Sowjetunion nach Sibirien, um Kohle in die Türkei zu importieren.« Sie hat ihren Vater in ihrer Kindheit nicht viel gesehen, er war oft Monate auf

Reisen. Später, als in der Türkei die Privatisierung begann, kaufte die Yıldırım Holding Werften, Häfen, Schwerindustrie. Als Gymnasiastin durfte Buse bei Schiffstaufen das Seil kappen. Ihr Großvater hatte das Familienunternehmen gegründet und die zwei Söhne expandierten. Sie erkannten wohl Chancen oft schneller als andere. Die Website der Holding verrät auch Verhaltensregeln für Mitarbeiterinnen und Mitarbeiter: Niemand sollte einer politischen Partei angehören.

Die Familie stammt aus einer Provinz am Schwarzen Meer. Als sie nach Istanbul zieht, ist Buse, geboren 1988, in der Volksschule. Sie hat Schwierigkeiten, sich einzugewöhnen, sie fällt in der Klasse auf, weil sie für Alltagsdinge wie einen Bleistiftspitzer andere Wörter benutzt als die Istanbuler Kinder. Sie hat sich das gemerkt. Mit achtzehn, nach dem Besuch eines französischsprachigen Gymnasiums, geht sie nach Großbritannien. In Brighton studiert sie Kunst und Design. Sie merkt dort, wie strikt das türkische Schulsystem war. »Ich wusste nicht, was es heißt, frei zu sein.« Sie erinnert sich, wie unwohl sie sich in ihrer Zeichenklasse fühlte, als sie nicht mehr nur nach der Natur malen sollte. »Für die Kreativität ist es so wichtig, frei zu sein, aber es dauert so lange, zu verstehen, was das wirklich heißt.«

Sie zieht nach London, will mehr lernen, studiert am Goldsmiths College Kunstgeschichte, entdeckt die Konzeptkunst. Immer noch ist sie auf der Suche. Sie findet, das britische System betone zu sehr den Individualismus, »ich wollte aber lernen, kollektiv zu arbeiten«. Sie zieht weiter nach Paris, macht noch einen Abschluss, als Dokumentarfilmerin.

Acht Jahre lebt sie da schon im Ausland, ihr Französisch ist perfekt, aber wenn ihr ein Wort in der fremden Sprache nicht einfällt, quält sie das Gefühl, »es wird nie reichen«, sie werde immer Migrantin bleiben.

Sie will dann zurück, »zu den eigenen Wurzeln«. Ihre Eltern haben sie nie gedrängt, einen Platz im Familienkonzern einzunehmen, auch ihren älteren Bruder nicht, der in den USA Mathematik studierte. Aber als sie in der Türkei zurück ist, wird ihr klar, »da gibt es dieses wertvolle Erbe, es war für mich unmöglich, das zu ignorieren«. Und es gab Kundura, es war, als hätte dieser Ort auf sie gewartet. Ihre Schatzsuche begann. »Ich wollte wissen, welche Geschichten dieser Ort erzählt, was ist in der Vergangenheit verborgen, was können wir daraus für die Zukunft lernen.«

Sie fühlt sich bald als Archäologin, die den Alltag des gerade erst vergangenen 20. Jahrhunderts ausgräbt. Die staatlichen Historiker interessieren sich nur für einige alte Maschinen, sie lassen sie abtransportieren. Aber für die Archivarin steckt auch in Alltagsdingen Geschichte, »in einem Glas, einem Stück Papier, einem Foto, einem Paar Schuhe«. Eine Freundin bringt sie auf die Idee, ehemalige Arbeiterinnen und Arbeiter zu suchen und deren Erinnerungen aufzuzeichnen. So entstehen zusammen mit Historikern fast hundert Interviews, eine Audiothek der türkischen Industriegeschichte. »Die Leute haben uns erzählt, dass sie keine Uhren trugen, weil die Fabriksirene den Tag einteilte.«

In den guten Zeiten arbeiteten bis zu 3000 Menschen in der Schuhfabrik, sie prägten den Ort. »Man sagte den Kindern: Seid zu Hause, bevor ihr abends die Sirene hört.« In der Gerberei zu arbeiten war wegen der Chemikalien gefährlich. »Wir fanden viele Röntgenbilder von Reihenuntersuchungen.« Arbeiterinnen und Arbeiter erzählten, dass man sich »aus Respekt« vor den Kollegen der Gerberei trotz des Gestanks »beim Vorübergehen nicht die Nase zuhielt«. Ein Buchhalter, dem vor der Schließung der Fabrik 1999 aufgetragen wurde, alle Archive zu vernichten, berichtete, er habe das nicht übers Herz gebracht und Papiere zu kleinen Rollen verschnürt, in Kartons gepackt und versteckt. »Die haben wir auf dem Dachboden eines Fabrikgebäudes gefunden.« Der Mann war glücklich, er hatte gehofft, die Sachen könnten eines Tages noch nützlich sein.

Unter Efeu verborgen entdeckten sie in einem Turm einen Filmprojektor, aus dem Jahr 1955, gebaut in Jugoslawien. Danach fanden sie heraus, dass in der Fabrik die Kantine gelegentlich zum Kino wurde. Im Sommer gab es Freilichtvorstellungen, nicht nur fürs Personal, sondern auch für die Bürgerinnen und Bürger von Beykoz. Erst wurden Hollywoodfilme gezeigt, später Produktionen der rasch wachsenden türkischen Filmindustrie. Der restaurierte Projektor steht nun im Eingang des Kundura-Kinos, neben der Theaterbühne im ehemaligen Kesselhaus.

Die Schuhfabrik gehörte einst der staatlichen Sümerbank, ein Teil von Atatürks industrieller Revolution. Zur Zeit der Gründung der Republik 1923 lag die Wirtschaft am Boden, die Armut war groß nach zwölf Jahren Krieg: erst der italienisch-türkische Krieg, dann die Balkankriege, gefolgt vom Ersten Weltkrieg und dem Türkischen Befreiungskrieg. Der neue Staat nutzte Anfang der 1930er Jahre auch Kredite aus Moskau, Ankara machte »Fünfjahrespläne« in Anlehnung an sowjetische Vorbilder. Die Fabriken der Sümerbank produzierten jahrzehntelang Textilien und Schuhe in guter Qualität zu günstigen Preisen. »Es gab noch keinen freien Markt, jeder trug die gleichen Schuhe.« Solide, aber auch elegante Modelle stehen nun in Glaskästen, neben Werkzeugen und Werbeplakaten. Im Kundura-Museum bewahren sie auch das Dokument auf, mit dem sich der bekannte Dichter Cahit Sıtkı Tarancı 1937 um einen Arbeitsplatz bewarb. Auf die Frage nach seinen Gehaltsvorstellungen antwortete der 27-Jährige: »Was auch immer angemessen ist.« Fast 1500 Fotos enthält das Archiv.

Mit der Privatisierung bekamen die staatlichen Fabriken Konkurrenz, ihr Niedergang begann. In den 1990er Jahren wurden in Beykoz nur noch Militärstiefel hergestellt. Buse Yıldırım sagt, anfangs gab es Misstrauen aus der alten Arbeiterschaft gegen die neuen Besitzer und auch gegen das Oral History Project. Einige hatten wohl Angst, man nehme ihnen nach dem Arbeitsplatz auch ihre Geschichte weg. »Hätten wir Kundura nicht gekauft, hätte es jemand anderer getan, die Fabrik war ja nicht mehr profitabel, die Welt hatte sich verändert.«

Es gab Leute, die wollten das Gelände nie mehr betreten, und andere, die am liebsten immer wieder gekommen wären, um noch ein Interview zu geben. Die sich an die Bäckerei am Fabriktor erinnerten, wo sie abends frisches Brot mitnahmen. An den Friseur, die Gaststätte, die Bibliothek. Auch an dunkle Geschichten, von angeblich verschwundenen Maschinen. Es war eine Zeit, in der die Türkei viele Dinge selbst produzierte. Heute wird immer mehr importiert. »Für die Sümerbank zu arbeiten versprach gehobenen sozialen Status.«

Einen Hinweis auf die neuen Besitzer findet man auf dem Gelände nicht. Wohlhabende türkische Industrielle schätzen es gewöhnlich, ihre Namen mit einer Kultureinrichtung zu verbinden. Sie gründen Museen und Universitäten, die ihre Namen tragen. »Die Debatten gab es auch hier«, sagt Buse Yıldırım. Sie ist froh, dass entschieden wurde, stattdessen den Namen Kundura zu behalten. Auch der gehört für sie zum »kulturellen Erbe«. Am Nebentisch im »Demirane« sitzt schon eine Weile ihr Bruder, in ein Gespräch vertieft. Er ist ein paar Jahre älter als sie und leitet ein Genforschungsunternehmen in den USA. In der ehemaligen Kundura-Kantine hat er ein Labor für junge Leute eingerichtet, die von künstlicher Intelligenz fasziniert sind. »Sie nennen sich Hacker, wenn ich ihnen zuhöre, verstehe ich gar nichts«, sagt Buse Yıldırım. Ihr Bruder hat für sein Projekt eine Stiftung gegründet, in die fließt der Gewinn aus den drei Restaurants auf dem Kundura-Gelände.

Von türkischen Intellektuellen wurde sie schon gefragt, warum Kundura der Populärkultur so viel Raum gebe, ob es dieses TV-Hollywood denn brauche? Sie versteht die Kritik nicht. »Hey, ich führe auch ein Filmkunstkino. Wir stecken so viel Zeit, Geld und Energie hier rein.« Sie würde sich wünschen, dass manchmal weniger schnell geurteilt wird. »Ich glaube fest daran, dass es wichtig ist, eine Community für Kunst aufzubauen.«

Der Wind ist stärker geworden, sie hält ihren Mantelkragen fest. Hat die Archivarin einen Wunsch für die Zukunft? Sie zögert, überlegt, dann sagt sie, und es klingt so entschlossen, dass kein Zweifel bleibt: »Ich möchte immer wieder Neugier erzeugen.«

23 Uhr **Kein richtiges Leben im falschen**

Erst Mädchen, jetzt Mann –
Vom Mut, sich selbst zu finden

Der Bart ist gewachsen, ums Kinn herum, unter der Lippe fein ausrasiert und so dunkel wie das kurz geschnittene Haar des jungen Mannes. Der streicht mit der Hand über die Wange und sagt: »Gefällt mir total.« Es ist nicht lange her, da war da noch kein Flaum im Gesicht. Da war Poyraz noch Duygu. *Duygu*, das Gefühl. *Poyraz*, der Nordwind. Ein Name nach der Geburt vergeben, ein zweiter selbstgewählt, dreißig Jahre später.

Poyraz trägt zerschlissene Jeans, die an den Knien aufspringen, kräftige Schuhe. Immer schon, »soweit ich mich zurückerinnern kann, hatte ich das Gefühl, ein Junge zu sein und kein Mädchen«. Ein Mädchen, dem man Puppen schenkt. »Ich habe sogar die Puppen meiner Schwester zerstört.« Mit Autos spielen, ein Motorrad haben. »Als Kind habe ich mir Socken in die Hose gestopft, weil ich das Gefühl hatte, dass da etwas fehlt.«

Als ich Poyraz in Istanbul kennenlernte, war seine Mutter Lamia dabei. Ich wusste, dass sie zwei Töchter hatte, von einem Sohn wusste ich nichts. Wir saßen auf einer Terrasse mit Blick auf einen blau schimmernden Pool und üppiges Gartengrün. Zwei Jahre später, im Corona-Jahr 2021, hat Lamia das Haus aufgegeben, weil sie wegen der Pandemie ihre Firma stilllegen musste. Sie ist in die Wohnung von Freunden im Süden der Türkei gezogen und Poyraz nach Deutschland, in eine Stadt in Bayern, in der er schon in seiner Jugend längere Zeit bei seinem türkischen Vater gelebt hatte, als seine Mutter nicht damit zurechtkam, dass ihr Kind Gefühle hatte, die sie nicht verstand.

Es gibt zu diesem Thema einen eindrucksvollen türkischen Dokumentarfilm: *Benim Çocuğum, Mein Kind*. Seit 2013 wurde er auf vielen Festivals gezeigt. In dem Film erzählen Eltern aus Istanbul, wie sie lernen mussten, Schmerz und Abwehr zu überwinden, bis sie akzeptieren konnten, dass ihre Kinder homosexuell sind oder dass ihre Töchter eigentlich Söhne sind und ihre Söhne Töchter. Regisseur Can Candan begleitete die 2008 gegründete Selbsthilfegruppe LISTAG, in der diese Eltern Unterstützung finden. Im Gegensatz zu anderen mehrheitlich muslimischen Ländern ist Homosexualität in der Türkei nicht per Gesetz verboten, aber Homophobie ist weit verbreitet. In dem Jahr, als LISTAG entstand, erschoss ein Vater seinen schwulen Sohn, erstmals sprachen die Medien von einem »schwulen Ehrenmord«. Lamia und

Poyraz kennen den Film, aber sie gehören der Gruppe nicht an. Sie haben ihren eigenen Weg miteinander gefunden. Sie erzählen davon, gut 2500 Kilometer voneinander getrennt. Die Distanz bedeutet nicht, dass sie sich fern sind.

Lamia hat das dunkle Meer vor Augen, die südliche Sonne ist untergegangen. »Von Anfang an war Poyraz jungenhaft, sehr maskulin. Aber da denkst du nicht, da könnte etwas sein.« Lamia sagt jetzt Poyraz, nicht mehr Duygu, auch wenn sie von den Jahren erzählt, als sie noch zwei Töchter hatte. Duygu war die Jüngere, geboren 1987 in Antakya in der Türkei. Antakya ist Lamias Heimat. Die Provinz grenzt an Syrien, Aleppo ist nah. So wie das syrische Aleppo einst ist auch Antakya berühmt für religiöse Vielfalt und Toleranz.

Lamia ist Alevitin. »Andersgläubig« haben sie zu ihr in der Kindheit gesagt, in Bayern, wo niemand so genau zu unterscheiden wusste zwischen einer Muslima und einer Alevitin, die kein Kopftuch trägt. Lamia wollte auf eine Realschule im niederbayerischen Deggendorf, da hatten katholische Nonnen das Sagen, und die lehnten die »Andersgläubige« ab. Sie hat sich diesen Schulbesuch erkämpft, zusammen mit ihrer Mutter, von der sie viel an Stärke und Selbstbewusstsein gelernt haben muss. Die war schon vor Lamias Vater als Gastarbeiterin nach Deutschland gegangen. Die »bayerische Kindheit« bescherte Lamia also katholischen Religionsunterricht und eine Nachbarin, die mit ihr Hausaufgaben machte, wenn die Eltern Schicht arbeiteten.

Mit neunzehn Jahren verliebt sie sich 1983 in den Ferien in Antakya, heiratet und bleibt mit ihrem Mann in der Türkei. Die erste Tochter kommt 1984 zur Welt, Eliz. 1990 möchte Lamias Mann nach Deutschland gehen, die junge Familie zieht um, wieder nach Deggendorf. Poyraz erinnert sich, dass er dort schon in seine Kindergartenlehrerin verliebt war und später dann in die Mädchen in der Klasse. »Ich habe versucht, im Stehen zu pinkeln.« Er sagt heute, »eigentlich war das schon krass, aber ich habe es irgendwie unterdrückt«.

Poyraz hat die Hände in den Hosentaschen, wenn er aus der Kindheit erzählt. Jüngst hat er ein Tagebuch aus der Zeit seiner Pubertät wiedergefunden und darin die Sätze: »Ich hasse mich, ich hasse mich.« Er ist erschrocken.

Wie seine Mutter hat er sein Leben zwischen der Türkei und Deutschland verbracht. »Ich bin 25-mal umgezogen, in dreizehn Schuljahren habe ich elfmal die Schule gewechselt.« Bis heute zählt er mehr als dreißig Umzüge. Die Ehe der Eltern geht schon nach wenigen Jahren in Deutschland in die Brüche, die beiden Kinder bleiben erst einmal beim Vater, auch als Lamia in die Türkei zurückkehrt, wo sie in einem Projekt arbeitet, für das sie viel reisen muss. Mit elf Jahren aber will die jüngere Tochter wieder zur Mutter. Sie leben nun in Istanbul, die Tochter hat kurze Haare, schminkt sich nicht, auch als sie in die Pubertät kommt. Zu ihrer Mutter sagt sie, dass sie Mädchen liebt, das sie lesbisch ist.

»Damit bin ich nicht zurechtgekommen«, sagt Lamia, wenn sie auf diese Zeit zurückblickt. »Ich habe das zuerst für eine Krankheit gehalten.« Lamia hat einen Lebenspartner, den sie nach ihrer Scheidung in Istanbul kennengelernt hat. Seit vielen Jahren sind sie nun zusammen. Dieser Partner habe ihr viel geholfen, bis sie zu ihrer Tochter sagen konnte: »Ich respektiere es, weil es dein Leben ist.« Lamia kommt dann zu dem Schluss, ihre Tochter sei in dieser Situation in Deutschland besser aufgehoben, so zieht das Mädchen, das kein Mädchen sein will, wieder zum Vater nach Bayern.

Es folgen die Jahre, in denen die Türkei in ein neues Zeitalter aufbricht: Mit der ersten Regierung von Erdoğan geht es ab 2003 wirtschaftlich rasant aufwärts, Istanbul feiert neue kulturelle Freiheiten. Lamia hat ein Unternehmen gegründet, das großen Firmen aus dem Ausland das Kennenlernen der Türkei erleichtert, sie organisiert Reisen, Kontakte und Konferenzen. Ihre jüngere Tochter kehrt zurück und arbeitet in der Firma mit. Poyraz kann sich gut erinnern, was er da in Istanbul, als er für alle noch Duygu war, zu hören bekam: »Wie, du gehst ungeschminkt zu einem Meeting, mit diesen Schuhen, diesen Fingernägeln?« Er muss sich zeigen lassen, wie man Wimperntusche benutzt. »Ich habe mir die Haare wachsen lassen, Strähnen rein, die Nägel lackiert. Ich bin immer femininer geworden.« Es ist eine Verkleidung, aber sie ist perfekt. Nur die Unruhe bleibt. »Ich habe in den Spiegel geschaut und bin mir immer fremder geworden. Ich wusste, das bin ich nicht.«

Heute sagt Poyraz, »ich bin froh, dass ich damals in Istanbul war«, weil er diese äußerliche Verwandlung in Deutschland vielleicht nie so auf die Spitze getrieben hätte. Irgendwann geht es nicht mehr, er sucht nach einem Ausweg. »Ich habe angefangen zu meditieren, bin zweimal nach Indien gefahren.« Er spricht von »spirituellen Erfahrungen«. Und: »Dann ist der Junge in mir wieder erwacht.«

Die Journalistin Ayşe Arman veröffentlichte 2013 im Massenblatt *Hürriyet* ein bewegendes Interview, auf einer ganzen Zeitungsseite, mit der türkischen Schauspielerin Nil Erkoçlar. Diese spricht offen über Hormonbehandlungen, Operationen, nach Jahrzehnten »im Gefängnis« eines falschen Körpers. Nil heißt nach einer Geschlechtsumwandlung Rüzgar und ist ein Mann. *Rüzgar* ist das türkische Wort für Wind. Lamia liest dieses Interview. Es ist, als würde sie in diesem Moment wissen, was in ihrer jüngeren Tochter vorgeht, die so alt ist wie dieser Rüzgar. Lamia legt den Artikel ihrer Tochter ans Bett, sagt ihr, lies das, vielleicht könnte es dich interessieren. Mehr sagt sie nicht.

»Am Nachmittag hat sie mir den Artikel auf den Tisch geknallt und gefragt, was soll das?« Poyraz sagt heute: »Da war ich noch nicht so weit.« Vier Jahre später wird er seine Mutter an diesen Zeitungsartikel erinnern, den beide nicht vergessen haben. Er wird sich dafür den 8. März aussuchen, den Internationalen Frauentag, wenige Wochen vor seinem dreißigsten Geburtstag. Als er von einer Geschlechtsumwandlung spricht, ist die Mutter nicht mehr überrascht. Sie hat nur ein paar Bedingungen: Er muss es seinem Vater, der Schwester und der Großmutter persönlich sagen. Und er soll die besten Ärzte haben, die in der Türkei zu finden sind. Und dieselbe Psychotherapeutin, die auch Rüzgar half, der so mutig war, die Öffentlichkeit zu suchen. Lamia wird diese Therapeutin ausfindig machen.

»Das hat mich ungeheuer erleichtert«, sagt Poyraz. Er wird danach Menschen in Istanbul treffen, die viel weniger Glück hatten, in einer Therapiegruppe. Dabei sind auch die von ihren Familien Verstoßenen, Männer und Frauen, die Hormone im Internet bestellen und auf eigene Faust nehmen, weil sie keinen Arzt finden oder bezahlen können, der ihnen hilft. »Das ist sehr gefährlich.« Poyraz trifft Menschen, »die im Beruf stehen, verheiratet sind«. Andere, die sich prostituieren, »weil niemand eine Transfrau einstellen will«. Er begreift schnell, dass es Transmänner wie er in einem Land wie der Türkei einfacher haben, »weil hier Männer das bessere Geschlecht sind, da wird dir dann sogar applaudiert, wenn du ein Mann wirst, das ist leider so, ich finde das schrecklich«.

Die Psychotherapeutin sagt: »Du hast bisher nur gute Erfahrungen gemacht, dir ist nicht bewusst, in welchem Land du lebst, aber auch damit musst du dich auseinandersetzen.« Diese Frau heißt Şahika Yüksel, sie gehörte schon 1998 zu einem Dutzend Psychologen und Psychotherapeuten, die in der Türkei einen Verein für Transgender-Patienten gründeten. Als Poyraz erstmals zu ihr geht, ist er angezogen wie Duygu »für ein Business-Meeting, mit Stöckelschuhen und tiefem Ausschnitt«. Er erinnert sich, »wie Şahika Yüksel mir in den Ausschnitt guckte, mich prüfte«. So wie Poyraz sich selbst immer wieder geprüft hatte. »Ich hatte ja alles probiert, um kein Transmann zu sein.« Ohne Gruppentherapie schreibt Yüksel kein Gutachten für geschlechtsangleichende Operationen. Gesetzlich ist vieles geregelt in der Türkei,

»wer aber bei der staatlichen Krankenkasse ist, muss sehr lange auf einen Termin warten«. Denn eigentlich – das ist die Doppelmoral – will der Staat dies alles nicht.

Poyraz kann viele Namen türkischer Showstars aufzählen, die auf der Bühne mit Geschlechteridentitäten spielen, schillernd zweideutig. Der vielleicht berühmteste ist der Sänger, Dichter und Komponist Zeki Müren, geboren 1931 in Bursa, gestorben 1996 in Izmir. »Sonne der Kunst« nannten sie ihn, er trat in Netzstrümpfen und selbstentworfenen Kleidern auf, seine Bühnenkostüme füllen ein Museum. Ein Leben zwischen schriller Bühnenpräsenz und privater Heimlichkeit. Müren wollte nie über Homosexualität sprechen. Er wurde von Männern wie Frauen verehrt, Zehntausende trugen ihn zu Grabe. Es gibt Türken, die für ihr Coming-out die Formulierung wählen: »Ich bin wie Zeki Müren.« Poyraz tippt ein Musikvideo auf seinem Handy an: Kerimcan Durmaz, geboren 1994 in Istanbul, ein Social-Media-Star. »Er singt davon, dass er es satthat, dass jeder über ihn redet, dass man ihn steinigt, was immer er sagt.« In der letzten Einstellung ist der Sänger eine Frau. Auf dem Bildschirm erscheint die Zeile: »To be continued« – Fortsetzung folgt. »Ich war erstaunt, so etwas zu sehen, der traut sich was«, sagt Poyraz. In einem Land, in dem der Pressesprecher des Präsidenten Homosexualität als Angriff »auf den edlen Charakter der Nation« verurteilt und der Präsident verspricht: »Wir bringen unsere Jugend in eine ruhmreiche Zukunft, nicht als LGBT-Jugend, sondern wie die Jugend aus unserer ruhmreichen Vergangenheit.«

Was Poyraz in Istanbul erlebt, passt dazu nicht. Zum Beispiel als er noch für die Firma seiner Mutter arbeitet: Sie bereiten einen Empfang auf der Terrasse eines eleganten Einkaufszentrums vor, als der Zeltbauer kommt. »Ein einfacher Mann, ich kannte ihn gut. Er fragte nach Duygu.« Als Poyraz vor ihm steht, kann der Mann es nicht fassen. Als der Handwerker sich später verabschiedet, hält er Poyraz am Handgelenk fest, wo der ein zierliches Perlarmband aus Indien trägt. Der Zeltbauer nimmt ihm das zarte Schmuckstück ab und streift ihm sein eigenes Armband über, breit, aus Metall und Leder, männlich. »Ich hatte Tränen in den Augen.« Der Mann sagt auch noch: »Willkommen Bruder. Weil ich halt ein Mann geworden bin.«

Zu diesem Zeitpunkt hat Poyraz schon zwei Operationen hinter sich. Die Entfernung der Brust empfindet er als »Befreiung«. Mit der Gebärmutter verschwinden die Migräneattacken, die ihn seit seiner Jugend begleiteten, und die Hautausschläge. »In der Pubertät habe ich mich wegen der Ekzeme blutig gekratzt.« Es wird festgestellt, dass seine Eierstöcke voller Zysten waren. Poyraz erinnert sich, dass er schon als Kind wegen einer Unterleibszyste behandelt werden musste. Er findet die Unterlagen im Archiv einer deutschen Klinik. Die zwei geschlechtsangleichenden Operationen werden in einem privaten Krankenhaus in Istanbul gemacht. Die Therapeutin hat die Ärzte empfohlen. »Ich habe nichts Diskriminierendes erlebt.« Immer wieder hört Poyraz den Satz: »Du warst doch sowieso ein Junge.« Von seiner Mutter hört er das und von seinem Vater. Von seiner

Schwester und auch von der Großmutter, Lamias mutiger Mutter.

Alles gut also? »Ich möchte eine Familie«, sagt Poyraz. Ein Kind adoptieren. Aber er will nicht, dass ein Kind, sollte er je eines haben, in der Türkei aufwächst. »Wegen des Schulsystems, wegen der zweifelhaften Frauenrechte, weil es dort keine Grüne Partei gibt.« Er hat einen Bachelor in Tourismusmanagement, er würde gerne noch Politik studieren und sich auch politisch engagieren. Manchmal klinkt er sich im Netz noch in seine Transgruppe in Istanbul ein, aber er hat auch eine in Niederbayern gefunden. Sie ist kleiner als die in Istanbul. Und in der Stadt, wo er lebt, hat der Bischof in der Weihnachtsmesse gegen Homosexuelle und Transgendermenschen gewettert.

Lamia hat dreißig Jahre lang Fotos aus dem Leben ihrer Tochter Duygu gesammelt. Die Fotocollage war als Geschenk zum dreißigsten Geburtstag gedacht, aber sie fürchtete, ihr neu geborener Sohn Poyraz könnte dieses Präsent missverstehen. Eliz aber, ihre ältere Tochter, überredet Lamia, Poyraz damit zu überraschen. »Ich werde nie vergessen, wie er das Geschenk ausgepackt hat. Er hat gesagt, Poyraz ist mein neues Leben, aber ich behalte Duygu bei mir.«

Wenn er einen neuen Personalausweis bekommt, will er zwei Vornamen eintragen lassen: Poyraz Duygu.

Mitternacht – Gece yarısı

Der Teufel sagt: »Mach das Fenster auf,
Schrei, schrei, schrei bis zum Morgen.«
Orhan Veli (1914–1950)

Einen Putsch verschlafen

24 Uhr

Die Politikprofessorin Nermin Abadan-Unat war oft die Erste, die etwas wagte, nun ist sie mit hundert Jahren oft die Letzte, die sich noch erinnert

Das Café, das sie ausgesucht hat, ist so dicht ans dunkle Wasser des Bosporus gebaut, dass man hineinfallen könnte, wären da nicht die Wände aus Glas. Jetzt will sie erst einmal einen heißen Tee, weil ihre Stimme ein wenig rau ist, und sie will ihr Hündchen Toto auf den Schoß nehmen. Hunde sind im Café verboten, aber wer würde einer kleinen, eleganten Dame von hundert Jahren etwas abschlagen. Der Kellner nickt, und Toto springt auf den Schoß. Der Hund wird später noch eine Rolle spielen.

Sie hat kurzes weißes Haar, zum Gehen nimmt sie einen Stock. Aber auf die Frage, wie sie sich fühlt, sagt die Politikprofessorin Nermin Abadan-Unat, die zwei Jahre älter ist als die 1923 gegründete Türkische Republik: »Gott sei Dank, es geht mir gut, ich habe keine besonderen Schmerzen.« Nur, so schränkt sie ein, »die Schwerhörigkeit ist sehr bedauerlich, ich kann keine Musik mehr hören«. Manchmal ist Taubheit nützlich. »Den Putschversuch 2016 habe ich verschlafen. Meine Assistentin hat mir erzählt, dass die Flugzeuge ganz tief über meine Wohnung gedonnert sind. Ich habe nichts gehört.«

Wenn sie Deutsch spricht, lässt eine feine Schwingung ahnen, dass sie diese Sprache vor langer Zeit in Wien gelernt hat. Es ist ein Widerhall ihrer Kindheit, als sie noch Süleymanoviç hieß, wie ihr Vater Mustafa, ein wohlhabender osmanischer Geschäftsmann mit bosnischen Wurzeln. Sie wird erzählen, dass sie wenig Chancen hatte, diesen Vater kennenzulernen.

Erst aber sagt sie: »Ich habe letzte Nacht gar nicht gut geschlafen.« Und was macht sie, so wach mitten in der Nacht? »Lesen natürlich, sonst halte ich es ja nicht aus!« Und welches Buch, bitte, zu so später Stunde? »Eine Hitler-Biografie des britischen Historikers Alan Bullock.« Sagt sie, und ihre dunklen Augen blitzen, sehr wach. Lesen, forschen, lehren, das war ihr Leben. »Man muss immer arbeiten, darf nie aufhören.« Auch in der Nacht, mit hundert Jahren.

In ihren *Memoiren einer türkischen Akademikerin* hat sie aufgeschrieben, wie dieses Leben in Wien begonnen hat, wo ihre Eltern 1920 heirateten. Über den Vater notierte sie: »Er sprach sehr gut Deutsch und Französisch, doch weiß ich nicht, wo er diese Sprachen gelernt hat.« Der Vater handelt mit Rosinen, Feigen, Haselnüssen, ein Geschäft, das Wagemut und viele Reisen verlangt. Mustafa Süleymanoviç trifft dabei auf die Baronesse Elfriede Karwinsky, eine schöne junge Witwe, deren erster Mann, ein ungarischer Baron, im Ersten Weltkrieg blieb. Die Baronesse hat bei der Hochzeit mit Mustafa schon eine Tochter, Martha. Am 18. September 1921 kommt Nermin zur Welt. Die Mutter nennt sie echt Wienerisch »Nermerl«.

Sie ist fünf, da zieht die Familie von Wien nach Istanbul. Man lebt mondän. Nermin hat eine Hauslehrerin, auch wenn sie lieber zur Schule ginge. Der Vater besitzt, eine Seltenheit, ein Auto. Man spricht bei Tisch Französisch. Doch Nermin wird »nur an besonderen Tagen an die Tafel im Speisezimmer gerufen«. In ihrer Autobiografie klagt sie über den Snobismus der feinen Kreise im ausgehenden Osmanischen Reich.

Der Vater ist nach wie vor viel unterwegs. Als sie knapp zehn Jahre alt ist, stirbt er. Später wird sie erfahren, dass er sich nach einem geschäftlichen Misserfolg das Leben nahm. Die Mutter verkauft die Möbel und zieht mit den Töchtern nach Budapest, wo Nermin nach Deutsch und Französisch Ungarisch lernt.

In Budapest erlebt sie Lehrer, die sich bereits vom Nationalsozialismus anstecken ließen, die von »arischer Rasse« faseln. Die finanzielle Lage der Mutter verschlechtert sich. »Sie hat ihr ganzes Geld am Spieltisch gelassen.« Über ihre Mutter schreibt sie: »Ich habe sie sehr geliebt«, aber sie sei »verträumt, verschwenderisch« gewesen, eine »Salonlöwin«. Eine europäische Aristokratin, geboren 1883 in der Nähe von Stettin, verhaftet in den Werten des 19. Jahrhunderts. Nermin ist vierzehn, als sie statt zur Schule in einen Schreibmaschinenkurs gehen soll. In den Zeitungen aber hat sie gelesen, dass in der Republik von Kemal Atatürk der Schulbesuch kostenlos sei und Frauen studieren könnten. Das ist genau, was sie will.

Nun fasst sie einen Entschluss, der ihr ganzes Leben verändern wird. Sie erzählt davon immer noch gern. »Da bin ich zur Türkischen Botschaft in Budapest gegangen.« Weil sie so insistiert, wird sie vorgelassen. Wie es der Zufall will, war der

Botschafter zuvor in Wien stationiert, als dort die Heiratsformalitäten ihrer Eltern abgewickelt wurden. Das Mädchen beeindruckt ihn. Drei Tage später stellt er einen Pass auf den Namen Nermin Suley aus, gibt ihr eine Bahnfahrkarte dritter Klasse nach Istanbul und ein wenig Handgeld. Die Mutter weiß von alledem nichts. »Um sie zu überzeugen, sagte ich ihr, ich wolle zu meinem Onkel in Izmir, ihn um Geld für meinen Schulbesuch bitten und zurückkehren.« Der Widerstand der Mutter bricht rasch zusammen.

Nermin wird sie nach der Abreise nicht wiedersehen. Die Mutter stirbt während des Zweiten Weltkriegs, ihr Grab ist unbekannt. Ihre Halbschwester Martha wird Nermin erst 1950 wiederfinden, im kommunistischen Ungarn.

So reist sie im November 1936 im Orientexpress allein von Budapest nach Istanbul. Nermin Suley findet dabei Menschen, die ihr beistehen, ein Bauer im Zug, der ihren Schlaf bewacht, der Stationschef im Istanbuler Bahnhof Sirkeci, der einen Dolmetscher holt, der Französisch versteht, der Kapitän des Schiffes, das sie nach Izmir bringt. Er lässt sie an seinem Tisch essen und im Salon schlafen. »Ich staune heute noch über meine Unbekümmertheit.« In Izmir hat niemand mit ihr gerechnet, Onkel und Tante wollen sie nicht im Haus haben, sie wird zu anderen Verwandten abgeschoben, von einem zum anderen. Aber sie bleibt. In der Schule kämpft sie mit dem Türkischen, das sie erst lernen muss. Geld verdienen muss sie auch. Sie gibt Deutschunterricht, arbeitet als Sekretärin, später als Journalistin. »Meine Sprachkenntnisse waren mein größtes Kapital.«

Es sind harte Jahre. »Meine Freundinnen im Lyzeum in Izmir haben mir gesagt, du wäscht die Schulbank mit deinen Tränen.« Sie lächelt jetzt, es ist lange her. Toto, der kleine Hund, bekommt ein Stückchen von dem Schokoladenkuchen, den sie zum Tee bestellt hat. Toto hieß auch der Hund ihrer geliebten Schwester Martha, die in Budapest zurückblieb. Auch sie hat sich das Leben genommen. »Als die Kommunisten am Ruder waren, haben sie meine Schwester beschuldigt, sie sei eine Aristokratin. Sie durfte vieles nicht, auch nicht mit ihrem Hund auf die Straße. Da hat sie bis Mitternacht gewartet und ist dann mit ihm spazieren gegangen. Ich weiß nicht, wie es gekommen ist, aber irgendwann hat sie es nicht mehr ausgehalten und ist aus dem Fenster gesprungen. Aber das habe ich alles viel später erfahren.« Sie ist einen Moment lang still, sagt dann: »Also, ich habe viele traurige Sachen erlebt.« In ihrem Buch aber schreibt sie auch: »Das Leben hat mir viel Glück geschenkt.«

Ich habe Nermin Abadan-Unat 2013 kennengelernt, da war sie 92. Sie hielt im Istanbuler Orientinstitut einen Vortrag über Migrationsforschung, kenntnisreich und voller Humor. Nicht nur auf diesem Gebiet war sie Pionierin, auch als Politikprofessorin in der Türkei, als Soziologin, als Frauenforscherin, als erste Direktorin der Medienhochschule in Ankara. Nach unserer ersten Begegnung tauschen wir E-Mails aus. Wer darüber staunt, dass sie in ihrem Alter Mails schreibt, dem sagt sie: »Mails sind doch wichtig.«

Meine Fragen für unser Gespräch im Café habe ich auf Papier notiert, weil sie so schlecht hört. Sie wird sie der Reihe nach »abarbeiten«, und fast jede ihrer präzisen Antworten könnte eine Politikvorlesung einleiten. Erst einmal aber sagt sie: »Ich arbeite gerade an der Aktualisierung meiner Memoiren, ich bin fast fertig.« Die erste Fassung erschien 2004. »Ich wehre mich gegen jede Art von Indoktrinierung«, steht als Geleitwort über dem ersten Kapitel. Man hat ihr vorgeworfen, eine unverbesserliche Kemalistin zu sein, weil sie immer die Republik verteidigt, die ihr so viel ermöglicht hat. Aber in ihrem Buch geht sie auch kritisch mit der republikanischen CHP um, der sie eine Weile angehörte. Sie beklagt einen autoritären Entscheidungsstil und die »Selbstzensur« im einstigen Parteiorgan *Ulus*, für das sie als junge Journalistin tätig war.

Sie hat ihre Autobiografie ihrem ersten Mann Yavuz Abadan gewidmet, und wenn sie von ihm erzählt, ist das Glück größer als das Unglück, dann sitzt in dem Café am Bosporus eine Frau, die liebte und geliebt wurde. Yavuz Abadan war ein hoch angesehener Juraprofessor und zeitweise Parlamentsabgeordneter. Sie lernt ihn während ihres Jurastudiums in Istanbul kennen. Der Professor bemerkt ihre Verliebtheit, hält sie aber für jugendliche Schwärmerei und verweigert ihr den Kontakt. In ihren Erinnerungen heißt es: »Doch das Herz hört nicht auf den Verstand und kennt keine Logik.« Später macht er ihr klar, dass sie, wenn überhaupt, nur ein Paar werden könnten, wenn sie ihren Abschluss hat. 1944 trifft sie ihn in Ankara wieder, wo sie Politik studiert. Da verlangt er von ihr, sie müssten das Kriegsende abwarten.

Auf einem Foto aus dem Jahr 1942 sieht man eine schöne, ernst blickende Studentin, die dunklen Locken zur Seite gescheitelt, als müssten sie gezähmt werden. Sie trägt eine weiße Bluse mit spitzem langem Kragen, die Knöpfe bis oben geschlossen, die Lippen sind sorgfältig geschminkt. Am 8. Mai 1946, zehn Jahr nach der Ankunft im Orientexpress, heiratet Nermin Suley ihre Liebe aus der Studienzeit, Yavuz Abadan. Trauzeugen sind der damalige Ministerpräsident Şükrü Saracoğlu und der Parlamentspräsident. Ihr Mann ist seit 1943 CHP-Abgeordneter von Eskişehir und deshalb nach Ankara gezogen. 1946 wird er aus dem Parlament ausscheiden.

In der Hauptstadt leben sie zunächst in beengten Verhältnissen. Die Türkei hat erst in letzter Minute und nur unter Druck der Alliierten am Zweiten Weltkrieg teilgenommen. Die Nachkriegszeit ist von Armut und Wohnungsnot geprägt. Yavuz Abadan ist ein populärer Mann mit einem großen Freundeskreis, er steht mitten im Leben, ist sechzehn Jahre älter als sie. Beide haben sich alles selbst erkämpft, auch die akademische Karriere, das verbindet.

Yavuz wurde auf der Krim geboren, im Dorf Abadan. Den Ortsnamen nimmt er später als Familiennamen an. In seinem Geburtsjahr 1905 meutern unzufriedene Matrosen auf dem Panzerkreuzer Potemkin vor Sewastopol. Das setzt die erste Russische Revolution in Gang. Yavuz' Vater, ein hoher Richter, flieht mit 400 Landsleuten. Von Sultan Abdülhamid II. werden die Krimtataren in der Ebene von Eskişehir in Anatolien angesiedelt. Das Gebiet ist malariaverseucht. Erst stirbt die Mutter. Beim Tod des Vaters ist Yavuz vier, sein Bruder sechs. Sie wachsen bei Verwandten auf, in großer Not. Yavuz ist ein guter Schüler. Im Befreiungskrieg, als die griechischen Besatzer 1920 die Schulen in Eskişehir schließen, organisiert er heimlichen Unterricht. Nach der Gründung der Republik studiert er in Istanbul Jura und unterrichtet daneben Geschichte und Türkisch. Als Doktorand geht er nach Deutschland.

Es gibt viele außergewöhnliche Karrieren in der Frühzeit der Republik, nachdem Atatürk die Universitäten auf einen westlichen Lehrkanon verpflichtet hatte. Yavuz Abadan trifft in Wien, wo er Deutsch lernt, auf eine große Schar türkischer Studenten. Er promoviert in Heidelberg, wo er den Philosophen Karl Jaspers hört. Studenten grüßen bereits mit »Heil Hitler«, als er 1933 seine Dissertation mit summa cum laude abschließt. Noch im selben Jahr kehrt er in die Türkei zurück, wird Dozent für Verfassungsrecht und begegnet in Istanbul nun wieder deutschen Juraprofessoren. Sie sind vor den Nazis in die Türkei geflohen. Atatürk sieht in den Emigranten, unter ihnen viele Juden und Sozialdemokraten, willkommene Helfer beim Aufbau neuer Universitäten in seinem Land. Yavuz Abadan übersetzt für einige dieser Gelehrten, auch für den prominenten Ernst E. Hirsch, der später das Handelsgesetzbuch der Türkei schreibt.

Nermin Abadan geht Mitte der 1950er Jahre mit einem Fulbright-Stipendium in die USA, ihr Mann hat ihr dazu geraten. Er selbst bleibt mit dem 1948 geborenen gemeinsamen Sohn Mustafa Kemal in der Türkei. Nermins Sohn lebt heute in den USA, er ist Architekt. Sie sagt, sie habe versucht, ihren Sohn »als Weltbürger« zu erziehen. Ihr eigenes Studienjahr in den USA nennt sie in dieser Hinsicht einen »Wendepunkt«. Für ihre Generation habe die Welt damals aus einem einzigen Land bestanden, der Türkei, »die Präsident İnönü vor dem Krieg bewahrte«.

Zurück aus den USA entschließt sie sich, ihre akademische Karriere fortzusetzen. Sie wird die erste weibliche Lehrkraft an der Fakultät für Politikwissenschaften in Ankara. Diese Fakultät wird später immer wieder Schauplatz politischer Kämpfe zwischen rechten und linken Studentengruppen sein. Bis zu ihrer Emeritierung 1989 wird die Professorin Abadan dort lehren. Danach wird sie weitermachen, als Dozentin an der berühmten staatlichen Bosporus-Universität in Istanbul.

Bevor sie einen Putschversuch verschlafen hat, hat sie schon drei Militärputsche erlebt. Nach dem ersten 1960 ist sie geschockt über das Todesurteil gegen den abgesetzten Ministerpräsidenten Adnan Menderes, das auch vollstreckt wird. Sie kämpft mit einem Kreis von Kollegen für eine neue, liberalere Verfassung. Diese Verfassung von 1961 führt dann unter anderem die Reisefreiheit ein. Erst sie macht das 1961 mit Deutschland geschlossene »Anwerbeabkommen« für Gastarbeiter möglich.

Zwei Jahre danach reist Nermin Abadan im Auftrag Ankaras nach Deutschland. Sie soll erforschen, wie es den Gastarbeitern geht. Sie hat vier Assistenten, aber nur ein Mini-Budget. Damit schafft sie es, in sechs Wochen 58 Städte und 96 Firmen zu besuchen. Sie befragt Arbeiter in Wohnheimen, besucht Werkskantinen. Und sie bemerkt, dass viele Türken unterernährt sind, »weil sie sich fast nur von selbstgekochten Makkaroni ernähren«, da sie in den Kantinen überall Schweinefleisch vermuten, auch wo keines auf den Teller kommt. Nermin Abadan regt an: »Stellt einen türkischen Arbeiter neben den Kessel ohne Schweinefleisch und lasst ihn servieren!« Die Forscherin staunt, wie gering die Kenntnisse der jeweils anderen Kultur sind und wie groß die Missverständnisse.

Die Arbeiter sparen im fremden Land viel Geld und schicken es nach Hause. Das ist ganz im Sinn der türkischen Regierung. »Die brauchte dringend Devisen und Deutschland Arbeitskräfte.« In Ankara interessiert sich später kaum jemand für ihre aufschlussreiche Untersuchung. Auch als Habilitationsschrift im Fach Öffentliche Verwaltung will man ihre Pionierarbeit nicht haben, weil Migration angeblich nichts mit diesem Fach zu tun hat. Nermin Abadan ist wütend, aber ihr Mann rät ihr, die bittere Pille zu schlucken, das Fach zu wechseln und eine neue Habilschrift anzufertigen. 1965 wird sie mit einer Arbeit zum Wahlverhalten in der Türkei Professorin.

Täglich fährt sie zusammen mit ihrem Mann zur Universität. »Es beglückte uns, zu unterrichten.« Dieses Glück währt nicht lang. 1967 stirbt Yavuz Abadan nach kurzer, schwerer Krankheit an Lungenkrebs. Fünf Jahre später heiratet sie noch einmal. Auch Ilhan Unat ist Politikwissenschaftler, er hat seine erste Frau ebenfalls durch Krebs verloren. Nermin kämpft vor der Hochzeit vergeblich für den in der Türkei unüblichen Doppelnamen. In all ihren Publikationen wird sie ihn fortan verwenden. Aber in ihrem Pass steht: Nermin Unat.

Als sie Anfang der 1970er Jahre als Gastprofessorin an der Universität München vorschlägt, ein Seminar zu Migrationsfragen zu halten, findet man auch hier das Thema akademisch unbedeutend und verlangt ein anderes. Bis heute kann die Migrationsforscherin der ersten Stunde dieses Desinteresse nicht nachvollziehen. Sie wird ihr Leben lang dazu weiterforschen. »Ich habe immer kämpfen müssen«, sagt sie und lächelt, als würde der Blick zurück vieles verschönern.

Der Tee ist kalt geworden, sie fröstelt. Deshalb schnell noch eine Frage, bevor sie aufbricht: Sie hat doch sicher von Uğur Şahin und Özlem Türeci gehört, den Corona-Impfstoff-Erfindern in Deutschland mit türkischer Migrationsgeschichte? »Oh gewiss! Deutschland hat viel gewonnen durch die Migration.« Aber das sei lange nicht verstanden worden. »Doch es gab immer schon diese klugen Deutschen, wie die Nachbarin, die dafür gekämpft hat, dass Uğur Şahin aufs Gymnasium durfte. Seine Mutter konnte das ja nicht, sie sprach nicht genug Deutsch.«

Jetzt winkt sie dem Kellner, sie möchte doch noch einen Tee. Also eine weitere Frage: Hat sie einen Wunsch zum hundertsten Geburtstag der Türkischen Republik am 29. Oktober 2023? »Natürlich, und zwar Demokratie, Menschenrechte und Säkularismus. So wird es auch kommen, wenn nicht an jenem Tag, dann am nächsten. Die Gene der Republik sind sehr stark.« Sie schaut jetzt ganz heiter durch ihre große schwarze Brille auf das dunkle Wasser. Dann sagt sie: »Solange es den Bosporus gibt, wird die Türkei nicht an Bedeutung verlieren, dafür sorgt schon ihre geostrategische Lage.«

Nun möchte ich gerne noch wissen, ob sie Atatürk getroffen hat. »Ich bin nicht ganz sicher, aber 1930, in dem Jahr, bevor mein Vater starb, hatten wir eine schöne Villa auf der großen Prinzeninsel gemietet. Atatürk kam oft auf die Insel. Ich erinnere mich an einen Tag, es war schon fast dunkel, da hat mich mein Vater zu einer Pferdekutsche mitgenommen und zu dem Mann in der Kutsche gesagt: ›Mein Pascha, das ist meine Tochter.‹ Ich habe nur zwei Augen gesehen, wie Blitze. Später habe ich erfahren, dass Atatürk an dem Tag tatsächlich im Anadolu Club auf der Insel war und dass sie gespielt haben, meine Mutter und mein Vater. Atatürk hat auch gern gespielt. Aber wenn er gewonnen hat, hat er nichts genommen. Er hat dann die Karten gemischt und alle sind aufgestanden.«

Wir sollten jetzt auch aufbrechen. Die vom Wasser aufsteigende Feuchtigkeit dringt durch die dünnen Glaswände des Cafés. Nermin Abadan-Unat windet sich aus dem Stuhl, stützt sich auf den Stock. Toto ist von ihrem Schoß gesprungen, sitzt da und wartet, bis Hüseyin kommt, ihre treue Seele, der das Auto fährt. Sie ist bereits im Mantel, da sagt sie: »Wir haben noch gar nicht über Frauenrechte gesprochen. Ich habe eine neue Statistik gelesen. In der Türkei werden jedes Jahr etwa 500 Frauen umgebracht. Das regt mich so auf.« Dann, sie ist schon an der Tür, dreht sie sich noch einmal um und sagt: »Wir müssen weitersprechen. Ich schreibe Ihnen eine Mail.«

Nachtgedanken

1 Uhr

Banu Cennetoğlu – eine Künstlerin und ihre Geister

In Karaköy, dem alten Hafenviertel, hat Banu Cennetoğlu gesagt, sei sie zu finden. Unter der angegebenen Adresse aber befindet sich ein Sportschuhladen. Erst auf den zweiten Blick fällt ein enger Durchgang zu einer Wendeltreppe ins Obergeschoss auf. Sie führt zu einer Stahltür mit Klingel. Banu Cennetoğlu hat graue Locken mit schwarzen Strähnen, sie wirkt schmal in dem großen Türrahmen. Mit einem Lächeln bittet sie in einen taghell erleuchteten Ausstellungsraum mit einem Teppichboden in strahlendem Pink. »Der Teppich ist neu«, sagt sie, »ich brauchte etwas Heiteres.« Kein schlechtes Motiv für einen Tapeten- oder Teppichwechsel in diesen Zeiten.

Banu Cennetoğlu, geboren 1970 in Ankara, aufgewachsen in Istanbul, ist eine türkische Künstlerin, die in New York, Amsterdam, Venedig, im südkoreanischen Gwangju und auf der documenta in Kassel und in Athen ausgestellt hat. Sie hat viele Jahre im Ausland gelebt. Ohne diese Erfahrungen in fremden Welten wären viele ihrer Werke nicht entstanden. »Ich bin froh, dass wir hier jetzt sprechen können«, sagt sie. Es ist in der letzten Zeit nicht einfacher geworden, von der eigenen Kunst zu erzählen, zumal wenn diese im weitesten Sinne politisch ist. Ein wichtiger Kunstmäzen, Osman Kavala, sitzt hinter Gittern. Viele ziehen es vor, lieber zu schweigen.

Banu Cennetoğlus Lebensstationen sind so eng mit ihrer Arbeit verbunden, dass sich beides kaum trennen lässt. Das gilt auch für ein Werk, das sie ausdrücklich nicht »Kunst« nennen will. Es lässt sie seit vielen Jahren nicht los. Angefangen hat es 2003 in Amsterdam, wo sie ein Stipendium hatte. Dort stieß sie auf eine Gruppe, die schon seit 1993 die Namen von Geflüchteten dokumentiert, die an den Grenzen der EU ihr Leben verloren haben. Sie entdeckt diese Liste der Toten im Internet, klickt sich durch Schicksale, reduziert auf wenige Fakten. Ein Name, die Herkunft, wenn bekannt, und die Todesursache: Feuer in Migrantencamp, ertrunken vor Libyen, Stromschlag auf dem Dach eines Zuges, erfroren nahe der türkisch-bulgarischen Grenze, Selbstmord mit Schnürsenkel.

Sie weiß noch, dass sie dachte: »Wer nicht in die tieferen Schichten des Internets vordringt, findet das nie. Ich will diese Liste zugänglicher machen, mit meinen Mitteln.« Sie kooperiert mit dieser niederländischen Gruppe, sie heißt »UNITED for Intercultural Action«. Zuerst druckt sie Plakate und Sticker, klebt sie guerillamäßig auf Bankautomaten in Amsterdam. »Aber in den Niederlanden ist alles am nächsten Tag wieder sauber geputzt. Ich musste das offiziell machen, auf einer bezahlten Fläche. Aber niemand kannte mich dort als Künstlerin.«

Es dauert mehrere Jahre, bis sie eine US-Stiftung findet, die zur Finanzierung bereit ist. Damit lässt sie 2007 auf 110 Plakatwänden in Amsterdam diese nackte »Liste« mit 7128 Namen plakatieren. 2019 erscheint »The List« in der norwegischen Zeitung *Bergensavisen*, schon mit 36 570 Namen. Dazwischen wird die nüchterne Todesbilanz in der griechischen Zeitung *Ta Nea* gedruckt, in der Metro von Sofia plakatiert, in einer Ausstellungshalle in Mailand gezeigt, auf Wandzeitungen in Liverpool von Randalierern beschädigt. Und, was die Künstlerin besonders bewegt: Es gibt in Istanbul im Sommer 2015 eine Videoinstallation auf dem Dach eines Innenstadthotels. Jeweils von Sonnenuntergang bis Sonnenaufgang leuchten die Namen in die Nacht, insgesamt 360 Stunden lang. Dazu ab und an, für Menschen aus dem kurdischen Teil des Irak, das Tabuwort »Kurdistan«. »Heute«, sagt Cennetoğlu, und ihre Stimme wird fast unhörbar leise, »könnten wir das so nicht mehr machen.«

Damals hat sie den Angestellten im Hotel gesagt, sie sollten alle Beschwerden an sie weiterleiten. »Aber es passierte nichts.« Vor einem zweiten Durchgang stoppte die Stadt allerdings die Kunstaktion, wegen »Lichtverschmutzung«. Cennetoğlu lacht jetzt, weil die Begründung doch so absurd war. In der Mitte Istanbuls gibt es unzählige nächtliche Lichtquellen, die ungehindert in die Nacht strahlen.

Sie will ihren Kunstraum zeigen, macht eine Runde an den hohen Regalen entlang, die fast jede Wand füllen, nimmt ein Buch nach dem anderen in die Hand. Es sind »Künstlerbücher«, viele seltene Stücke, Bücher, die selbst Kunst sind.

Sie hat sie auf ihren Reisen und in der Türkei gesammelt, und sie stellt sie hier aus. Banu Cennetoğlu hat die Türkei nach ihrem Psychologiestudium 1994 verlassen. Sie kam erst elf Jahre später zurück. Die lange Abwesenheit war nicht geplant. Sie verließ Istanbul mit ihren Sommerkleidern, ging nach Paris und entschloss sich zu bleiben.

In Paris studiert sie Fotografie, zieht weiter nach New York, lebt von Modefotos, Porträts, und bleibt auf der Suche. 2002 erhält sie ein Stipendium für das Programm »Artist in Residence« an der Reichsakademie für Bildende Kunst in Amsterdam. »Ich dachte, Kunst ist freier, ich war naiv.« Drei Jahre lebt sie in Amsterdam, 2005 kehrt sie nach Istanbul zurück, weil es ihrer Mutter nicht gut geht. Ihre Mutter hat auch Kunst studiert, »aber nie praktiziert«. Der Vater ist Ingenieur, er dominiert die Familie. Sie beschreibt ihn als »intelligent, sehr konservativ, was Tradition und Etikette betrifft«. Die Eltern trennen sich, als Banu im Gymnasium ist. Der Vater war gegen ihr Kunststudium. »Wenn du nicht Arzt, Ingenieur oder Anwalt wirst, bist du nichts wert. Es war ein Kampf von Anfang an.«

Zurück in Istanbul lernt Banu Cennetoğlu ihren Mann kennen. Die Beziehung wird nicht halten, 2007 aber kommt die gemeinsame Tochter zur Welt. Aus dieser Zeit stammt ihr Kunstraum, den sie BAS nennt. In den drei Buchstaben steckt das türkische Wort für Drucken: *basmak*. 2009 vertritt sie zusammen mit dem Konzeptkünstler Ahmet Öğüt die Türkei auf der 53. Biennale in Venedig. Sie stellt auch auf der Istanbul-Biennale aus, auf der Manifesta in Murcia, in Basel und Wien, in Bonn und Berlin. Viele ihrer Arbeiten beschäftigen sich mit dem Sichtbarmachen von Verborgenem, von bewussten oder unbewussten Auslassungen, in Archiven zum Beispiel. »Es interessiert mich, warum etwas weggelassen wird«, nicht auffindbar ist.

So steht sie irgendwann im Jahr 2010 vor einem türkischen Zeitungskiosk, liest die Schlagzeilen und bemerkt, »alles, was mir wichtig ist, fehlt hier«. Sie beginnt Zeitungen zu sammeln, erst sporadisch, dann systematisch. »Ich habe festgestellt, dass es in der Türkei kein Verzeichnis aller Zeitungen gibt.« Sie will aber eine Ausgabe aller Blätter von einem bestimmten, durchschnittlichen Tag, auch von den lokalen. »Es gibt Zeitungen, die erscheinen nur in ein paar Dörfern.« Gerade bei den kleinsten Blättern begegnet ihr Misstrauen, »als hätte ich nach privaten Tagebüchern gefragt«. Sie ist fasziniert von der Vielfalt der Typografie, des Papiers. Sie bindet alle Ausgaben zu dicken Büchern. »In ein paar Jahren wird man da durchblättern und sich wundern, was einmal wichtig war, für welche Produkte geworben wurde.«

Fast zehn Jahre später, 2019, wiederholt sie ihre Sammlung. Viele Zeitungen existierten da schon nicht mehr, andere nur noch online, »oder in meinem Archiv«. Nach dem Putschversuch von 2016 wurden viele Publikationen verboten. Und die Schlagzeilen der großen Blätter sind 2019 viel einheitlicher als 2010. Sie zeigt die neue Sammlung in einer Ausstellung in Istanbul. »Vor allem junge Besucher waren fasziniert.« Weil sie kaum noch Zeitungen auf Papier lesen.

»In der Generation meiner Großeltern und Eltern haben die Leute immer die gleiche Zeitung gekauft, sie haben in einer Bubble gelebt«, wie viele Menschen nun im Internet.

Cennetoğlu hat inzwischen auch in Großbritannien, im geteilten Zypern und in Deutschland Zeitungen zu Kunstbänden gebunden. Sie wurde gefragt, ob sie dieses Archiv nicht digitalisieren wolle. »Nein«, hat sie gesagt, sie fasziniert die Berührbarkeit, das Stoffliche. Etwas, das vielleicht verschwinden wird.

Als sie zur 14. documenta eingeladen wird, sucht sie gerade nach persönlichen Archiven: Tagebüchern. »Tagebücher sind etwas Privates, aber manche werden auch für die Öffentlichkeit geschrieben.« Das gilt zum Beispiel für Tagebücher von Kämpfern der militanten kurdischen Arbeiterpartei PKK. Cennetoğlu ist keine Kurdin, aber als sie sich für Tagebücher interessiert, ist das eine besondere Zeit. Es gibt Friedensgespräche zwischen der Regierung und der PKK und damit viele Hoffnungen auf ein Ende des seit den 1970er Jahren andauernden blutigen Konflikts mit mehr als 45 000 Toten. Sie erfährt, dass es viele unveröffentlichte und sogar veröffentlichte Tagebücher von PKK-Kämpfern gibt.

In einem kurdischen Buchladen in Istanbul entdeckt sie die Aufzeichnungen von Gurbetelli Ersöz. »Sie war Journalistin, sie wollte keine Guerillakämpferin sein.« Ersöz war Chefredakteurin der linken kurdischen Zeitung *Özgür Gündem*. Im Dezember 1993 wurde sie nach einer Polizeirazzia in der Zeitung festgenommen, tagelang gefoltert und zu fast vier Jahren Haft verurteilt. Die 1990er Jahre sind die dunkelsten im Ringen zwischen Staat und PKK. Ersöz wird im Juni 1994 vorzeitig aus der Haft entlassen, sie erhält Berufsverbot. Im Juli 1995 schließt sie sich der PKK an. »Sie war 31 und körperlich vollkommen unfit, aber sie sah keine andere Option mehr.« Zwei Jahre später ist sie tot. Das Tagebuch zeigt, wie Ersöz sich quälte mit den Widersprüchen der Intellektuellen und der Kämpferin. Cennetoğlu sagt, »ich habe mir die Aufzeichnungen nicht zu eigen gemacht, ich wollte nur einen Raum für sie schaffen«.

In Deutschland wird ihr das nicht gelingen. Keine deutsche Zeitung will das übersetzte Tagebuch in Fortsetzungen drucken, wie sie es als documenta-Beitrag vorgeschlagen hat. Aber sie darf den Namenszug des Museums Fridericianum durch eine neue Inschrift ersetzen. Sie wählt den Satz: BEING SAFE IS SCARY. In Medien aus aller Welt liest sie dann, diese Anspielung auf Sicherheit und Gefahr sei eine Hommage an Ersöz, es seien Worte der Kurdin. »Aber das stimmte nicht, es war ein Graffito aus der Wohnung eines Athener Flüchtlingshelfers!« Sie schickte Korrekturwünsche an alle, aber noch immer findet sich der Fehler im Netz.

Das Missverständnis hatte etwas Grundsätzliches. »Viele Leute sagten mir, Deutschland ist doch das sicherste Land, wieso sollten wir uns fürchten?« Nach der Erfahrung mit der Pandemie versteht man Cennetoğlus Werk vielleicht besser. »Eigentlich habe ich die Zukunft vorhergesagt.« Heute steht unter dem Museumsgiebel wieder »Fridericianum«, jeder Buchstabe gut einen halben Meter hoch. Sie zeigt die geschätzte Höhe mit den Händen. Die Künstlerin durfte die

Lettern damals nur »leihen«, aber nicht, was sie lieber getan hätte, einschmelzen. »Obwohl da nur eine Alu-Kopie hängt, das Original liegt im Keller.« Sie hat also die fehlenden Buchstaben gießen lassen: ein B, ein G, drei S, ein E, ein A, ein Y. »Ein Sammler aus Brasilien hat sie gekauft.« Acht Buchstaben aus Bronze, die keinen Sinn ergeben. Cennetoğlu findet das »großartig«.

Das Tagebuch von Ersöz hat sie dann auf 147 große Litho-Steine übertragen, Tonnen schwer. In Athen, wo die documenta 2017 parallel stattfand, standen sie im Garten eines Ausstellungsgebäudes. »Sie haben sie aus Angst ein bisschen versteckt.« Sie gibt eigentlich kaum noch Interviews, seit den documenta-Tagen. Sie weiß, es braucht nicht viel, um jemand in der Türkei wegen »Terrorpropaganda« anzuschwärzen oder anzuklagen. Das Ersöz-Tagebuch ist in der Türkei inzwischen verboten, der Friedensprozess längst zusammengebrochen. »In diesem Teil der Welt haben Menschen seit Jahrhunderten einen Hang zur Polarisierung.«

Welcher Raum bleibt da noch für Kunst? »Ich weiß es nicht«, sagt sie leise. Auch Kulturinstitutionen erlebt sie zunehmend als ängstlich, zurückhaltend. »Ich will niemandem Vorwürfe machen, aber wir sollten uns zumindest so verhalten, dass wir unseren Kindern ins Gesicht sehen können, wenn sie uns eines Tages fragen: Und was habt ihr in jenen Zeiten gemacht?«

Und nun? Sie sagt, sie habe sich selten geschont. »Ich habe immer weitergemacht, ein Projekt nach dem anderen, und meine Arbeit ist ja nicht gerade leichtgewichtig, sie braucht viel Energie.« Auch wenn sie spricht, wirkt sie in Bewegung, zeichnet mit den Händen in die Luft. In der Pandemie wurden internationale Ausstellungen gestrichen, Ausschreibungen zurückgestellt. »Viele Menschen trauern um Angehörige, Beziehungen zerbrechen, es gibt so viele Veränderungen.« Sie will weiter mit Objekten arbeiten. »Ich kann mit dieser ganzen Digitalisierung wenig anfangen.« In einem Wettbewerb in New York ist sie in der engeren Auswahl. Es geht um Kunst im öffentlichen Raum. Ihr Vorschlag: riesige Ballons, auf die sie die UN-Menschenrechtsdeklaration drucken will. Den Ballons geht dann mit der Zeit die Luft aus, was den Zustand der Menschenrechte an vielen Orten der Welt ziemlich genau symbolisiert. »Wenn das alles in sich zusammensackt, stellen sich doch Fragen.« Sie zeigt auf ihrem Handy eine Simulation: Die Ballons, ein Riesenstrauß, sehen festlich aus, geradezu heiter. Sie mag das Spielerische.

Sie zeigt einen Stapel Comic-Hefte, noch so eine Geschichte, die ihre Fantasie lange beschäftigt hat. Sie hat die Hefte gedruckt und damit einem vergessenen Künstler Raum gegeben. Er heißt Masist Gül, wurde 1947 in Istanbul geboren und war als Schauspieler und Bodybuilder bekannt. In mehr als 300 Filmen spielte Gül gewöhnlich halbstarke Typen. Er lebte auch selbst am Rand der Gesellschaft, wenn er nicht spielte, trank er – oder zeichnete. Banu Cennetoğlu hat sein Lebenswerk entdeckt, in einem Istanbuler Secondhandshop. Der Händler ahnte, dass er einen Schatz besaß. »Erst wollte er 10 000 Dollar für alles.« Und er hatte ihr nur ein einziges Bild aus einem großen Sack gezeigt. Sie hatte das Geld nicht.

Drei Jahre später sucht sie den Händler wieder auf, er hat noch keinen Käufer gefunden. Nun will er nur noch tausend Dollar. Sie muss sich das Geld leihen, aber was sie bekommt, ist unbezahlbar. Gül hat seine Zeichnungen mit gereimten Texten versehen. Sie füllen sechs Hefte, denen er den Titel *Rinnsteinepos* (*Kaldırım Destanı*) gab. Es ist eine Geschichte über den Kampf ums Überleben, in großartigen fantasievollen Bildern, wild und voller Witz, Gewalt und Schmerz: Ein Kind wird in einer Toilette geboren und von einer Hexe adoptiert. »Sie quält das Kind so lange, bis es sie tötet, ihr Herz isst und so stark wird wie ein *kabadayı*, ein Raufbold, der auf der Straße lebt, aber wie ein urbaner Robin Hood den Armen und Schwachen hilft.«

Um eine Erlaubnis zur Veröffentlichung zu erhalten, suchte sie Verwandte Güls. Der war Armenier, hat dies aber in seinem Epos nie thematisiert. Die Künstlerin beginnt ihre Suche auf einem armenischen Friedhof in Istanbul. Sie findet das Grab und im Friedhofsregister die Adresse eines Bruders in der Stadt. Aber der Bruder ist tot. Ein Stiefbruder in Paris gibt nach einigem Zögern sein Einverständnis. Gül starb 2003. Cennetoğlu druckt die Comics 2006, die Hefte finden Liebhaber in vielen Ländern.

Ihr fällt auch ein Brief Güls in die Hände. Er schrieb, er habe sich gewünscht, ein weltberühmter Künstler zu werden, aber beschlossen, es doch lieber sein zu lassen. Und als könnte er in die Zukunft blicken, notierte er noch: Eines

Tages aber werde die Welt sein Werk sehen! »Unglaublich, oder?« Die Künstlerin Banu Cennetoğlu lächelt jetzt wieder. Und sie sagt, als würde sie zu sich selbst sprechen: »Ich, und meine Geister.«

Hausarrest

2 Uhr

Der Journalist Şahin Alpay kann nicht schlafen

Es ist Winter 2021. Der Journalist Şahin Alpay schickt eine Mail. »Ich bin eingeschlossen, Menschen über 65 dürfen nicht auf die Straße. Nachdem ich zwanzig Monate im Gefängnis von Silivri verbracht habe, bin ich auf die Ausgangsbeschränkungen wegen der Pandemie bestens vorbereitet.« Die Mail landet in der Nacht in meinem Postfach. Şahin Alpay kann wieder einmal nicht schlafen.

Ich kenne Alpay seit vielen Jahren. Er wurde nach dem Putschversuch im Juli 2016 verhaftet und in ein Hochsicherheitsgefängnis gebracht. Zu Unrecht, wie sowohl das türkische Verfassungsgericht wie der Europäische Gerichtshof für Menschenrechte festgestellt haben. Aber erst im März 2018 wird er aus der U-Haft wieder entlassen und unter Hausarrest gestellt. Kurz danach habe ich einen »Hausbesuch« bei ihm gemacht. Seine nächtliche Mail erinnert mich an diesen Frühlingstag:

In der Luft lag schwerer Blütenduft und der kühle salzige Wind vom Meer. Das Treffen hatten wir über WhatsApp vereinbart, es war ihm trotz Hausarrest nicht verboten, Besuche zu empfangen. In der Türkei stehen an den Klingelbrettern gewöhnlich keine Namen, sondern nur die Nummern der Apartments. Alpays Namen aber entdecke ich auf einem handgeschriebenen Zettel neben der Klingel. »Damit die Polizisten mich finden«, sagt er, als er mich vor seiner Wohnungstür in Empfang nimmt. Mehrmals am Tag kontrollieren Beamte, ob er das Ausgehverbot beachtet, die diensthabenden Polizisten wechseln oft, Alpay will ihnen die Suche ersparen.

Er trägt ein himmelblaues Hemd und dunkelblaue Cordhosen, sein dichtes braunes Haar hat mehr graue Strähnen, als ich in Erinnerung habe. Er stellt sich an das große Fenster seines Wohnzimmers und zeigt auf die Bäume draußen. Da schaue er oft hinaus, sagt er, auf diesen Flecken urbanes Grün. Gab es im Gefängnis ja nicht, keine Aussicht, nur Beton in einem kleinen Hof. Die Polizisten, die ihn zu Hause überwachen, sagen ihm: Er solle nicht auf die Idee kommen, seine Wohnung auch nur kurz zu verlassen. Sie könnten jede Minute auftauchen. Fänden sie ihn nicht, würden sie melden, dass er flüchtig sei, und das hätte »harte Konsequenzen«.

Şahin Alpay will sich an diesem Tag im April 2018 erst gar nicht ausmalen, was ihm drohen könnte. Er ist 74 Jahre alt und sagt: »Bloß nicht wieder ins Gefängnis!« Er sagt auch: »Die Handschellen waren das Schlimmste.« Er fand es demütigend, so vorgeführt zu werden. Sogar in den Operationssaal eines Istanbuler Krankenhauses haben sie ihn in Handschellen gebracht, mit drei Polizisten zur Begleitung, einer trug eine Maschinenpistole. Dort haben sie ihm zwei

Stents in die Herzkranzgefäße gesetzt. Alpay war ein Gefangener, dessen Gesicht fast jeder Fernsehzuschauer kannte, er hatte lange in verschiedenen Sendern gearbeitet und für viele Zeitungen geschrieben.

Während seiner Zeit in Haft sah Alpay 88-mal einen Arzt, er hatte eine Vielzahl gesundheitlicher Probleme. Der Justizminister aber ließ auf Anfrage eines Oppositionsabgeordneten wissen, Alpay gehe es sehr gut, auch im Gefängnis. Menschen seines Alters müssen auch in der Türkei sonst eher selten so lange in Untersuchungshaft ausharren. Nach der Haft gehen die Schikanen weiter. Er ist angeklagt »wegen Mitgliedschaft in einer bewaffneten Terrororganisation«, und immer wieder fürchtet er, erneut ins Gefängnis zu müssen. Warum nur hat es der Staat auf diesen Mann abgesehen, der einst schrieb, Recep Tayyip Erdoğan »sollte den Friedensnobelpreis bekommen« für seine Reformfreude und seine Aussöhnung mit den Kurden?

Alpay hat das Wichtigste dazu in seiner Verteidigungsrede vor Gericht gesagt. Bei meinem Hausbesuch ist er stolz, dass sogar das türkische Verfassungsgericht aus dieser Rede zitiert hat. »Das ist mir sehr wichtig.« Am Fall Alpay lässt sich daher gut ablesen, dass es in der Türkei nicht nur Hell und Dunkel gibt, dass die Dinge kompliziert, vielfältig und nicht immer leicht zu entwirren sind.

Die Anklage gegen den Journalisten stützt sich auf sieben Zeitungsartikel aus den Jahren 2013 und 2014, sie waren zuvor nie juristisch beanstandet worden. Später reicht der Staatsanwalt acht weitere Artikel nach, die auch nie Gegenstand von juristischen Einwänden waren. Nachdem das Verfassungsgericht im Januar 2018 Alpays sofortige Freilassung verlangt hat, wird es von einer unteren Instanz korrigiert. Rechtlich ist das ein Unding. Und das höchste Gericht will seine Entmachtung auch nicht hinnehmen. Es nennt seine Entscheidung bindend. Als der Europäische Gerichtshof dann auch noch fordert, Alpay freizulassen, ist der schon im Hausarrest, eingesperrt, zwischen Kühlschrank und Couch, Bett und Schreibtisch.

Aber zu Hause kann er endlich seine Frau Fatma wieder umarmen, seine lebenslange Liebe. Fatma Alpay, eine Frau mit einem befreienden Lachen, der auch das Alter ihre Schönheit nicht nehmen konnte. Sie rät ihrem Mann, als ich die beiden treffe, er solle nicht so viel »zurückschauen«, sondern nach vorn. Dann erzählt Fatma Alpay, wie sie sich jede Woche einmal zum Gefängnis von Silivri aufmachte, siebzig Kilometer die einfache Strecke, wie sie dort jedes Mal peinlich gründlich durchsucht wurde, bevor sie für eine Stunde ihren Mann sehen durfte. Durch eine Glasscheibe, seine Stimme hörte sie über ein Telefon.

Şahin Alpay wollte alles festhalten, was er im Gefängnis erlebt hat. Auch die Geschichte seiner Familie will er niederschreiben und die von Fatma. Es ist eine sehr türkische Geschichte. Beide stammen aus Ayvalık, einer kleinen Stadt am Mittelmeer, die Erinnerungen reichen zurück bis zum Zerfall des Osmanischen Reichs. Fast alle Familien dort haben ein Vertriebenenschicksal, ihre Vorfahren lebten im heutigen Griechenland. In der Haft hat Alpay schon viele Notizen gemacht. »Ich habe die Zeit genutzt.« Er zeigt mir einen Stapel Schulhefte, achtzehn Stück, alle im Gefängnis in einer geraden, sauberen Handschrift gefüllt. »Computer waren nicht erlaubt.«

Die Hefte mit Schmetterlingen oder Delfinen auf dem Einband gab es im Gefängniskiosk. Er ist dankbar, dass er die Aufzeichnungen mitnehmen durfte. In der Zelle hat er auch viel gelesen, Romane von Balzac, Dostojewski, türkische Literatur, »vieles, was ich immer schon lesen wollte«. Die Bücher kamen aus der Gefängnisbibliothek. Zu den Schätzen, die sich dort finden, kursiert ein bitterer Witz: Ein Häftling fragt nach einem bestimmten Buch. Der Beamte sagt: Nein, dieses Buch haben wir nicht, aber wir haben den Autor.

Alpay hat seine Zelle zeitweise mit zwei Menschen geteilt, »die nicht wie gläubige Muslime fünfmal, sondern sechsmal am Tag beteten«, die zweimal pro Woche fasteten und den ganzen Tag den Koran rezitierten. Die Männer stammten aus eher einfachen Verhältnissen, sie haben Alpay gesagt, sie glaubten, »sich nur durch Beten aus der Haft befreien zu können«. Und sie seien erst im Gefängnis so religiös geworden. Alpay fand das interessant, wie ein Politikwissenschaftler, denn das ist er auch. Er selbst hat »nur schwache religiöse Überzeugungen«.

In jungen Jahren war er Maoist. In seiner Generation hatten viele Studenten in der Türkei sehr linke Überzeugungen. Nach dem Militärputsch von 1971 flüchtet er erst in den Libanon, zu militanten Palästinensern, dann ins liberale Schweden. Dort erlebt Alpay eine Art ideologischen Vollwaschgang, danach ist er Sozialdemokrat. Als er in die Türkei zurückkehrt, ist er zu weltgewandt für die Sozialdemokraten in seinem Land. Die verheddern sich bis heute immer wieder in einem türkischen Nationalismus. Deshalb hat sich Alpay nach kurzer Tätigkeit für diese Partei, die CHP, ganz dem Journalismus zugewandt.

Er schreibt jahrzehntelang für führende Zeitungen, hat eine eigene Fernsehsendung bei CNN-Türk und ab 2001 auch eine Politikprofessur an einer renommierten Universität in Istanbul. Als Erdoğans AKP 2002 an die Macht kommt, traut er ihr zu, auch konservative Türken »für eine liberale Demokratie zu gewinnen«. In dem Prediger Fethullah Gülen, der Erdoğan mit zur Macht verhalf, sah er zu jener Zeit einen »Modernisierer« des Islam. Alpay begann für die auflagenstarke Zeitung *Zaman* zu schreiben, ein Blatt aus dem Medienhaus der Gülen-Bewegung, das seine Kommentarspalten für viele liberale Köpfe öffnete.

Zuerst war Alpay von Erdoğans AKP fasziniert, wie er auch im Rückblick nicht vergessen hat, dann allerdings bitter enttäuscht. Er hat dies auch in den Artikeln, die Gegenstand der Anklage waren, geschrieben. Er warf der AKP vor, sie habe nach 2011 einen zunehmend »autoritären« Kurs eingeschlagen, hin zu einem »Ein-Mann-Regime«. Seine »Desillusionierung« betreffend die Gülen-Bewegung habe erst später begonnen, sagt er mir bei meinem Besuch. Der Bruch sei der Putschversuch vom Juli 2016 gewesen. »Ich muss zugeben, dass mir nicht bewusst war, dass die Bewegung eine dunkle Seite hatte, die in illegale Aktivitäten verstrickt war. Auch das war eine Enttäuschung, und ich habe dafür bezahlt.« Mit dieser späten Erkenntnis ist Alpay bei weitem nicht allein, aber er hat zugegeben, dass er sich geirrt hat. Andere taten das bis heute nicht.

Erdoğan, der lange selbst auf Gülen baute, macht den Prediger und dessen Anhänger für den versuchten Coup verantwortlich. Alpay sagte, der Putschversuch habe ihn »schockiert«, Militärinterventionen in der Türkei habe er immer verurteilt. Seine Hoffnung war lange, die AKP könnte zu ihren vielversprechenden Anfängen zurückkehren, ohne den Mann an der Spitze »und seine Clique«. Auch das hat er geschrieben. Alpay wurde womöglich zum Angriffsziel, weil er die Macht von innen kannte. Weil er einst auf Seiten Erdoğans stand, hat er auch erlebt, dass in der tief gespaltenen türkischen Gesellschaft Solidarität ungleich verteilt ist. Auch Bekannte haben sich von ihm abgewandt, als er ins Gefängnis kam.

Im Hausarrest wartete Alpay damals, im April 2018, auf ein Urteil. Der Staatsanwalt hatte lebenslänglich verlangt, und fünfzehn Jahre Haft dazu, »wegen Mitgliedschaft in einer bewaffneten Terrororganisation«. Alpay flüsterte fast, als er mir sagte: »Ins Gefängnis zurück zu müssen, das wäre unerträglich.« Dann erzählte er noch, dass die meisten Wächter ihn, den älteren Mann, den sie aus dem Fernsehen kannten, mit Respekt behandelt hätten. Nur wenige scheuchten ihn herum. Ein Aufpasser, einer der freundlichen, sagte ihm: »Ich habe Ihre Sendung immer gesehen, sie war so gut, was machen Sie hier?« Ein anderer tröstete ihn, als er sich wieder einmal über die schmerzenden Handschellen beschwerte, mit den Worten: »Diese Handschellen sind doch ein Zeichen der Ehre.« Das hat ihn gerührt.

Nach meinem Abschied winkte er lange am Fenster zur Straße. Vier Wochen später, im Mai 2018, wurde sein Hausarrest von einem Berufungsgericht aufgehoben. Aber er bekommt seinen Pass nicht zurück, kann seinen Sohn in London nicht besuchen. Im Juni 2018 dann das Urteil: acht Jahre und neun Monate Haft. Doch der Instanzenweg geht weiter, und so lange bleibt er auf freiem Fuß.

Für die lange U-Haft muss ihm die Regierung wegen des Urteils aus Straßburg 21 500 Euro Kompensation zahlen und noch mal umgerechnet 3000 Euro, weil auch das türkische Verfassungsgericht die Haft beanstandete. »Das Geld habe ich fast gänzlich für meine Anwälte gebraucht«, schreibt er später in einer weiteren Mail. Und er schreibt, wie gut es ihm geht: »Meine Familie, meine Freunde, ja Menschen auf der Straße zeigen mir ihre Sympathie und machen mich glücklich.«

Im Oktober 2018, sechs Monate nach der Haftentlassung, erlebt Şahin Alpay den dunkelsten Tag seines bisherigen Lebens. Seine Frau Fatma, die Gefährtin seit Kindertagen, stirbt an einer Hirnblutung. Einer seiner Freunde verschickt einen berührenden Nachruf. Darin heißt es, Fatma habe nie die wechselnden politischen Überzeugungen ihres Mannes geteilt, und als Tochter Elvan geboren wurde, sei Şahin gerade zur Palästinensischen Widerstandsbewegung verschwunden. Aber sie habe auf ihn gewartet, weil sie »seinen unbestechlichen Kern« liebte und selbst »ein freier Geist« gewesen sei.

Şahin Alpay zieht nach dem Tod seiner Frau in eine kleinere Wohnung in der Nähe seiner Tochter, sie ist Künstlerin. Er lebt jetzt in einem belebten Innenstadtviertel. Geht er aus dem Haus, steht er auf einer Einkaufsstraße mit fast 24 Stunden Betrieb. Hier treffe ich ihn nach der nächtlichen Mail wieder. Es ist Pandemie-Zeit, man geht am besten spazieren. Er erzählt, dass er Antidepressiva nimmt und seine Memoiren schreibt, die Erinnerungen an die Zeit im Gefängnis. Ob sie je von einem Verlag in der Türkei gedruckt werden, weiß er nicht. Die Gerichte verhandeln immer noch über seinen Fall.

Alpays neues Stadtquartier war einst ein Viertel der Griechen und der Armenier. Geblieben davon ist ein großer historischer Friedhof. Davor bleibt Alpay nun stehen und deutet auf die Straßenschilder. Eine der beiden Straßen, die hier aufeinandertreffen, heißt Ergenekon, der Name eines sagenhaften Tals, in dem die Vorfahren der Türken Zuflucht fanden, ein erznationalistischer Mythos. Die andere Straße heißt Bozkurt, der Graue Wolf, Wappentier der türkischen Ultranationalisten, die mit Erdoğan regieren. Wer auch immer diese Straßen in unmittelbarer Nähe der Gräber von Armeniern und Griechen so benannte, der wollte wohl die Geister der Erinnerung bannen. Şahin Alpay lächelt, es amüsiert ihn.

3 Uhr Die im Dunklen sieht man doch

Hüseyin Fevzi Marangoz und das Leben der Paradiesvögel

Der Mann, dem die Dunkelheit vertraut ist, wartet in einer Gasse abseits der Touristenmeilen von Beyoğlu. Hier sind die Fassaden ohne Glanz, die Gehsteige länger nicht gekehrt. Er öffnet eine schwere Eisentür, im Hausgang gibt es kein Licht. »Hier lang«, sagt er. Im ersten Stock wieder eine Tür, dahinter Licht. Es erhellt einen Raum, so schmal wie ein Schlafwagenabteil und etwa doppelt so lang. Auch das Rot der Veloursüberwürfe auf den Sofas, die fast den ganzen Raum füllen, erinnert an einen alten Waggon. Sechs Männer sitzen auf den Kanapees. Sie nicken zur Begrüßung, zwei machen Platz auf dem roten Plüsch. »Alles meine Leute«, stellt Hüseyin Fevzi Marangoz sein Personal vor. Einer sagt: »Hallo, Chef.«

Wie in einem ordentlichen türkischen Haushalt haben alle ihre Schuhe ausgezogen, sie stehen in einer Reihe neben der Tür. Einer der Männer stellt eine Wasserpfeife vor den Boss auf den Boden. Der stochert in der Holzkohle, bis sie glüht, und sagt: »Du kannst mich alles fragen, auch über mein Sexleben.«

Zum ersten Mal habe ich Hüseyin Fevzi Marangoz in einer milden Spätsommernacht getroffen, auf einer Straße im Ausgehviertel Ortaköy. Er fiel auf im Menschengewühl, weil er Flügel trug, riesige rotschwarze Schwingen wie ein

Archaeopteryx, ein Urvogel. Und einen Kopfputz wie ein Sultan, genauer, die billige Imitation eines osmanischen Turbans, mit Goldbordüren und Schmuckfeder. Dazu Pluderhosen mit Pailletten, die im Laternenlicht funkelten. So stand er vor einer Bar und wartete auf Menschen, denen auf ihrem Instagram-Account noch ein Foto mit einem Paradiesvogel fehlt. Dabei benutzte er Lockrufe in Russisch, Französisch, Englisch, Türkisch, Deutsch.

Mit Erfolg: Eine junge Frau blieb stehen, zückte ihr Handy. Ein Lächeln, Klick, ein Selfie mit dem Mann im Vogelkostüm. Die Frau tippte auf ihrem Handy herum, schickte den Vogel in die Cloud. Als ich den Vogelmann fragte, wo er gelernt hat, ein Menschenfänger zu sein, sagte er: »Besuch mich, dann erzähle ich es dir.«

Deshalb bin ich nun in dieser Wohnung, die außer dem Eisenbahnabteil noch eine winzige Küche hat und ein Klo, in dem die Spülung nicht funktioniert. Dafür steht ein Wassereimer daneben.

Der Vogelmann hat seine Flügel abgelegt, er trägt heute Hemd und Hose, alles in Schwarz, wie sein Ziegenbart. An den fensterlosen Wänden sind Kleiderbügel befestigt, daran hängen ein Clown-Outfit, rosa Pluderhosen, ein Brokatmantel, Samt und Spitze. »Das ist mein Kostümlager«, sagt Marangoz, »die Sachen mache ich selbst, aus Schneiderabfall, das ist Recycling.« Auf einem Couchtisch liegen große Ringe aus billigem Metall, silber- und goldglänzend, einer der Männer bastelt sie zu langen Ketten zusammen. Marangoz trägt auch eine solche Kette um den Hals. »Die verkaufen wir«, sagt er. »Ich mache auch Figuren aus Luftballons und Origami, Kunst aus Papier. Damit gehe ich auf Kinderfeste.«

Oder auf die Straße, überallhin, wo es ein bisschen Geld für bunte Vögel gibt. »Jeder gibt mir, was er will, ich verlange nichts. Auch das kleinste Geld reicht uns, da kommt schon was zusammen, wenn du gute Mitarbeiter hast.« Die anderen Männer im Raum schweigen, hören zu, rauchen. Marangoz sagt: »Es gibt Nächte, da verdienen wir richtig viel, tausend Euro und mehr.« Auch seine Mitarbeiter kämen von der Straße. »Ich habe sie irgendwo aufgelesen, die haben gerade keinen Schlafplatz und keine Arbeit. Wir teilen unser Brot, wir teilen alles, wir sind wie Brüder, eine Familie.«

Ein schmaler Kerl – er hat auffällige Tränen-Tattoos unter beiden Augen – mischt sich ein. Er sagt, er habe Marangoz erst vor ein paar Stunden kennengelernt, in Karaköy, dort, wo die Schiffe aus Asien ankommen. Nun sei er hier und wisse gar nicht, was er zu tun habe, aber er könne rappen. Der Boss sagt: »Über deine Talente sprechen wir noch, rappen allein reicht nicht.« Es ist klar, wer hier die Regeln aufstellt. Der Türke mit den tätowierten Tränen spricht fehlerloses Deutsch. »Ich bin aus Deutschland abgeschoben worden, weil ich Mist gebaut habe«, sagt er. Zuletzt habe er in Istanbul in einem Hotel als Übersetzer gearbeitet, aber nun keine Arbeit und kein Bett. Er hoffe, sagt er, der »Chef« gebe ihm eine Chance.

»Wir machen Straßentheater, das ist Kunst«, sagt Marangoz. Er nennt es »Cosplay«, ein fantasievolles Spiel mit Kostümen. Das sagt er auch den türkischen Ordnungshütern, wenn sie ihn von der Straße wegscheuchen. »Die Polizisten sagen mir, du nervst die Leute. Ich nerve aber niemanden. Ich dränge mich nicht auf, die Menschen kommen von alleine zu mir.« Marangoz verteidigt sich und seine Leute: »Wir sind berühmt, wir müssen nicht stehlen. Was wir machen, ist doch Farbe für die Straße.«

Istanbul trägt nachts viele Farben, auch grelle und schrille. »Wenn du auf der Straße bist, siehst du alles ungeschützt, nackt.« Aufpassen müsse man da in der Nacht. »Wir arbeiten in einer richtigen Stresssituation. Mir haben sie schon zehnmal das Handy gestohlen. Die Leute wollen ein Foto machen und dann nehmen sie dir das Handy weg.« Auch von »Mitarbeitern« sei er schon beklaut worden, »das passiert, wenn du dir die Falschen aussuchst«. Marangoz schaut in die Runde der Männer, ein paar nicken wieder. Er sagt: »Die sind meine Brüder.«

Und wenn das Geld weg ist, was dann? »Du weißt, wie das in der Türkei läuft? Du musst was tun, bevor die Polizei kommt.« Er lacht. »Ich habe viele Einträge im Polizeirevier, wegen Schlägereien und so.« In den vergangenen sechzehn Jahren sei er »vielleicht achtmal« im Gefängnis gewesen. »Ich habe auch viel Strafgeld bezahlt.« Immer für Schlägereien? »Nein, ich habe mal ein Mädchen in meine Truppe genommen, sie sagt mir, dass sie achtzehn ist, und eine Woche später kommen ihre Mama und ihr Papa und erklären mir, ihre Tochter sei erst fünfzehn oder sechzehn Jahre alt. Woher soll ich das wissen? Sie war von zu Hause weggelaufen und hat mir den Ausweis ihrer Schwester gezeigt.«

Er kennt viele solche Geschichten, er erzählt gern. »Da war eine, die haben sie zwangsverheiratet, in Urfa. Sie ist nach Istanbul abgehauen und hat für ein Dach über dem Kopf mit Männern geschlafen, sie hat sich aufgegeben. Ich habe ihr gesagt, so lebt kein Tier, das sollst du nicht machen.« Aus einem Abbruchhaus habe er sie herausgeholt und zu anderen »Mädchen« gebracht, ihr neue Kleider gekauft. Was ist aus der Frau geworden? Er weiß es nicht oder sagt es nicht. Es wäre ein Wunder, wenn sie aus der Prostitution herausgefunden hätte. Prostitution ist in der Türkei legal, aber nur in staatlich lizenzierten Bordellen. Zuletzt haben einige Städte keine neuen Lizenzen verteilt oder Bordelle nach Gerichtsbeschlüssen geschlossen. Aber in gewissen Istanbuler Straßen ist die illegale Prostitution so augenfällig, dass man kaum glauben kann, dass die Polizei das übersieht. »Es gibt auch viele Transsexuelle, die keine Arbeit haben und deshalb hier auf den Strich gehen.« Istanbul hat wahrscheinlich die größte Transsexuellen-Szene des Nahen Ostens.

»Wenn es ums Geld geht, da gibt es alles, auch Pech und Ungerechtigkeit«, sagt der Nachtarbeiter Marangoz. »Wir leben wie Fische im Meer, und dann kommt ein Haifisch. Das ist das Schicksal, so ist das Leben.« Er lacht wieder. *Marangoz* heißt Schreiner. Die Familie seines türkischen Vaters hat Möbel hergestellt. »Ich habe immer gern gebastelt, das liegt in meinen Genen.« Seine Mutter war Deutschlehrerin. »Ich habe eine deutsche Mama.« Geboren wurde Hüseyin Fevzi 1984 in Antalya. Es folgte ein Hin und Her zwischen der Türkei und Deutschland, das Schicksal vieler Kinder seiner Generation. Dazwischen dann Aufenthaltsprobleme, weil Fristen in Deutschland versäumt wurden. Er muss ein guter Schüler gewesen sein, auch wenn die Verhältnisse nicht einfach waren. Er studierte Mathematik an der TU Berlin, und er ist sprachbegabt. Die Eltern ließen sich scheiden, heirateten neue Partner »Ich habe neun Geschwister, fünf Schwestern, vier Brüder. Einer ist Staatsanwalt in der Türkei. Ich hätte auch Polizist oder irgendein anderer Beamter werden können. Aber ich wollte nicht so unter Druck leben. Freiheit ist für mich sehr wichtig.« Marangoz fragt in die Runde der Männer: »Habe ich nicht recht, meine Brüderchen?« Einer antwortet: »*Evet, abi*«, ja, großer Bruder.

Ein anderer verteilt Zigaretten aus einer Plastiktüte. Zigaretten ohne Steuerbanderole kann man auch nachts in Istanbul auf der Straße kaufen. Marangoz zieht an der Wasserpfeife. »Stell dir vor, du bist reich, hast eine Yacht, Villa, alles. Aber dann langweilt dich das. Bei mir geht es eben mal rauf und mal runter. Das ist Kampf, das ist Action.« Er hätte aber schon gern, dass es mal wieder nach oben geht. »Ich würde gern ein Fashionmodell werden, ein Stilist, ein YouTube-Star.«

Einer der Männer macht sich in der Miniküche zu schaffen, kommt mit Weißbrot, belegt mit einer Scheibe Käse und Gemüseschnipseln. Das Abendessen, bevor es in die Nacht hinausgeht. Dazu trinken alle schwarzen Tee. »Wir können auch unseren Alkohol selbst machen«, sagt Marangoz, »ich weiß, wie man das mischen muss.« In Istanbul sterben immer wieder Menschen an gepanschtem Alkohol. Marangoz sagt, wer in der Nacht lebe, kenne die dunklen Seiten der Stadt. »Da gibt es leere alte Häuser hier in der Nähe, in Tophane, die Scheiben sind kaputt, aber da hält einer Wache, und dann verkaufen sie dort Drogen und Waffen, da kannst du alles haben oder dir bringen lassen.«

Mit Drogen wolle er nichts zu tun haben. »Ich sehe viel, aber wenn die Polizei mich fragt, sage ich nichts. Du sollst dich besser nicht in anderer Leute Arbeit einmischen.« Das hat er auch auf der Straße gelernt. »Das Leben bringt dir alles bei.« Auch niemandem sofort zu vertrauen. Nicht einmal bettelnden Kindern, den kleinen Blumen- und Taschentuchverkäufern. »Die werden oft von Älteren gesteuert, und wenn du nicht aufpasst, sind da plötzlich zwanzig Leute, ihre Clique.«

Marangoz will jetzt die Flügel vorführen. Er schnallt sich ein Holzgestell um, daran sind die Stangen für die Schwingen befestigt. Hat er selbst gebaut. Ohne den Fransenstoff für das Federkleid ist das Ganze nur ein armseliges Skelett. Marangoz wischt über sein Handy, zeigt seinen Instagram-Account @hfmlove. Da sieht man ihn auch mit echten Vögeln, großen grünen, blauen Papageien. Er trägt sie auf den Schultern, auf den Armen, auf der behandschuhten Hand, zwei, drei auf einmal, und sie liebkosen ihm mit ihren Schnäbeln das Gesicht. Der Nachtvogel ist ein echter Vogelmensch.

Eine Weile hatte er auch einen Affen auf der Straße dabei. »Da fragte mich einer: Kann der Affe sprechen wie ein Papagei? Es gibt so dumme Leute, die haben nix im Kopf.« Stört es ihn eigentlich, wenn Menschen, denen er nachts begegnet, ihn auch für schlicht oder dumm halten, weil er auf der Straße arbeitet? »Ja«, sagt er, »das stört mich sehr. Die Leute wissen ja nicht, wie viele Sprachen ich spreche, wie weit ich gereist bin.« Aus einer Ledertasche zu seinen Füßen holt er seinen Pass. In dem gibt es fast keinen freien Platz für weitere Stempel. »Ich war in Dubai, in Bahrain, in Singapur. Ich bin bei großen Geburtstagsfeiern und in Hotels aufgetreten, da bekommt man mehr Geld als hier.«

Auch auf der Straße in Istanbul erhält er manchmal Angebote, die mehr Geld versprechen als üblich. »Da sind Frauen aus Russland, Dänemark, Deutschland, Österreich, die geben uns den Namen ihres Hotels und die Zimmernummer, sie sagen, komm mal vorbei.« Und dann? »Welcher Mann würde da nicht hingehen, wenn er ein bisschen Spaß haben will?« Er lacht wieder, ein bisschen wie ein Kobold. »Wenn ich dann gehe und mich ausziehe, dann sagen sie: Nein, nicht ausziehen, mit Kostüm! Es geht um die Fantasie, die wollen etwas in ihrer Fantasie erleben.«

Der mit den Tattoo-Tränen sagt jetzt, er müsse weg, er habe noch »Schulden zu bezahlen«, vierzig Lira, weniger als fünf Euro. »Sonst bekomme ich Probleme.« Er steht schon in der Tür, nervös, da sagt Marangoz: »Bleib hier, beruhige dich.« Er werde die Sache später regeln. Der andere setzt sich wieder hin.

Es wird nicht mehr lange dauern, dann gehen sie hinaus in die Nacht. Der »Chef« und seine Leute. Er nippt an seinem Tee, sagt, er wolle sich noch ein wenig ausruhen, bevor er loszieht. Es wird Zeit zu gehen. Hüseyin Fevzi Marangoz bleibt beim Abschied oben in der Tür stehen, bis ich im Dunkeln den Ausgang unten gefunden habe. Er winkt.

4 Uhr Mond hinter Gittern

Der Schriftsteller Ahmet Altan berichtet aus einer Gefängniszelle

»Als ich einmal gegen Abend einschlief und mitten in der Nacht erwachte, funkelte genau über dem Gitterkäfig ein Mond, der fast den gesamten von meinem Lager aus sichtbaren Himmel einnahm. Beim Anblick dieses von dunkelblauen Wellenlinien durchzogenen, immer stärker werdenden silbrig glänzenden Lichtes durchfuhr mich ein Schrecken. Etwas so Schönes im Gefängnis zu erblicken ist angsteinflößend. Ich fürchtete mich vor der Schönheit des Mondes und seinem Licht. Mit einem Satz fuhr ich aus dem Bett.«

So notierte der Schriftsteller Ahmet Altan aus einer unruhigen Nacht in der Haft.

Ich bin ihm nie persönlich begegnet. Seinen Bruder Mehmet, der auch im Gefängnis war, habe ich getroffen, lange bevor die beiden berühmten Brüder, der Schriftsteller und der Wirtschaftswissenschaftler, ins Visier der Machtmenschen in Ankara gerieten.

Das erste Mal sah ich Mehmet, der drei Jahre jünger ist als Ahmet, 2001. Zu dieser Zeit durchlebte die Türkei eine tiefe Wirtschaftskrise, an der die damalige sogenannte Elite, in diesem Fall die politische, bedeutende Mitschuld trug. Sie hatte sich schamlos bedient, viele staatliche Banken waren marode. Das Kapital flüchtete aus dem Land, die Inflation galoppierte, die Lira verfiel. Es war jene politische und ökonomische Krise, die im November 2002 dann eine neue Partei an die Macht brachte: Erdoğans AKP. Das Treffen mit Mehmet Altan fand ziemlich genau ein Jahr vor dem Machtwechsel statt, Ende Oktober 2001.

Wir hatten uns auf der sonnenbeschienenen Terrasse eines Istanbuler Cafés verabredet. Ich war zuerst da und wählte einen Tisch. Sofort nahm mir gegenüber auf einem freien Stuhl eine dicke Katze Platz. Mehmet Altan kam, grüßte, sah die Katze und holte sich einen Extrastuhl, die Katze ließ er sitzen. Damit waren wir schon mitten im Thema: Hatte nicht auch Mohammed, der Prophet, einst seinen Mantel zerschnitten, nur um eine Katze, die darauf Platz genommen hatte, nicht zu verjagen? So die Legende. Und wir wollten schließlich über »Islam und Globalisierung« sprechen! Eine auflagenstarke islamische Zeitschrift hatte dem Land in der Krise gerade die Abkehr vom türkischen Laizismus und den Islam als Rettung empfohlen.

Mehmet Altan lachte laut auf und sagte: »Islam und Wirtschaft, das passt doch nicht zusammen.« In der islamischen Tradition fehle die Selbstkritik. Außerdem genüge es nach der Philosophie des Propheten, wenn man das Nötigste hat. Keine kapitalistische Motivation also.

Aber lassen sich Religion und Rationalität nicht versöhnen, ist Reform möglich? In der Türkei waren die Probleme der wirtschaftlichen Unterentwicklung vieler islamischer Staaten zu jener Zeit ein vieldiskutiertes Thema. Auch der damalige Chef der staatlichen Religionsbehörde, Nuri Yılmaz, hatte empfohlen, die islamischen Länder sollten darüber diskutieren, warum sie »gegenüber der westlichen Welt rückständig« seien. Mehmet Altan sagte, die Verarmung steigere die Anfälligkeit für antimodernistische und fundamentalistische Ideen. Reformimpulse entstünden nur aus »wirtschaftlicher Entwicklung«. Für sein Land forderte der Wirtschaftsprofessor nachdrücklich eine Integration in die EU.

Genau das machte Erdoğan zu seinem Wahlziel. Und seine neue Partei legte alle Hemmungen ab, was Kapitalismus und Konsum betrifft. Die neuen Konservativen predigten ungebremstes Wachstum und einen für die Türkei neuen Wirtschaftsliberalismus, und viele ihrer Männer der ersten Stunde wurden selbst zu Superkapitalisten. Anfangs bekämpften sie die Korruption. Später entdeckten viele die Vorteile der Vetternwirtschaft und Selbstbedienung. Es ist die alte, nur allzu bekannte politische Krankheit, wenn die Macht zu lange in denselben Händen liegt.

Erdoğan tat noch etwas, was sich Mehmet und sein Bruder Ahmet Altan sehnlichst wünschten: Er beschnitt die Macht des Militärs. Das brachte ihm Sympathien bei liberalen Intellektuellen ein. Zur historischen Verankerung dieser besonderen Macht hatte Mehmet Altan bei unserem Gespräch gesagt: »Der osmanischen Gesellschaft fehlte die Bourgeoisie, und bei Gründung der Republik trat an die Stelle der Palastbürokratie die bewaffnete Bürokratie des Militärs. Deshalb beschäftigen sie sich in der Türkei so viel mit nationaler Sicherheit statt mit nationaler Armut.«

Die Macht, die Erdoğan dem Militär nahm, gab er nicht an das Volk weiter, er nutzte sie, um seine eigene Macht zu vergrößern. Im Lauf der vielen Jahre absoluter Mehrheiten der AKP, zuletzt unter Mithilfe der Ultranationalisten, wurde das Parlament immer mehr geschwächt und die Exekutive gestärkt. Die autoritäre Struktur war vorgegeben, durch die 1982 – nach dem Militärputsch von 1980 – von den Generälen geschriebene Verfassung. Erdoğan ließ sie zwar ändern, aber er verschaffte sich 2017 damit noch mehr Macht. Er verwandelte das parlamentarische Regierungssystem in ein Präsidialsystem.

Die Folgen dieser Veränderung bekamen die Altan-Brüder bald zu spüren. Sie wurden wie so viele andere zu gefährlichen Gegnern der Macht erklärt. Der Schriftsteller Ahmet Altan hatte sich schon vorher bei türkischen Nationalisten unbeliebt gemacht, als er 1995 seinen Landsleuten riet, sie sollten sich einmal vorstellen, sie lebten in einem Staat mit dem Namen »Kurdiye« (statt Türkiye), gegründet von einem Mann, der Atakurd hieß, nicht Atatürk. Ein Gericht verurteilte ihn dafür zu zwanzig Monaten Haft. Altans Romane erreichten dennoch Millionenauflagen. Teils wurden sie auch wegen ihrer erotischen Direktheit beäugt – und gern gelesen. Sie sind von großer sprachlicher Schönheit. Heute findet man sie in Istanbuler Buchläden nur noch schwer.

Was Ahmet und Mehmet Altan dann im Sommer 2016 widerfährt, ist ihnen schrecklich vertraut, denn ihr Vater, der

Schriftsteller Çetin Altan, hat 45 Jahre zuvor das Gleiche erlebt. Ahmet Altan beschreibt die Szene in seinen Texten aus dem Gefängnis (*Ich werde die Welt nie wiedersehen*, S. Fischer, 2018) als Déjà-vu-Erlebnis: »Es klingelte an der Tür. Ich sah herüber zu der elektronischen Uhr. Die Anzeige 05.42 blinkte und verlosch. ›Die Polizei‹, dachte ich. Wie alle Oppositionellen in meinem Land ging ich jede Nacht zu Bett in der Erwartung, dass im Morgengrauen an meiner Tür geläutet würde. Ich wusste, dass sie kommen würden.« Die Kleidung für den »Polizeiüberfall« hat er parat: eine schwarze Leinenhose, die ohne Gürtel getragen werden konnte; kurze, bis zu den Fußgelenken reichende schwarze Socken, bequeme Sportschuhe. Ahmet Altan ruft seinen Bruder Mehmet an und sagt ihm: »Wir haben Gäste, mach die Türe auf.« Die beiden Brüder wohnen in demselben Mehrparteienhaus.

Während die Polizisten seine Wohnung durchsuchen, setzt der Schriftsteller Teewasser auf. »Mögen Sie auch einen Tee?«, fragt er die Beamten. So wie einst sein Vater die Polizisten fragte, die in der Morgendämmerung aufgetaucht waren, ob sie einen Kaffee möchten. Immer lehnen die Beamten ab. »Weil dieses Land sich in seiner Geschichte sehr langsam bewegt«, schreibt Ahmet Altan, »kann die Zeit nicht vorankommen; sie dreht sich um, schaut zurück und wiederholt ihre eigene Vergangenheit.« Bevor er abgeführt wird, erscheint sein Bruder, von Polizisten umringt, an der offenen Wohnungstür, »mit seinem Lächeln, das jeden Morgen meine Zuversicht stärkte«. Die beiden verabschiedeten sich voneinander.

Ahmet Altan wurde 1950 in Ankara geboren, sein Bruder Mehmet 1953. Als das Militär 1960 putschte, waren sie Kinder, als es 1971 wieder putschte, wurde ihr Vater verhaftet. Çetin Altan war ein bekannter Schriftsteller mit feiner Feder, der als Reporter und Kolumnist auch für große Zeitungen schrieb. Er starb mit 88 Jahren im Oktober 2015. Als Erdoğan versprach, die Macht des Militärs in Schranken zu weisen, hatten Ahmet und Mehmet Altan dies begrüßt, auch weil sie nie vergessen haben, was ihrem Vater angetan wurde. Ahmet Altan lobte Erdoğans Kurs in den ersten Regierungsjahren. Bei linken Kritikern machte er sich damit unbeliebt. Der Autor hat sich zwischen viele Stühle gesetzt.

Die Anklage gegen die Brüder ist voller Absurditäten. Es geht um eine Fernsehsendung, an der beide teilgenommen haben, einen Tag vor dem Putschversuch vom 15. Juli 2016. Ahmet Altan hatte in der Talkrunde gesagt: »Die AKP wird ihre Macht verlieren, und sie wird vor Gericht gestellt werden.«

Dies wird von den Anklägern als »unterschwellige« Botschaft an die Putschisten gewertet. Er hatte nur für einen Machtwechsel bei den nächsten Wahlen plädiert. Auch ein paar Texte für eine Zeitung werden ihm zur Last gelegt. Der Staatsanwalt verlangt lebenslange erschwerte Haft wegen »Mitgliedschaft in einer terroristischen Vereinigung«.

Wer einen Autor von der Sprachkraft Ahmet Altans einsperrt, muss wissen, dass der zum Zeitzeugen und selbst zum Ankläger wird. Der Schriftsteller legt sich auch vor seinen Richtern keinen Maulkorb an. Er zerpflückt die Anklage, seziert dieses Dokument juristischer Peinlichkeiten und damit den Zustand der Justiz in seinem Land. Seine Verteidigungsrede in der öffentlichen Verhandlung ist ein Plädoyer für die Macht des Rechts, er nennt das Recht »unsterblich«. Seinen Richtern sagt er ins Gesicht, wenn sie politisch willfährige Urteile fällten, würden sie ihren Beruf verraten: »Eine Justiz, die schon tot ist oder gerade stirbt, hat einen fauligen Geruch.« Altans Auftritt im Februar 2018 ist ein furioses historisches Kolleg. Man möchte gern wissen, was Staatsanwalt und Richter dachten, als sie diese Brandrede hörten, als Altan ihnen entgegenschleuderte: »Bravo! Sperrt alle ein. Das ist eure Zeit. Aber die Zeiten ändern sich. Die Zeiten ändern sich immer.«

In seinem historischen Roman *Wie ein Schwertstreich*, der im ausgehenden Osmanischen Reich spielt, lässt Altan eine seiner Heldinnen zu ihrem Sohn sagen: »Hast du endlich aufgehört, dich zu fürchten, Hikmet?« Die Mutter ist eine Osmanin mit in Paris erworbener Grandezza, der Sohn katzbuckelt sich aus Angst vor dem Sultan durchs Leben. Angst, auch das sagt Altan vor Gericht, ist die größte Stärke der absoluten Macht, aber auch ihre größte Schwäche. »Die Angst, die sie verbreiten, ist die Nahrung und das Gift ihrer Macht.«

Am 16. Februar 2018 werden die Altan-Brüder zusammen mit weiteren vier Journalisten zu lebenslanger Haft verurteilt. Es bleibt der Eindruck, die Urteile standen schon vorher fest. In jenem Jahr und auch danach habe ich viele Stunden vor und in Istanbuler Gerichtssälen verbracht. Der Justizpalast von Çağlayan ist ein modernes Gebäude von einschüchternder Größe mit fensterlosen Verhandlungssälen. In einem der tiefen Untergeschosse liegen die Zellen für Untersuchungshäftlinge, die auf ihren Prozessauftritt warten. Viele Verhandlungen beginnen erst Stunden nach dem angesetzten Termin, die Gänge sind daher immer voller wartender Menschen. Anwälte hetzen umher, sie sind oft in mehreren Prozessen an einem Tag gefragt. Gelegentlich ist ein Jurist selbst Angeklagter und verteidigt in einem anderen Verfahren seine Mandanten. Ein angeklagter Journalist hat mir erzählt: Als er sein Auto in der Nähe des Gerichts parkte, überfiel ihn der Gedanke, er könne es vielleicht nicht mehr abholen, weil der Ausgang politischer Verfahren unwägbar ist. Er hat ein Handyfoto der Parkbucht an seine Frau geschickt.

Bei einem meiner Gerichtsbesuche habe ich einen falschen Gang erwischt und bin in einem Untergeschoss gelandet. Da lagen auf dem Boden Berge von rosa Akten, Schnellhefter, achtlos übereinandergeworfen, wie zusammengekehrt und vergessen. Jede rosa Akte ein Menschenschicksal.

Bei Ahmet Altan habe ich die Beschreibung eben dieses Aktenberges wiedergefunden, man hat ihn auf dem Weg zur Verhandlung auch daran vorbeigeführt, an diesem »aus rosa Akten bestehenden geheimen Friedhof«. Altan notierte: »Wir stoßen die Ordner mit den Füßen zur Seite und bahnen uns einen Weg durch den Korridor ... manchmal treten wir auch darauf, und dabei überfällt mich ein unangenehmes Gefühl, als ob ich auf Menschen treten würde.«

Wird dieses Kapitel der türkischen Geschichte irgendwann aufgearbeitet werden? Und wenn ja, von wem? Wird jemand in diesen Akten lesen, oder werden sie vernichtet, bevor sich eine neue Schicht der Geschichte auf die alte legt? So wie in Istanbul einfach immer wieder auf die alte Stadt eine neue gebaut wird, wo Hochhäuser auf Armensiedlungen folgen und Shoppingmalls auf historischen Fundamenten errichtet werden. Wo sie schon mal eine Straße teeren, ohne vorher den Müll wegzuräumen.

In dem Urteil gegen Ahmet Altan vom 16. Februar 2018 heißt es, er sei ein »glaubenskämpferischer Putschist«. Altan betrachtet sich jedoch weder als gläubig, noch ist er je für einen Putsch eingetreten. Zehn Tage später verurteilt ihn das Gericht noch einmal, diesmal als »marxistischen Terroristen«. Der objektive Widerspruch der beiden Urteile stört die Justiz nicht.

2019 wird das gegen Ahmet Altan verhängte Strafmaß von einem Berufungsgericht auf zehn Jahre und sechs Monate reduziert. Wegen der langen Haftzeit kommt er am 4. November 2019 frei. Vor dem Hochsicherheitsgefängnis von Silivri wartet sein Bruder Mehmet. Die beiden fallen sich seit mehr als drei Jahren erstmals wieder in die Arme. Mehmet Altan ist da schon mehr als ein Jahr wieder auf freiem Fuß und sogar freigesprochen. Seine Verhaftung hatte etwas von Sippenhaft, der Justiz ging es in erster Linie wohl um seinen Bruder Ahmet.

Die Freude der Brüder währt nur eine Woche. Ein Staatsanwalt legt Widerspruch gegen Ahmet Altans Freilassung ein. Der wird von einem Gericht zurückgewiesen. Der Staatsanwalt geht dann zu einem anderen Gericht, das gibt dem Widerspruch statt. Am Abend des 11. November 2019 stehen wieder Polizisten vor Ahmet Altans Tür. Sie nehmen ihn fest. Diesmal haben sie nicht bis zum Morgengrauen gewartet.

Im September 2018 habe ich ein schriftliches Interview mit dem inhaftierten Ahmet Altan geführt – über seinen Anwalt, vermittelt von einer türkischen Journalistin, die zu seinen engsten Vertrauten gehört. Altans Anwalt nimmt die Fragen mit nach Silivri und bringt später die Antworten. So teilt Altan mit: »Am Anfang durfte ich meinen Anwälten nicht geben, was ich schrieb. In der letzten Zeit darf ich das.«

Das Hochsicherheitsgefängnis von Silivri ist eine Stadt hinter Zäunen. Schon Kilometer davor werden Autos angehalten, die Fahrer und Mitfahrer kontrolliert. Besucht werden dürfen Häftlinge gewöhnlich nur von Anwälten, Parlamentsabgeordneten und engen Verwandten. Eine Liste der erlaubten Verwandtschaftsgrade hängt an den Eingangsschleusen. Verwandten wird ein fester Termin zugeteilt, meist eine Stunde pro Woche, immer zur selben Zeit. Es gibt einen Vorhof mit einem schlichten Bistro, in das auch Begleiter dürfen, die keinen Zugang zu den Häftlingen haben. Sie warten dort bei Tee und Toast. Männer rauchen vor der Tür, schlagen die Zeit tot, Frauen versuchen, weinende Kinder zu beruhigen. Ein Blick auf die Wartenden genügt, um zu wissen, dass die meisten Menschen hinter Gittern eher aus einfachen Verhältnissen kommen. Die Intellektuellen, die Journalisten und Schriftsteller, für die es in Silivri einen speziellen Trakt gibt, gehören nicht zur gewöhnlichen Gefängnispopulation.

Auch in der Finsternis will Altan die Hoffnung nicht aufgeben. »Ich glaube immer daran, dass die Türkei ein Land der Wunder ist. Sie hat einen starken Überlebensreflex.« Er berichtet, dass er an einem kleinen Plastiktisch in seiner Zelle arbeitet, dass er sich aus dem Gefängnisladen einen Kugelschreiber bringen ließ. Für jedes Extra müssen die Häftlinge in Silivri bezahlen. Auch Bücher aus der Gefängnisbibliothek kann er bestellen. »Nur die Bücher, die ich selbst geschrieben habe, die geben sie mir nicht.«

An dem Plastiktisch hat Altan auch sein Gefängnis-Buch geschrieben. Er schildert darin auch verschiedene Zellengenossen. Den Dorflehrer, der viel betet, weil er hofft, sich so befreien zu können. Einen wimmernden Offizier, dem man eine Beteiligung am Putschversuch vorwirft. Der Schriftsteller hat seine eigenen Fluchtmöglichkeiten, er unternimmt Reisen in der Fantasie. »Von außen betrachtet, war ich der weißbärtige alte Ahmet Hüsrev Altan, der in einem dunklen, stickigen Käfig mit Eisengittern eingeschlossen war. Doch das war die Realität derer, die mich dort gefangen hielten. Ich habe die Realität umgekehrt.«

Nicht immer gelingt ihm diese innere Befreiung. Dann versinkt er ins Dunkel, fragt sich, »ob die Verrückten nachts mit logischen Träumen vernünftig werden, während die Vernünftigen in ihren Träumen von allen logischen Fesseln befreite Dinge erleben und den Verstand verlieren«.

Am 13. April 2021 verlangt der Europäische Gerichtshof für Menschenrechte Ahmet Altans sofortige Freilassung, er sieht keine Belege für die gegen den Schriftsteller erhobenen Terrorvorwürfe. Die Regierung in Ankara hat schon oft Urteile aus Straßburg ignoriert. Altan aber kommt einen Tag später frei. Er wird von seinen Aufsehern in ein gelbes Istanbuler Taxi gesetzt und darf nach vier Jahren und sechs Monaten Haft nach Hause.

Die dunkelste Stunde ist die vor Sonnenaufgang

5 Uhr

Wie ich den Dichter und Emigranten Konstantinos Kavafis in Istanbul suchte – und eine junge geflüchtete Ägypterin fand

Die dunkelste Stunde ist die vor Sonnenaufgang, sagt ein türkisches Sprichwort. Menschen, die sich verbergen müssen, wissen das. Menschen auf der Flucht. Istanbul war über alle Epochen hinweg auch eine Stadt des Exils. Heimat auf Zeit für Gestrandete aus allen Himmelsrichtungen. Willkommen waren sie häufig nicht, aber die Stadt hat ihnen meist irgendwie das Überleben oder die Weiterreise ermöglicht. In der Zwischenwelt zwischen Tag und Nacht, zwischen Legalität und Illegalität.

Manche durften auch bleiben, wie die spanischen Juden, die 1492 aus dem katholischen Spanien vertrieben wurden und Aufnahme fanden im Osmanischen Reich. Andere kehrten nach Jahren des Exils am Bosporus zurück in ihre Heimat, wie viele der deutschen Juden und Sozialdemokraten, Ärzte, Architekten, Juristen, die nach ihrer Flucht aus dem nationalsozialistischen Deutschland Atatürks Republik bereicherten und an türkischen Universitäten lehrten. Heute leben ungezählte Syrer, Iraner, Iraker und Afghanen in Istanbul, Kriegsflüchtlinge die meisten. Verspricht ein Lokal »libanesische« Spezialitäten, kann man fast sicher sein, dass es eigentlich ein syrisches Restaurant ist, was die Köchinnen und Kellner lieber verbergen, da sie nicht bei allen willkommen sind.

Als ich Anfang 2001 das erste Mal nach Istanbul zog, lebte ich in Yeniköy, einem Stadtteil am europäischen Ufer des Bosporus. Zum Schwarzen Meer ist die Fahrt mit dem Schiff von hier aus kürzer als zum Topkapı-Palast und zur Blauen Moschee. Es ist stets ein paar Grad kühler als im Zentrum, im Winter gibt es gelegentlich Eis und Schnee. Dann wird es auf den steilen Straßen die Hügel hinauf rutschig, wo die meisten Menschen hier leben. Am Ufer ist das nur den Reichsten möglich. In Yeniköy gibt es am Bosporus prächtige Sommervillen aus osmanischer Zeit, oft noch aus Holz, die heute Millionen Dollar wert sind.

Man findet auch verwitterte Ruinen in verwilderten Gärten und staunt, wird doch jeder Quadratmeter hier in Gold aufgewogen. Wer nach den Gründen fragt, hört von Erbstreitigkeiten. Eher seltener wird von den einstigen Eigentümern erzählt, die vor langer Zeit das Land verlassen haben, gewöhnlich nicht freiwillig. Denn auch das gehört zu Istanbul: Immer wieder hat der türkische Staat Menschen aus dieser Stadt gejagt – während andere Zuflucht fanden.

Yeniköy hat auch einen griechischen Namen: Neochori. Das heißt wie im Türkischen: Neues Dorf. Es gibt hier noch mehrere griechisch-orthodoxe Kirchen und einen großen alten griechischen Friedhof, hinter einer hohen Mauer. Gräber und Wege sind gepflegt.

»Du wohnst in Yeniköy?«, fragte ein türkischer Freund und sagte: »Dann musst du das Haus von Konstantinos Kavafis suchen!« Kavafis, einer der größten und eigenwilligsten Dichter der griechischen Sprache, Verfasser außergewöhnlicher Liebeslyrik. Der *Ithaka* schrieb, die Hymne aller Reisenden, denen die Reise wichtiger ist als das Ziel. Kavafis, in Yeniköy?

Konstantinos Kavafis wurde am 29. April 1863 im ägyptischen Alexandria geboren und starb dort 1933, auch an einem 29. April. Dazwischen Stationen in Marseille, Paris, Liverpool und London. Dort unter der Adresse: 15 Queensborough Terrace, Hyde Park. In einem Zehnzimmerhaus für 200 Pfund im Jahr, ziemlicher Luxus zu jener Zeit. Aber hier am Bosporus? Ich finde kein Denkmal, keine Gasse, keine Inschrift, die auch nur das Dürftigste mitteilen würde über den weltberühmten Poeten. Und doch eine Spur: Eines der wenigen Prosastücke des Dichters trägt den Titel *Eine Nacht in Kalinderi*, verfasst 1895. Kavafis beschreibt darin einen Spaziergang von Neochori, also Yeniköy, über Kalinderi nach Therapia. Kalinderi heißt heute Kalender, Therapia trägt den türkischen Namen Tarabya.

Beide Orte liegen am Bosporus. In Kalender befindet sich inzwischen der Istanbuler Amtssitz von Präsident Erdoğan. Vom Bosporus aus sieht man diesen Gebäudekomplex nicht, er verschwindet auf einem steilen Hügel in einem dichten Wald. Kavafis fiel bei seinem Spaziergang nach Kalinderi die

»Heiterkeit« der Landschaft auf, ihre damals noch unbebauten grünen Hügel, die vielen kleinen Flüsse, die zum Bosporus hinstrebten. Er notierte: »Sogar vom Duft der Erde wirst du berauscht.«

Also Yeniköy. Aber wo lebte der Dichter? Steht das Haus noch? Und warum hat die Stadt, von der er so schwärmte, die Erinnerung an ihn einfach verschluckt? Die Familie Kavafis kommt im Juli 1882 mit einem Schiff nach Istanbul. Er nannte die Stadt gewiss Konstantinoupoli, wie es die meisten Griechen bis heute tun. In seiner Geburtsstadt Alexandria sind im Juni 1882 Unruhen ausgebrochen. Es gibt Massaker an Christen. Die Briten bombardieren die Stadt. Mutter Haricleia Kavafis nimmt ihre sechs Söhne mit auf die Flucht, Konstantinos ist der Jüngste. Er ist neunzehn Jahre alt. Vater Kavafis ist schon 1870 gestorben und die Familie inzwischen eher mittellos. Man flieht in die halbwegs geöffneten Arme des am Bosporus lebenden Großvaters Georgios Fotiadis.

Eine Anschrift teilt der Dichter nicht mit. Die Briefe der Freunde lässt er an den Mann einer Cousine schicken. Denn dieses Exil hat sich die Familie nicht ausgesucht. Großvater Fotiadis besitzt zwar ein *yalı*, wie die mit Türmchen und Erkern verzierten Ufervillen noch heute heißen, und das *yalı* steht in Yeniköy, wo zu jener Zeit viele gut situierte Griechen leben. Sie nennen sich selbst Rum, also Römer, denn die Stadt und ihre Herrscher legten einst viel Wert auf eine kontinuierliche Geschichte seit der Antike.

Unter den Rum gibt es viele Prominente, Ärzte, Architekten und Diplomaten im Dienste des Sultans. Großvater Fotiadis handelt mit Diamanten, aber wenn die Geschäfte, wie so oft, schlecht laufen, legt er sich in ein Krankenhausbett und lässt sich vor den Krediteintreibern verleugnen. Dann wird es in der Villa am Wasser klamm, weil zum Heizen das Holz fehlt. »An Mama und dich zu denken, die ihr so miserabel untergebracht seid in Yeniköy, war außerordentlich traurig«, schreibt der ältere Bruder John Kavafis an den jüngeren. John Kavafis ist, um Geld zu verdienen, schon wieder nach Alexandria zurückgekehrt, wo man einst mit Köchen, Dienern und Gouvernanten gelebt hat. Vielleicht macht Konstantinos in seinen Briefen auch wegen des gesellschaftlichen Abstiegs lieber kein Aufsehen von der Villa in Yeniköy.

Und doch ist es dieser Ort, die »byzantinische Landschaft« am Bosporus, die ihn zu seinen ersten Gedichten anregt. Er beschreibt sie wie ein Verliebter: »Ihre Täler, Flüsschen und Berge lächeln immer.« Im Exil entdeckt er zudem seine Homosexualität. Auch dies verbirgt er. Die Stadt wiederum hat nicht nur lange Zeit Konstantinos Kavafis aus ihrem Gedächtnis gestrichen. Sie hat das auch mit seinem Großvater Georgios Fotiadis getan, mit den Familien Karatheodoris und Mavrokordatos und den vielen anderen Hellenen, die einst das Völkergemisch am Bosporus bereicherten. Spricht man einen der alten Griechennamen aus, klingt das wie der Hall von Schritten in einem leeren Haus. Heute gibt es in Istanbul weniger als 2000 Griechen. Einmal waren es hundertmal so viele. Immer wieder, wenn es Spannungen gab zwischen den Nachbarn Türkei und Griechenland, bekamen das die Griechen von Istanbul zu spüren.

Die größten Vertreibungswellen geschahen 1955, 1964 und 1974, und stets wirkte im Hintergrund der Konflikt um das ethnisch gemischte und geteilte Zypern mit. Heute wird um Gasvorkommen in der Ägäis gestritten, und die wenigen Griechen, die noch in Istanbul leben, verzichten darauf, sich öffentlich auf eine Seite zu schlagen, sie wollen nicht auffallen. Es gab auch Phasen der Entspannung. Dann kamen viele Besucher aus Griechenland an den Bosporus, sie suchten nach den Häusern von Großeltern und Urgroßeltern und manchmal nach ungelösten Familiengeheimnissen. Oft waren sie erstaunt über die Freundlichkeit, mit denen viele Türken sie empfingen. Kein Wunder: sind doch auch viele Istanbuler oder ihre Vorfahren anderswo geboren, in Orten, die sie oft nicht freiwillig verließen.

Auf der Suche nach Kavafis traf ich damals Georgios Adosoğlu, Chefredakteur von *Apoyevmatini*, der letzten griechischen Zeitung Istanbuls, gegründet 1925. Der Journalist, geboren 1919, hatte all die Namen der alten »aristokratischen Familien aus Yeniköy« im Kopf. Er sagte: »Die haben zwei- oder dreimal am Tag neue Kleider angezogen.« Im Juni 2002 ist der alte Chefredakteur gestorben, nicht lange nach unserem Gespräch. Er sagte damals: »Wenn es einen griechischen Poeten gibt, der uns gehört, dann Kavafis.« Aber wo der Dichter wohnte, wusste er nicht.

Als Kavafis in Konstantinopel lebte, interessierte er sich auch für seine Vorfahren. Schließlich stammte sowohl die Familie seiner Mutter wie die des Vaters ursprünglich aus der Hauptstadt des Osmanischen Reichs. Der Name Kavafis soll sich vom türkischen *ayakkabıcı*, Schuhmacher, herleiten. Beide Familien waren aber eher großbürgerlich. Der Dichter machte viele Notizen, forschte bei Verwandten nach Daten und Details. Daher wissen wir, dass die Flüchtlinge in die großväterliche Villa erst einziehen konnten, als ein Untermieter ausgezogen war. Der persische Konsul hatte das Haus für den Sommer gemietet. Klein kann es daher kaum gewesen sein, das Haus, in dem man so »miserabel« logierte. Aber es waren ja noch andere Mieter da, ein Onkel, dessen Frau und zwei Kinder. Wurde es zu eng, ging Konstantinos am Bosporus spazieren.

Fällt der Ägypterin Zeinab Mohamed in ihrer winzigen Wohnung in Istanbul die Decke auf den Kopf, geht sie auch ans Wasser. Sie ist ebenfalls nicht freiwillig in der Stadt, 2020 ist sie aus Kairo nach Istanbul geflohen. Von der »heiteren byzantinischen Landschaft«, die Kavafis beschrieb, lebt sie nicht nur eine Epoche, sondern auch 45 Kilometer entfernt, in einem Hochhauskomplex im Westen der Stadt. Hier sind Trabantensiedlungen zu einer Megalopolis aus Beton, Stahl und Glas zusammengewachsen. Bevor Zeinab die Küste des Marmarameers erreicht, muss sie mehrere vielspurige Schnellstraßen überqueren und Straßenschluchten überwinden.

Dort steht sie dann in Turnschuhen im Sand, zieht ihr Handy aus der Jeansjacke und fotografiert die Möwenschwärme. Die Vögel stürzen sich auf die Wasseroberfläche und fliegen wieder auf, als probten sie für ein Luftballett. Die Journalistin Zeinab Mohamed hat, bevor sie nach Istanbul kam, 28 Jahre – ihr ganzes bisheriges Leben – in Ägypten verbracht. Sie hat in Kairo erst für ein staatliches Medium als Fotografin und Filmemacherin gearbeitet und dann für ein oppositionelles. Sie hat Jura studiert und mit einer ägyptischen Anwaltsgruppe Menschenrechtsverletzungen dokumentiert.

Am 17. August 2018 wurde sie auf dem Flughafen von Kairo festgehalten, als sie nach Beirut fliegen wollte. »Ich stand auf einer Liste von Leuten, die festgenommen werden sollten«, sagt sie. Man verbindet ihr die Augen und bringt sie in einen Raum. Sie wird bedroht und weiß nicht, wo sie sich befindet. fünfzehn Stunden lang. Dann führt man sie zu einem Staatsanwalt, und sie erfährt, dass sie wegen Mitgliedschaft in einer »terroristischen Gruppe« und Verbreitung falscher Nachrichten angeklagt wird. Zeinab Mohamed sagt: »Sie erfinden Anklagen gegen alle, die sie für eine Bedrohung halten.«

Sie kommt in ein Frauengefängnis. Man zwingt sie zu einem Jungfräulichkeitstest. Sie wird bedroht, sie soll Namen von Regierungskritikern nennen. Nach sechs Monaten kommt sie wieder frei, wird aber danach noch zweimal von der Polizei abgeholt, zuletzt im Dezember 2019. Wieder werden ihr die Augen verbunden. Sie muss sich auf den Boden legen, man droht ihr erneut mit Gefängnis. Während sie verhört wird, hört sie Schreie von Menschen, die geschlagen und gequält werden. Um vier Uhr früh lässt man sie gehen. Eine Woche später noch einmal die gleiche Prozedur. Diesmal wird sie nicht nur bedroht und beleidigt, sondern auch geschlagen.

»Meine Kamera haben sie mir weggenommen«, erzählt sie. Warum das alles? Um jede Opposition einzuschüchtern, sagt sie und gräbt ihre Turnschuhe tiefer in den Sand. Ägypten steht auf der Rangliste der Pressefreiheit von Reporter ohne Grenzen e. V. auf einem der letzten Plätze. Zeinab Mohamed trägt eine dunkelblaue Wollmütze, ihre Version des islamischen Kopftuchs. Sie spricht kaum Englisch, nur wenig Türkisch. Wenn sie unter Flüchtlingen in Istanbul bleibt, braucht sie nur ihre arabische Muttersprache. So wie Kavafis einst Griechisch in Yeniköy genügte.

Zeinab Mohamed fühlte sich in Istanbul einsam und verloren, deshalb schickte ihre Familie ihren sieben Jahre jüngeren Bruder zu ihr. Nun teilen die beiden ein Eineinhalbzimmerapartment. Der Bruder hat in Kairo auch Jura studiert. In der Türkei wechselte er zu Medizin, denn mit Jura auf Türkisch könnte er später nichts anfangen. Er will ja wieder zurück nach Ägypten oder in ein anderes arabisches Land. Ein Job in Europa, sagt er, reize ihn nicht: »Zu unterschiedliche Kulturen.« Zeinab Mohamed weiß nicht, ob sie wieder zurückkann. Sie sucht Arbeit in Istanbul, wie so viele Flüchtlinge. Der Bruder hat als Student eine Aufenthaltsgenehmigung für vier Jahre. Die Behörden in Istanbul haben auch Zeinab ein Dokument gegeben, aber es muss jedes Jahr verlängert werden. Der Bruder beruhigt sie: »Solange Erdoğan regiert, sind wir hier sicher.« Erdoğan ist ein Gegner des ägyptischen Präsidenten Abdel Fattah el-Sisi, der sich 2013 in Kairo an die Macht geputscht hat.

Zeinab Mohamed ist im Gegensatz zu ihrem Bruder illegal aus Ägypten ausgereist. Als sie schon fort war, hat ein Richter sie von den Terrorvorwürfen freigesprochen. Der

Bruder sagt: »Sie ist zu früh gegangen.« Zeinab sagt: »Ich konnte nicht bleiben, ich hatte zu viel Angst.« Exil ist Verlust, Verlust von Vertrautem, von Familie, Freunden, Sprache. Exil ist oft aber auch Rettung, eine zweite Lebenschance, wenn es gut geht. Wenn es noch besser geht, dann ist der erzwungene Heimatverlust vorübergehend.

Konstantinos Kavafis konnte nach drei Jahren in Istanbul nach Ägypten zurückkehren. Fast zwanzig Jahre nachdem ich sein Haus gesucht habe, entdecke ich zufällig bei einem Spaziergang in Yeniköy eine neuere Messingtafel an der Gartenmauer einer griechisch-orthodoxen Kirche. Die Tafel informiert, dass die Kirche 1837 durch ein Edikt von Sultan Mahmud II. gebaut wurde, und zwar auf Bitten von dessen griechischem Leibarzt, der erfolgreich eine Pandemie in der Stadt bekämpfen half. Im Garten der Kirche, ist auf der Tafel zu lesen, sei eine Büste des Dichters Kavafis aufgestellt worden. Das Tor des Gartens ist verschlossen, aber man kann durch das Gitter die Büste im Sonnenlicht leuchten sehen. Yeniköy hat sich also doch noch an den berühmten Flüchtling erinnert.

Literaturhinweise

Nermin Abadan-Unat: *Phönix aus der Asche. Memoiren einer türkischen Akademikerin.* Aus dem Türkischen von Beatrix Caner. Literaturca Verlag, Frankfurt am Main 2004.

Cengiz Aktar: *Die türkische Malaise. Ein kritischer Essay.* Aus dem Französischen von Julia Förderer und Katja Buchecker. Kolchis Verlag, Remetschwil 2021.

Çiğdem Akyol: *Erdoğan. Die Biografie*. Herder Verlag, Freiburg im Breisgau 2016.

Ahmet Altan: *Wie ein Schwertstreich.* Aus dem Türkischen von Ute Birgi-Knellessen. S. Fischer Verlag, Frankfurt am Main 2018.

Ahmet Altan: *Ich werde die Welt nie wiedersehen. Texte aus dem Gefängnis.* Aus dem Türkischen von Ute Birgi-Knellessen. S. Fischer Verlag, Frankfurt am Main 2018.

Edmondo De Amicis: *Istanbul, Hauptstadt der Welt.* Mit einem Nachwort von Umberto Eco. Übersetzt aus dem Italienischen von Annette Kopetzki. Corso, Wiesbaden 2014.

Bruce Clark: *Twice a Stranger. How Mass Expulsion Forged Modern Greece and Turkey*. Granta Books, London 2007.

Hrant Dink: *Von der Saat der Worte.* Aus dem Türkischen übersetzt und herausgegeben von Günter Seufert. Verlag Hans Schiler, Berlin 2008.

Malte Fuhrmann: *Konstantinopel – Istanbul. Stadt der Sultane und Rebellen.* S. Fischer Verlag, Frankfurt am Main 2019.

Erika Glassen und Turgay Fişekçi (Hrsg): *Kultgedichte – Kült Şiirleri.* Türkische Bibliothek. Unionsverlag, Zürich 2008.

Masist Gül. Kaldırım Destanı. Bent Artists' Books from Turkey, Istanbul 2006.

Dilek Güven: *Nationalismus und Minderheiten. Die Ausschreitungen gegen die Christen und Juden der Türkei, 6./7. September 1955.* Verlag Oldenbourg, München 2012.

Corry Guttstadt: *Die Türkei, die Juden und der Holocaust.* Assoziation A, Berlin/Hamburg 2008.

Haymatloz. Exil in der Türkei 1933–1945. Schriftenreihe des Aktiven Museums Faschismus und Widerstand in Berlin e.V. Berlin 2000.

Nazım Hikmet: *Hundert Jahre Nâzım Hikmet: 1902–1963.* Herausgegeben von Monika Carbe und Wolfgang Riemann. Georg Olms Verlag, Hildesheim/Zürich/New York 2002.

Halil Karaveli: *Why Turkey is Authoritarian. From Atatürk to Erdoğan.* Pluto Press, London 2018.

Konstaninos Kavafis: *Das Gesamtwerk.* Aus dem Griechischen übersetzt und herausgegeben von Robert Elsie. Fischer Taschenbuch Verlag, Frankfurt am Main 1999.

Klaus Kreiser und Christoph K. Neumann: *Kleine Geschichte der Türkei*. Verlag Philipp Reclam jun., Stuttgart 2003.

Yüksel Pazarkaya: *Rosen im Frost. Einblicke in die türkische Kultur*. Unionsverlag, Zürich 1982.

Christiane Schlötzer: *Lesereise Türkei. Jenseits von Galata, im Übermorgenland*. Picus Verlag, Wien 2016.

Kemal Yalçın: *Haymatlos. Dünya Bizim Vatanımız*. Türkiye Iş Bankası, Istanbul 2019.

Übersetzungen der Gedichtzeilen von Orhan Veli: Yüksel Pazarkaya und Helmut Mader; Nazım Hikmet von Monika Carbe, Sennur Sezer von Uta Schlegel

Konzeption|Gestaltung: Antje Haack | www.lichten.com
Satz|Herstellung: Büro für Gedrucktes, Beate Zimmermanns
Einbandillustration: Antje Haack
Reproduktion: Frische Grafik, Hamburg
Druck und Bindung: CPI – Clausen & Bosse, Leck
Printed in Germany
ISBN 978-3-949203-11-4